狂亂

《筆架山下》卷五

陳愴　著

獲益出版事業有限公司

狂亂

著　　者：陳　愴
封面題字：陳　愴
封面設計：西　波
主　　編：黃東濤（東瑞）
督 印 人：蔡瑞芬
出　　版：獲益出版事業有限公司
香港九龍土瓜灣道94號美華工業中心B座6樓10號室
HOLDERY PUBLISHING ENTERPRISES LTD.
Unit 10, 6/F Block B, Merit Industrial Centre,
94 To Kwa Wan Road, Kowloon, H.K.
Tel: 2368 0632　　Fax: 2765 8391
版　　次：二零一九年一月初版
國際書號：ISBN 978-962-449-595-9

寫在書前

•陳愴

本書不是一部獨立小說，它只是《筆架山下》四卷本的延續第五卷。八年前，我寫完《筆》書的四卷時，已是古稀之年。當時我年紀老大了，恐怕這部長篇未完成出版就離開這個世界。有了這個顧慮，就打電話給吾友名作家出版家東瑞先生，要求他們的出版社為我出版《筆》書約七十萬字的四卷本。

這部未終卷的長篇出版面世了，我的身體、精神思維都沒有問題，此後六年間，我天天埋頭寫作，寫成四部長篇和兩部短篇，六部長短篇都出版面世了，我不寫別的作品了，掌握時間和集中精神寫《筆》書第五卷。花了一年時間，寫成約十九萬字的第五卷，完成我多年來的願望，心中才感覺踏實。

《筆架山下》前四卷早已出版了，現時寫成的第五卷只能單獨出版，加上用五年時間寫成已出版的前四卷，共一千四百多頁，將近九十萬字，算是長篇巨卷了。

筆架山下長河澎湃不息

——序陳愴《狂亂》

東瑞

「……開槍射殺李駱氏的是楊海。這時李駱氏的頭上發出一道白光，白光在夜空中向上升，到了天空，白白的氣體形成一尊觀音坐蓮像，俯首低眉，眼神祥和，凝視著這個狂亂罪惡的人間。」

這是陳愴《筆架山下》第五卷《狂亂》的結尾，寫得非常慘烈悲壯，也是全書意象最美、筆觸最成功、意味最深長的一筆。李駱氏是陳愴九十萬字五部曲長篇裏創造的最完美最理想的人物，她承繼了中華文化裏全部優良傳統的精華，是作者的最高審美追求。但在那「人妖顛倒是非淆」的荒謬年代裏，李駱氏無法容忍於農村的楊氏掌權者，向她射出了罪惡的子彈。

楊氏在黑夜裏偷偷摸摸踐踏人性尊嚴，草菅人命，陳愴則將悲劇的全過程藝術敘述，把最完美的撕裂、毀滅給你看，這就是《狂亂》最末一章的最大價值、最令人心痛之處，也象徵著理想的破滅。

《狂亂》完卷於二零一八年年初，也很早打好了字、編排好版，為了我這篇序，陳愴和我彼此有了默契，就不必趕工，慢慢地處理。陳愴的書，好幾本都承蒙他信任，請我寫序。唯有一本，我答應了卻食了言，這有違我一向的為人作風：當年那本《深圳河南北》正遇上我大忙，雜務纏身，無論如何序是寫不出來了。這二十幾年來，為文友的書寫序，何止百篇？幾乎都是將全部書稿讀完才敢動筆。在我看來，序是一種類似導讀的重要文體，包含了序者對書稿及作者的若干評價和介紹，寧缺勿濫；當然，序寫得好不好，則是另一回事了。

《狂亂》是《筆架山下》的第五卷，也是最後一卷，堪稱陳愴不計得失的精心力作。前四卷先後是《漫長歲月的起落》《烽煙遍地的浮沉》《和平聲中的變幻》《紅旗之下的悸動》，共約七十萬字，從民國初年寫到五十年代的土地改革，在七年前分為上下兩集出版。當時作者擔心自己的健康，無以為繼，因此寫好先予出版。然蒼天有情，依然給鍾情文學的陳愴以不少時間，這些年他不但出版了多部長篇，還寫了不少短篇和中篇，最重要的是終於完成了《筆架山下》的最後一卷。讀《狂亂》之前，不妨讀《筆架山下》前四卷；但《狂亂》獨立成章，也可以單獨閱讀。

《筆架山下》（上下）雖然所寫的長度沒有跨越或達到百年，但其內容之豐、情節之雜、人物之多，都堪稱歷來三部曲、百萬言那種「長河小說」的規模，涉及了民初的軍閥割據、北伐戰爭、國共對抗、日本侵華、抗日戰爭、國共聯合、抗戰勝利、國共內戰、土地改革、鎮壓反革命、抗美援朝等歷史階段，因此，需要耐心和細心地潛心閱讀。前四卷我在五千字的長序中，對小說的結構、內容、人物群像、特色、視角、細節、背景、語言文字等等方方面面都做了詳盡的分析，第五卷基本上保持了前四卷的優勢，不再重複。這最後一卷，人物基本上承繼了前四卷，不同的是，不但梅氏家族已經淡出，主要人物也隨著年代的遞增，而由第三代的李世民、李世慶擔當重任「演出」，情節慢慢聚焦於楊氏和李氏兩大家族眾多人物的矛盾和糾葛，且放諸於社會矛盾逐漸尖銳化中書寫，最難得的是情節脈絡和時代背景參照了非常真實的中國在五十年代的幾項政治運動中發展，令主要人物性格不斷地沿著現實事件的考驗豐富化和個性化，因此全五卷九十萬字，視為一部「再現」中國半個多世紀現代史的長篇，也頗為合適。緊接著第四卷的土改，《狂亂》以大躍進、人民公社、三面紅旗、大飢餓、大逃難、大偷渡、文革爆發等為大背景，具體描述了各種或不可思議，或驚心動魄的細節，涉及了全民土法煉鋼、衛星田、砸石場勞作、勞改、逃獄、偷渡、野合、愛情等內容，其中對楊海幾個堂兄弟掌權者的罪惡描述最為令人髮指，他們為非作歹，壞事做盡，趕盡殺絕，最後將李駱氏、李家馱、贇華娣、李世浩一家三代四口全以「裏通外國」秘密處死，將文革顛倒黑白的荒謬審判到極致；另一條與之緊緊平行發展的線索是受楊氏迫害的、在生死線上掙扎求存的人物是李世民的入學、遷戶、申請出國；李世慶的越獄、偷渡的艱難過程和最後的成功。除了這些情節，還寫到了楊海的老婆阿嬌的「肉體出牆報復」和死亡等等。由於全書字數相對地少些，篇幅也比較緊湊，全卷十四章基本上一氣呵成，沒有前面的盤根錯節，記憶也比較深。本書末幾章，讀之令人熱血沸騰，阿嬌的主動求歡和死亡、李世民的一路奔波和出走，李世慶的不屈不撓、生死一線豁出去的求生，以及最後李駱氏一家大小四口的被滅門，都讀得人熱血沸騰，油然令我想起了匈牙利著名愛國詩人裴多菲的詩；「生命誠可貴，愛情價更高，若為自由故，兩者皆可拋。」也難怪作者陳愴在書寫的過程中，感情上與其筆下小人物難分難捨，無法抽離了：「寫這部書的過程中，我傾注了不少汗水和淚水，有時候心有感觸，不禁停筆哭泣，老淚滴在稿子上，跟我筆下受苦受難的人物同悲。小說的文字注入我的心血，燃燒我的生命。」（陳愴代序《文學義工》）

縱觀全書，感慨萬千。

中國新文學史長廊中，我瀏覽得不多。據我所知，小說時間跨度從滿清末期寫到六十年代文化大革命、長達半個多世紀的，在陳忠實的五十萬字長篇《白鹿原》之前實在還不是太多。《白鹿原》時代背景跨越半個多世紀，從二十世紀的中國農村寫出了半個多世紀的中國風雲變幻，屬於史詩般的作品，獲得了茅盾文學獎。李劼人寫過《死水微瀾》《暴風雨前》《大波》三部曲，以四川為背景，寫了從甲午戰爭到辛亥革命前後二十年的歷史。丁玲的《太陽照在桑乾河上》寫中國土地改革，柳青寫《創業史》以農民農業合作化為背景，都只是五十年代中一項政治運動，純粹為幾年的事情。路遙的《平凡的世界》三部曲，寫七十至八十年代的改革開放，時間長度約是十幾年。這是從小說反映的時代長短看，畢竟「史詩般的巨構」和小說涵蓋、描述、涉及的時代長短有一定關係。這些作品中，如今歷史塵埃落定，再看它們的文學的永恆價值，有的因為從人性、人的生命價值、文化屬性和生活的原生態出發，散發出不朽、永恆的光輝；有的因為配合「政治任務」、「為政治服務」，淪為政治圖解，文學價值非常薄弱。從這兩個方面看陳愴的九十萬字五部曲《筆架山下》，可以窺見作者的野心。活動在小說舞臺上的人物，無論好人壞人，沒有向兩極化或類型化發展，往往都有不少缺點，都是非常可信的常見的有血有肉的一群。作者陳愴雖然自稱文化程度不高，但人生經歷的豐富、閱讀過大量中外小說，他的雄心令我欽佩，他的魄力和毅力令我敬仰，他實在比香港一些小家子氣的作家寫得還好，他小說所呈現的歷史長度、時代厚度、社會廣度和思考深度，都是一些人無法企及的。我們的有的所謂的評論家，以權勢論英雄，以利益做取捨，並非認書不認人的。陳愴並沒有灰心喪氣，乃因他明白文章千古事，他暮年花費十幾年潛心創作，「不是為別的，只是用小說的形式表達我心中的感受和感情。」（陳愴代序《文學義工》）

陳愴的《狂亂》給予我們多重啟示：

首先是文學與政治的關係。文學必須遠離政治，這是肯定的。莫言說過類似這樣的話：文學不該為政治服務、成為政治的工具，但文學裏是有政治的。這樣的說法貌似難解，其實不難解；政治與文學的關係，著名評論家李喬說得最好；「政治與文學的對象，都是『眾人』，都是『社會人群』、『百姓平民』。政治是管理眾人的事，即國家權力的活動，是影響一個社會的權威性價值分配所採取的活動；文學則取材於大眾、社會人群、百姓，目的是他們的痛苦、理想、希望的表達。相同的是對象，不同的是，前者的理想或目標，在於其既定的主義，或預定的政綱上，後者沒有那些「既定」的東西，只在表達其中的真實真象。」「文學與政治現實，往往是矛盾的，政治權力的運作單位，總是想把『文學』置於『政治底』掌握之下。」李喬還說了一些頗為精闢的話；「就不變的角度看，文學屬於人間，以愛，以慈悲為懷，狀人間之疾苦，繪社會之景觀，提升情操，豐富生命，進而指示人類應行可達到理想。凡此，並不因時空流轉而發生質的變異。」「必須以『文化史』，必須以永恆的人性、生命主題涵容變易性的『一時一地觀』；既有時代性，又具永恆性。」（李喬；《小說入門》，臺北大安出版社，二零零八年八月四刷）。陳憎的《狂亂》正是從人性和生命的角度寫出的長篇。

其次是文學與時代的關係。也是這一位李喬先生說得好；「每一個時代，一定有每一個時代的現實、痛苦、困境、恐懼、盼望、理想等；實際社會的景觀，人生的種種悲喜劇，即是此『素材』的呈現、演出。文學，尤其是小說創作，豈能無視於這些？『文學反映時代』、『小說是時代的代言』、『偉大的小說便是史詩』，涵義便在此。」（李喬《小說入門》）《狂亂》涉及中國現代文學中較少人敢於觸及的六十年代的大飢餓、大逃亡（越獄、偷渡）的話題，連大躍進、大煉鋼的失誤、土改、反右的擴大化都有不少篇幅寫及，文革的謬誤雖然因為篇幅而沒有全面正式展開，也多少寫了某些片斷，究竟該如何看待和評價呢？尤其是《狂亂》的末幾章，就集中寫了世民和世慶因不堪受楊氏家族、筆架村掌權者的迫害而出走和逃亡的詳細過程，其筆觸之細，誠為歷來小說所罕見，揭示了中國現代文學史上鮮為人知的一頁內容。我的看法是，一個偉大的民族、一個偉大的國家，必然也是一個善於和勇敢於進行自省、反思的民族和國家，像德國統一後的掌權者，其對發動罪惡戰爭的認真反省和誠心懺悔，贏得了全世界人民的尊重，而日本那種死不改悔的頑固態度，就遭到全球愛好和平人士的憤慨和唾棄。其次，一九五八年開始至六十年代初期的所謂「自然災害」招致的大飢荒，引起的大偷渡、文化大革命進行期間和結束後招致的人心惶惶、前途不明，引起較大規模的出國潮，都是有目共睹的真實現象，無法也沒有必要隱瞞。不要說二十世紀，就是上幾個世紀，「流亡」一詞的解讀，就各各不同，截然相反的都有。最明顯的逆轉可以以蘇俄對待逃亡者索爾忍尼琴為例。我寫過這樣一段話，不妨引用到此：俄國的著名作家亞歷山大•索爾忍尼琴（1918-2008），1969年被開除出蘇聯作協，1970年獲得諾貝爾文學獎，1974年被認為是蘇聯的叛徒，開除出蘇聯國籍，他的作品充滿爭議，流亡美國。1994年回到蘇聯。2007年，普京向他頒發俄國人文領域最高的「俄羅斯國家獎」，並評價他是「俄國人的良心」。普京在頒獎典禮上說：「全世界成百上千萬人把亞歷山大•索爾仁尼琴的名字和創作與俄羅斯本身的命運聯繫在一起。他的科學研究和傑出的文學著作，事實上是他全部的生命，都獻給了祖國。」頒獎典禮結束後，普京對他說：「我想特別感謝您為俄羅斯所做的貢獻，直到今天您還在繼續自己的活動。您對自己的觀點從不動搖，並且終身遵循。」並且把他被禁的禁書《古拉格群島》定為中學生讀物。晚年的他在自己的國家整理創作的三十卷作品集。到創作的後期，索爾仁尼琴才被奉為大師，被認為在俄羅斯文學史上堪與列夫•托爾斯泰和陀思妥耶夫斯基並列的偉大作家。這位文學大師寫了半世紀，遭遇到種種不公正待遇，一直到他生命的晚年才被自己的國家平反。他也是大師級人物。

這在大原則上適合我們對《狂亂》一書中逃亡者、出走者李世民、對越獄者、偷渡者李世慶人物行為的評價準繩；也適合我們以這樣的尺度看待敢於寫這樣忌諱題材的作者陳愴吧。

《狂亂》前前後後拖了一年才面世，就因為雜務纏身的我，閱讀和撰序姍姍來遲，難得作者陳愴的耐心和容忍，我羞愧之餘也很感恩他對我的不斷鼓勵，我從2016年開始，參照他的建議，創作類型開始向長篇轉型，希望乘身體健康的時期，爭取完成幾部計劃中的長篇，向陳愴兄看齊，也算對生命和時代有所交代。

最後，祝賀《筆架山下》五卷全部完卷，我深信，九十萬字猶如一條澎湃不息的歷史長河，無愧於一部史詩型作品，我願意推薦給讀者，一定不會沒有所得。

二零一八年十一月十七日

文學義工（代序）

陳愴

世上所謂傑作，都不過是天才筆下呈現最熟悉的生活。（歌德語）

我自知不是甚麼天才，但是，這部書（筆架山下第五卷）所寫的，都是我最熟悉的上世紀五十至六十年代南中國的社會實情。

必須說明，我這部書不是布告文學，不是紀實小說，而是純文學作品。小說的時代背景是真實的，故事人物都是虛構的。我創作此書，不為別的，只是用小說的形式表達我心中的感受和感情。文學、繪畫、舞蹈、音樂，雕塑、書法，創作者在其作品中注入真摯感情，才能感動別人，震撼人心。

寫這部書的過程中，我傾注了不少汗水和淚水，有時候心有感觸，不禁停筆哭泣，老淚滴在稿紙上，跟我筆下受苦受難的人物同悲。小說的文字注入我的心血，燃燒我的生命。

人的生命只有一次，比甚麼都寶貴。那麼，我為何要嘔心瀝血、燃燒生命日復一日去寫它？因為我青少年時期在中國大陸度過，親見親歷上世紀五、六十年代國內所發生的事，接觸過不少壞人和好人，他（她）們的形象、性情深深留在我的腦海中，雖然事隔數十年，至今還令我感觸，令我哀傷。如今我老病了，在有生之年，若不將這些人與事用小說的形式呈現出來，我的人生就沒有意義，今生等如白活。

在香港幾十年，我都是做勞工掙辛苦錢謀生、養家，日常所做的工作完全與文化、文學沾不上邊。晚年退休，在家全心寫長篇小說，但寫了好幾部了，沒有報刊刊登，沒有出版社願意出版。我寫作沒有稿費，又不汲汲「出名要趁早」，寫作就當是練筆，學習寫小說。所以每部小說都是慢慢寫，初稿寫成了，又從頭到尾斟酌推敲審視，三番四次增刪、修改，還是不滿意。

我的小說寫得好不好，別人怎樣看，如何評價，我不理會。一個寫作人，如果介懷別人如何評價自己的作品，那是欠缺自信的表現。對自己都沒有信心，心中要寫的作品也寫不成了。

當然也有人不止自信十足，信心爆燈，寫作是為拿文學獎，還要拿諾貝爾文學獎。人貴自知，我沒有這種妄想和願望，得失都無所謂，只花心力去寫自己所熟悉的人與事，壞人和好人都用悲憫的情懷寫出來，呈現在自己的小說中。

我的小說有沒有人讀，別人如何評論，我不在乎，我在意的，是用甚麼技巧寫好自己的習作。這十年，我自費出版了好幾部長篇小說，書賣不出去，少人讀，不能娛樂別人。

曹雪芹寫《紅樓夢》、卡夫卡寫《城堡》、《蛻變》，劉以鬯寫《酒徒》、《對倒》，大概都是「娛己」的；世上能「娛己」的小說才是傑作。

我當然寫不出傑作，但我喜愛文學，對小說，像清教徒、苦行僧對其信仰一般虔誠。我的小說寫得不夠好，不能娛樂別人，也不能娛樂自己。我晚年天天寫作，只是一個寂寂無聞的文學義工。

第一章

土改運動翌年的夏天，某日下午，天氣陰晴不定，雨水和陽光交替，一陣驟雨過後，天色放晴，那邊的天空上就出現一道彩虹。彩虹彎彎，猶如一座架在天上的拱橋。這座天然拱橋，七彩繽紛，襯托着薄薄的白雲，光亮耀目，引起人們的眺望。

東邊的山路上，有個猶如巨獸的東西，搖搖晃晃地攀爬過來，它愈來愈近，有人看清楚了，說它是「汽車」。李家馱這時也站在人群中，他補充說，是「吉甫車」。民兵隊長楊木仔不服氣，他掃了李家馱一眼才說：他以前當過國民黨反動派的兵，才曉得那是「吉甫車」，有甚麼了不起？但是還是有人讚李家馱有見識。

李家馱曉得，自己的家庭成份不好，是被專政鬥爭的人，若是再說話，只會更加受辱罵，他低頭不說話了。

那車子轉了彎，向筆架村駛來，到了水井頭時，因前面是一條只供人畜行走的田埂，路面狹窄，吉甫車開不過去，司機只好把車子停在水井頭旁邊，等待主人的指示。

車廂中的男子打開車門，跳落地上，向村民點點頭。但是沒有人認得他，不知道他是甚麼人。不過，大家都在想，他既然坐着吉甫車子來，必然大有來頭，非等閒之輩。

不是嗎，在村民的印象中，從來就沒有汽車駛到村子來，很多村民連汽車是甚麼樣子都未見過，若不是李家馱說明那是「吉甫車」，可能有人當它是會傷害人畜的大怪獸，要爭相走避哩。

站在車子旁邊的男子，高頭大馬，身穿嗶嘰制服，頭戴有軍人徽號的帽子，腳踏皮靴。他見眾人神情疑惑，呆呆地望着他，他就舉手除下頭上的帽子，讓大家看清楚他的真面目。

他雖然長得高大了，面容蒼老成熟了，但是他的高顴窄額的輪廓不大變，是李氏家族一脈相傳的面相。大家想起來了，原來他是離鄉別井多年的李家駒。

李家駒環顧一下四周，山川地貌有所改變，當年楊晉林開的飯舖子不見了，原地變成了一爿園子，裏面花紅柳綠，鬱鬱蒼蒼，蟬鳴鳥叫，蝴蝶飛舞，園景優美。旁邊那棵大榕樹，像大陽傘的樹冠如舊，只是氣根多了、粗了，樹頭凸起的樹根，盤根錯節，顯得蒼桑老朽。榕樹下面的井台，日久失修，踏腳石崩壞，井口上的轆轤沒有了，人們打水時，用一根竹篙繫着水桶，把井水拉上來。

李家馱對失去音訊多年的堂兄，忽然坐着軍部的吉甫車回來，想來他的軍階必然不小；軍階小的軍人，不會有如此體面的派頭和權力。他的內心高興，因為他的家庭成分是地主，被人專政，被人鬥爭，被人管制，他心中雖然高興，卻不敢喜形於色，不敢上前迎接他的堂兄，以免被斥責。

楊木仔見李家有人在新中國做了軍官，他們會不會回來找楊家的人算帳？他心中擔憂，怏怏離去了。他回到農會所，把這事告訴農會長。楊帆說：「不知道李家駒的官大還是我們楊修的官大，若是他的官大，那就不好哩。」楊木仔說：「我也是為這事發愁。」楊帆想了想才說：「我們家楊修十多歲就參加革命，早就入了黨，如今只做到縣長。李家駒是甚麼東西，他能做到甚麼大官？」

李家駒當年離開筆架村的家園整整十八年了，如今回來，重踏鄉土，心中高興又激動。他對勤務兵和司機小朱說，他闊別家鄉多年，既然有機會回來了，自然要在家中多住幾天，與家中親人好好團聚一下。他叫司機小朱不必在此等候，和勤務兵先駕車回軍部去，一星期之後再駕車來接他。勤務兵不放心，要在他身旁保護他。李家駒說，他身上有手槍，槍法好，不用擔心他。

*　　　　*　　　　*

李家駒忽然歸來，李氏家族的人都感覺喜從天降，歡欣雀躍，互相告慰。李國旺看見兒子，仿如作夢，不敢相信這是現實。十八年前的某日，這個江湖浪子也是忽然回家，那時他帶回來的是開骰寶賭檔贏到的錢，還携回他師父胡飛的骨灰。那時他是跑碼頭開骰寶賭檔的，縱然能贏到錢，在鄉村人眼中，賭仔只不過是旁門左道，得到的錢也不光彩，不好對別人說。

但是那時他青春年少，迷上了賭骰寶，又能開賭檔贏到錢，所以他不理親人的勸告，只在家中度過一宵，又去外面重操故業了。而且他一去不返，這麼多年來音訊全無，不知他的去向。令家鄉的親人日夕掛念他。

如今回家的，不是昔日的職業賭徒，（他曾經誇口說他要成為賭王）他做不成賭王，卻成為一位似乎很有權力的軍人了。李國旺一見到兒子，別的話都不說，急欲知道他的身分是怎樣轉變的？現時是甚麼軍階？

李家駒說，現時他在軍部做事，軍部的事需要保密，不便多說。李國旺說：「不好講就不講。你能夠戒賭從軍就好，現時你是軍官，我們是軍屬，太好哩，大家都光榮啊。」頓了一下，他又說：「若是你早兩年回來，你大伯和你叔有你撐腰，可能他們就不會家破人亡哩。」

李家駒問他們兩家人的情況怎樣了？李國旺嘆着氣告訴兒子，土改運動時，李國興一家被農會那幫人定為地主，沒收他們家的家財和田地分給貧僱農了，他們一家老小被掃地出門，房屋被別人佔住了。李國興不堪打擊，氣得病死了。陸桂花、林鳳受鬥受辱上吊死了。李家駿逃亡不知去向……李國強一家也好不了多少，他雖然是富農，但是又在他頭上加上「惡霸」的帽子，捉他去坐監，他看不開，在牢房中吊頸死了。

李家駒聽了，這樣說：「就算我那時回來，都沒甚麼用，因為鬥爭地主，沒收他們的家產田地分給窮人，是共產黨的政策，無人可以違反。我那時不回來反而更好。」

李國旺改變話題：「我想知道你現時的官大還是楊修的官大。你知道他做了我們縣的縣長嘛？」

李家駒不直接回答他父親的問題，只冷冷地說：「他做了縣長也不算甚麼。」李國旺說：「做縣長不算甚麼？一個縣這樣大，解放後就是他能夠做第一任縣長。」

李家駒想起他以前在「榮園」讀私塾的時候，某日放學後，他經不起楊修的游說，和他一起去野外搗鳥蛋。鳥巢在一棵大白楊樹上，他們用繩子拋上樹椏上，先後抓着繩子攀爬上樹上去。那個鳥巢在高高的樹梢上，他們從大樹枝爬到小樹枝，看看就要到達鳥巢了，小樹枝不堪負荷，噼啪一聲折斷，兩人就從樹梢上跌下來，摔到受傷昏迷，不省人事……他們闖了禍，犯了錯，楊修因此被李家兄弟逐出「榮園」，不讓他在私塾學堂讀書。不得已，他只好轉去筆架鎮小學就讀。

李家駒回想起因此事改變了他們的命運，對他父親說，他要去「榮園」看看，懷舊一下。父親告訴他，「榮園」被沒收去作農會所了，楊帆當農會長，楊海當民兵營長，那裏變成楊家的天下了。

家駒說，就是農會所，我們都去得哩。他的父親嘆着氣說：「榮園」原本是我們的家祠，他們佔去作農會所不說，他們還將你大伯母、你嫂嫂她們拉去那裏鬥爭，跪玻璃，吊上橫樑上鞭打，好好的一間書房變成人間煉獄。我不想你去哩。家駒說：土改是一場政治運動，鬥爭地主是必然的。他的父親說：共產黨解放人民，拿財主佬的東西分給窮人也講得通，可是為何要打人鬥人？家駒說：地主以前剝削壓迫農民，視錢如命，不打鬥他們，他們不會將錢財拿出來。他的父親說：別村別姓的地主壓不壓迫窮人我不知道，我們李家的人不止不壓迫別人，還被老楊家的人欺負壓迫——我看他們是眼紅我們家中有財產，趁土改運動乘機搶奪。家駒說：他們拿去國興大伯家裏的財物、田地不是歸楊帆楊海獨有，是拿去分給村中的貧僱農，這是符合共產黨的政策……

這時家騮、家珊從外面走進來，打斷了他們無結論的談話。

家騮、家珊是家駒的弟弟和妹妹，家駒離家去外地跑碼頭的時候，他們二人還是小孩。多年不見，如今他們都是青年人了。家騮、家珊還認得家駒，兩人一齊走上前去，微笑着異口同聲叫他一聲「大哥。」

李家駒從凳上站起來，摟抱一下弟弟和妹妹。大家久別重逢，一陣驚喜，都熱淚盈眶。家珊說：「大哥，阿爸講，當初你是去外面跑碼頭開賭檔的，怎麼如今做了軍官回來？」

家駒不想張揚他的事，這樣說：「我只是在解放軍中做事，為人民服務，不算甚麼軍官。」家珊說：「楊修做了縣長，他回來時都是走路。你是坐汽車回來，不是做了大軍官，哪有軍部的汽車送你回來？」

李家駒說，像筆架鄉這些窮鄉僻壤，早前還未有公路，沒有汽車通行，現時人民政府加緊建設，才有公路通到偏遠的鄉鎮來。他在軍部做事，才有能夠翻山越嶺的吉甫車送他回家鄉。

李家騮說：「不理怎樣，直到今日才有汽車駛到我們村子來，你是頭一個坐吉甫車回來的，我們光不光榮？」

李國旺笑道：「我們都光榮。這要謝天謝地，還要多謝我們的祖先保佑。」家駒說：「應該謝我們的黨。」李國旺說：「要謝共產黨，也要拜祭我們的祖先。」

家騮插話：「我們『榮園』都做了農會所，祖先的神主牌都被他們毀掉了，去哪裏拜祖先！」李國旺說：「祖先的神主牌位是被他們毀掉了，可是祖先的墳墓還在，明日我們就去拜祭哩。」

李家駒不同意，說這樣做是搞封建迷信，被人家看見不好。而且他今次回家，只是探望親人，並不是衣錦還鄉、光宗耀祖。李國旺說：「如今你做了大軍官，就值得大大慶祝，讓村中人看看。」家駒說：「毛主席、周總理、朱總司令做了中央領導人，他們都不回鄉搞這些了，我只是一個普通軍官，算得甚麼？」

李國旺再沒甚麼理由堅持已見了，而且上不了墓不大要緊。他最關心的是兒子的婚事問題：「你娶了老婆嚒？」

李家駒搖頭作答。李國旺說：「你在外地這麼多年，又做了軍官，有錢有權，為何不結婚！」家駒一怔，這樣說：「結婚會連累人家。」李國旺說：「男婚女嫁，大家都好，怎麼說連累人家！」

李家駒的面孔微紅，一時答不上話。他年輕時立志做賭王，搖骰子也到了出神入化的地步，自以為世上無人能敵。他在江湖上走南闖北開賭檔，不料遇到一位高手。那位高手向他挑戰，還要跟他打賭。當時他年少氣盛，大聲問那人：「你要打甚麼賭？賭身家還是賭命？」那人說：「人只有一條命，若是輸了就沒命了。」李家駒說：「你怕死？」那人說：「我當然不怕死，賭勝負拿命博不值得。」

李家駒問他要拿甚麼作賭注。那人說：「賭春子（睪丸）。」

李家駒豪氣地說：「命我都敢同你賭，兩粒春子算甚麼！怎樣賭法！」那人說：「照江湖上的規矩，各做莊一次，三盤兩勝。」李家駒說：「願賭服輸。」那人說：「一言為定。」

那人向圍觀的人抱拳拱手說：「各位老兄都聽到了，若是官府來捉人，請大家做個見證。」

李家駒雖然氣憤，但他自信能夠贏到對方，他壓抑着心中的怒火，向那人說：「你挑戰我，讓你先做莊。」

那人說：「老兄既然讓我，我不推讓了。」他走到賭桌旁邊，捲起兩手的衫袖，就拿起瓷盅搖骰。李家駒靜靜地聆聽骰子在瓷盅裏面的響聲和旋轉聲，等對手把瓷盅放在枱上了，他就押籌碼在「小」的位置上。

對手揭盅了，三顆骰子的仰面點數分別是一、二、三，共六點，開小，李家駒贏。那人再捧起瓷忠搖骰。李家駒靜靜聆聽，瓷盅放在枱上了，他押籌碼在「大」的位置上。

對手揭盅了，三顆骰子的仰面點數分別是二、二、二，共六點，開小，李家駒輸。他一怔，因為剛才他聽清楚瓷盅裏的骰子分別是四、五、六，十五點，他才押「大」，怎麼揭盅了是「小」？

頭二盤一勝一負。那人再捧起瓷盅搖骰。李家駒凝神斂氣聆聽，他聽清楚了，等對手放下瓷盅在枱上，他才將籌碼押在「大」的位置上。

那人氣定神閒地揭盅，三顆骰子的仰面分別是二、二、三，七點，開小，李家駒輸。

頭一局，三盤兩負，李家駒摸不透他怎麼會輸。輪到他做莊了，主客易位，他相信輸贏的局面會扭轉。

第二局開始，李家駒做莊，他捧起瓷盅搖晃，三顆骰子在裏面得得旋轉幾下，他輕輕放下瓷盅，讓對手押注。那人剛才並不留神聆聽盅裏三顆骰子的轉動聲，只注意家駒搖晃瓷盅的力度和手勢，等一切都靜止了，他才押注。

頭一盤李家駒贏了，他舒了一口氣，但是後兩盤都是他勝出，他才是贏家，他必須使出生平絕技去搖晃骰子，令對手眼花繚亂、無所捉摸，才可取勝。

但是，無論他搖晃骰子的花樣百出，神乎其技，都瞞不過對手獨特的眼睛和聽覺，被他押中。結果兩局之中，家駒只勝二盤，負四盤，是輸家！

那人以平靜的口脗對他說：「你輸了，怎麼樣？」李家駒說：「願賭服輸，我無話可說。」那人對他的手下說：「兄弟，動手啊！」

李家駒是頂天立地的男子漢，他不願像豬牛那樣被人綑綁着閹割，他輸了賭王的聲譽，不能輸掉自己的尊嚴。他說：「不用勞動你們，我自己了斷！」

那人恐怕會搞出人命，這樣說：「你要自殺！」李家駒說：「我們事先已經講清楚，只賭春子，不是賭命，為何要自殺！」

那人說：「果然是好漢，我就放你一馬，可是要你向我叩三個響頭才饒你。」李家駒說：「願賭服輸，我寧死都不會向你叩頭！

何況是兩粒春子？」

那人拿着一把刀子扔給他說：「好，我成全你！」

李家駒撿起它，刀子又尖又利，陽光下閃閃發光。他拉下褲子就往陰囊插入去，再用力一剜，兩顆睪丸就隨着血水跌落地上……

這次賭博，是他人生的轉捩點，現時他不好意思把這件不光彩的事對他的親人說出來。他只對他的父親說，他戒賭之後，隨即參軍，在部隊中時常行軍打仗，轉戰沙場，無暇顧及兒女私情，至今還是獨身。

李國旺說：「如今解放了，天下太平了，你又做了軍官，是時候找個適合的女子結婚哩。」家駒支吾以對，接着說：「這件事不必你們操心，讓我回到軍部看看情況怎樣再說。」

李國旺問兒子要不要去「榮園」看看。家駒說，「榮園」是我們李家的祖祠，是李家的書房，既然被沒收去做農會了，而且他又不想見到楊帆、楊海那幫人，不去也罷。

李國旺覺得兒子說得對，如今他做了軍官，出人頭地了，楊帆、楊海那些人是甚麼東西？為何要紆尊降貴去會見他們？

過了一陣子，家駒問他的父親：「我師父的骨灰還在嚒？」

李國旺說：「那個瓷罐我一直放在房間的牆角裏，前幾日清理雜物，不小心把它打裂了。你一去十八年，音訊全無，我以為你凶多吉少，不會再回來了。我惦念着你，睹物思人，心中難過，就把那個破裂了的瓷罐放入麻包袋裏，拿到白沙河邊，將骨灰倒入河裏，隨水漂流去哩。」

夜裏，李家駒躺臥在床上，房間中黑暗悶熱，牆角的便桶發出難聞的尿臭味。他久已不睡過家中的床了，感覺熟悉又陌生，他輾轉反側，難以入眠，在半睡半醒中，心事紛至沓來，有時虛幻，有時真實，有的事情令他驚心動魄，有的事情令他黯然神傷。有時候他發熱流汗，有時候他嘆息喘氣，直到雄雞喔喔啼叫，他睏倦極了，才在朦朧中入睡。

翌日早上起床，太陽升得很高了，朝陽照耀大地，他走到灶房，在陶缸中舀水嗽口洗面，洗漱完畢，後母俞氏讓他和父親吃鹹蛋粥。吃了早餐，他說他離鄉別井多年，家鄉的人事變了，山川也變了，他要去外面看看。他的父親說：要不要我同你去？他說：我在這個村子出生長大，熟悉地頭，一個人走好些。

山野上，朝陽溫煦，晨風吹送，他踏着泥土路，邊走邊看，四周無人，他有個奇怪的感覺，不知道為甚麼，以前熟悉的山崗變矮了，土坡變得平坦了，是不是如今他的身軀長得高大了，感覺上，兒時的東西都相對矮小了？

他迎着朝陽行走，不遠處的筆架山屹立在一片平原之上，三個山峰一字排開，山形高大，山勢雄偉，氣勢磅薄，朝陽映照着山上的雲朵，山巒中的霧靄飄搖，雲彩濃淡分明，厚雲如重彩，薄雲如飛白，山在雲霞中，猶如一幅巨大的水墨畫。

另一座與筆架山遙遙相對的尖峰山，高聳入雲，使他想起那個流傳已久的古老故事。村民一代代相傳，筆架山原先在這個小平原上是最高的，而尖峰山的器量小，看它不順眼，要自己拔高一點，把對手比下去。筆架山見對方忽然高過自己，不服氣，不願低對手一級，自己也拔高。兩座山都有雄心壯志，都要高過對方，傲視群山，做大哥。就這樣，兩座山你來我往，一次又一次的競高，鬥得難分難解，你死我活，天地變色。經過多次的競高比試，尖峰山自知體力不繼，就不動聲色悄悄停下來，讓對手自己去拔高。筆架山在拔高的過程中得意不饒人，沾沾自喜，得意忘形，愈拔愈高，峰頂到了天廷都不自知。後來天帝的屁股被它頂痛了，低頭一看，原來是一座山峰在作怪。天帝想，你這家伙不識好歹，要與天公試比高？可怒也！他立即下令雷公去收拾它。雷公領命，披掛上陣，着電母為副將，一齊出擊。他（雷公）左手執鐵鑿、右手握斧頭，從天廷飛身而下，閃電雷鳴，用斧頭對着筆架山頂重重一擊，峰頂在天崩地裂聲中破碎，分成三個像筆架形狀的山峰，座落在小平原上，比尖峰山矮了一截，永遠也不會變動了——筆架山由此而得名，流傳千秋萬代。

李家駒離鄉別井多年，在軍中轉戰沙場，走南闖北，越過高山，走過平原，渡過黃河、大江，胸中海嶽，氣壯山河，如今回到這偏遠的小村莊，眼前的一切已是另一番景象了。

走着走着，信步而行，來到白沙河邊，河水粼粼流倘，光波耀目，河邊那些白沙子，不知何故變成赤紅了。要不要把白沙河改名為紅沙河？他踏着沙粒碎石，彎下腰注視着河水，像在尋找甚麼。但是只見河水淙淙流逝，沒見到半點師父的骨灰。

他年輕時追隨師父跑碼頭開骰寶賭檔，雖然不過短短一年，但是師父對他很好，感情如同父子。師父不但教他行走江湖開骰子賭檔的本領，還教他做人處世的道理。師父說，強中自有強中手，一山還有一山高，世上沒有人永遠只勝不敗的。那時他對師父苦口婆心的教誨，只是唯唯諾諾的應着，不放在心上。後來他和人家賭骰寶輸了兩顆睪丸，才驚覺「強中自有強中手」是真確的。

最令他難忘的，是師父臥病在客棧中對他說的一番話，是對他臨終的遺言，影響他以後的人生路向。當時師父的病體極其虛弱了，他振作起精神對他說：「以你搖骰子的本事、特殊的聽覺，開骰寶賭檔自然能夠贏到錢。但是開賭檔，就算你做到賭王，到底是旁門左道的營生，不能永遠立足江湖上。人要創一番事業，出人頭地，還是要走正路才行。如今是亂世，與其在江湖上開賭檔冒險，倒不如去投軍，在戰場上搏殺，打敗敵軍，立下軍功，或者能創出一番事業來。」

如今全國都解放了，（台灣還在國民黨手中）不必行軍打仗了，他拚搏到中級將領解放戰爭就完了。

河水清涼，他用手掌掬起一把送入口中，吞下肚去。他的嘴角水珠流淌，喃喃地說：師父，當年我承諾你老母死後，將你的骨灰帶回你家鄉埋葬在她的墳邊，如今時移勢易，改朝換代，人事變了，不能實現你的遺願，我對不起你呵。

第二章

李家駒做了軍官歸來，他的父親照他的話做，不拜祖先，不上墳，不辦酒席請客食飯，他只在家裏逗留七八日，他的勤務兵和司機小朱又駕吉甫車來接他走了。

筆架村很多人都在猜想，李家駒現時是甚麼軍階？在中央還是在省城做官？不管他在哪裏回來，他能夠坐軍部的吉甫車回鄉，他的官階必然不小。

李家馱在水井頭見到李家駒坐吉甫車回來時，非常高興。家駒是他的堂兄，他在解放軍中做了軍官，對李家而言，總是有好處。他回到家裏，即時將這個好消息告訴家中各人。

李世民聽了，真是天大的喜訊，他比任何人都興奮。家駒是他的堂叔，如今他做了軍官，有他撐腰，老楊家那幫人投鼠忌器，再不敢整治逼害他們了！李家馱叫他莫毛躁，不要高興得太早，小心謹慎做人才好。

世民想：家駒叔叔離開家鄉時，他尚未出生。他說：「我不認識家駒叔，想去他們家看看他。」李家馱有顧慮，這樣說：「我們是地主，他是共產黨的軍官，你去他們家不知道好不好？」

贊華娣說：「世民是小孩，他又未見過家駒，應該讓他去見見面，以後有甚麼困難，也有門路求他幫忙。」李家馱說：「我們是地主，不知道對他有沒有壞影響！」贊華娣說：「家駒如今做了軍官，有權力，怕甚麼！讓他去。」

世民走進李國旺的家，有點膽怯。國旺見他站在一邊，對家駒說：「世民是你堂侄，家騏的長子，你離家的時候，他還未出世。如今他來看你。」

世民因為缺衣短食，營養不良，身子瘦小。好在他眉清目秀，口齒伶俐，李家駒喜歡他，問他有沒有入學讀書。世民說：「在祠堂的小學讀了兩年就解放了。解放後再去讀，因為我們的家庭成分是地主，在學校裏被人歧視，被人壓迫，我受不了他們的氣，讀不下去了。」家駒說：「你不讀書了，現在做甚麼？」

世民想，家駒叔叔是解放軍中的軍官，對他說出家中的遭遇可能得到他的幫助吧？他說：「土改時，我們家裏的財物、田地、房屋都被沒收去分給貧僱農了，他們將我一家人掃地出門，如今我們住在下面的小屋裏，一家人耕幾畝瘦田旱地過活。如今我們一家好慘啊。」

不料家駒這樣說：「土改的政策是鬥爭地主，分他們的財物、田地，農會在這方面沒有做錯。」

世民說：「他們還說要消滅地主啊！」

李家駒說：「共產黨的政策是要消滅地主階級，不是消滅地主本人。」世民說：「我年紀小，不曉得甚麼政策。他們不止分了我們家的財物、田地，還管制我們，我家沒有糧食，他們不准我向別人借，連我外婆那裏都不准我去，他們分明是想餓死我們，消滅我們。」

家駒說：「這件事我可以向上頭反映。」

世民說：「如今你做了軍官，只有你能夠幫到我們。」

家駒說：「我做的工作，只是為人民服務。」

世民說：「地主是不是人民？」

這個問題李家駒不好答，他不願說得太多，想了想才說：「地主階級的思想改造好了，看那時的政策怎樣再定。」

* * *

李家駒做了軍官歸來，對李家的人而言，是天降喜訊，值得高興。對老楊家來說，是平地一聲雷，令他們驚恐。

楊帆、楊海猶如被敵人殺個措手不及，在驚惶失措中，不知道怎樣做才好。翌日一早，楊帆急急走去縣政府，把這件事情告訴堂弟楊修，讓他出主意。

楊修聽了，神態自若，冷冷地說：「李國興一家是地主，鬥爭他們，沒收他們的財物、田地分給貧僱農，符合黨的土改政策，莫說他做了甚麼軍官，就算他做了中央領導人，都不怕他。」楊帆說：「我們整死了李國強、陸桂花、林鳳了，恐怕他會來找我們算帳。」楊修說：「搞革命搞運動，搞鬥爭就會死人，整死他幾個人算甚麼！」

楊帆還是很憂慮，他說：「以後還要不要管制他們？」

楊修參加革命這麼多年，是搞鬥爭的老手，會看風轉帆，自己處於弱勢時就等待，靜觀其變，處於強勢時就進攻。他說：「現時土改運動已過，若然你擔心，就放鬆他們一些，讓他們去外面做工找糧食，莫困死他們。」

*　　　　　*　　　　　*

秋天過去，進入寒冬，這時天氣乾冷，久不下雨，土地乾旱，山坡上的青草黃了，枯毀了，牛隻沒有草食，又受寒風吹襲，精壯的牯牛也漸漸消瘦，老牛消瘦的樣子就更加可憐，隨時都會凍死餓死，危在旦夕。

土改運動時，農會留給李家那頭黃牛，如今老了，牠在山坡上走來走去，找不到草食，疲累了，站在寒風下瑟縮發抖。牠兩邊的胃部凹陷，皮層下的肋骨如波浪，凹凸分明，兩眼無神，黃毛稀疏，腿腳彎曲，走路乏力，猶如風燭殘年的老人，無氣力拉犁耙翻耕田地了。

李家世代務農，耕牛是他們的伙伴，好幫手，沒有耕牛為他們拉犁耙翻土，就種不出穀麥，沒有糧食，就不能生存。李國興夫婦一直以來都愛護牛，也教導他們的兒子孫子愛護牛。

李世民見自家的黃牛瘦弱可憐的樣子，估摸牠度不過這個冬季，過不了多少天就會倒下去。他說：「我們多時沒食過牛肉了，殺了牠食哩。」祖母李駱氏不同意，她說：「以前牠為我們拉犁耕田，如今也為我們拉犁耕田，辛勞一世，我不忍心殺牠，食牠的肉。」世民說：「如今牠又老又瘦，不死都無力拉犁耕田了，不殺了牠食牠的肉，難道等牠死了，像人一樣用棺材埋葬牠？」李駱氏苦着臉說：「就算我現時死了，你們都無錢買棺材埋葬我，牠哪裏有這樣的福份？」

世民自覺失言，這樣說：「讓牠死掉算了？」李駱氏說：「牠一生為我們拉犁耕田，若是親手殺牠，良心過不去。將牠賣了，讓人家殺牠；我看不到，不傷心，又能得到一筆錢買糧食，我們或者能捱過這個冬天。」

奶奶是盡滄桑的老人，她的意見實際，這樣是好辦法。世民說：「我們的老牛不能耕田了，牠身上的肉又沒壯牛那樣多，誰願意買牠？」

李駱氏不直接回答世民，這樣說：「那些貧僱農沒收我們的財物分了，只得意一時，他們用完了食完了，還不是同以前一樣窮！」世民說：「他們如今又窮了，哪個有錢買我們的老黃牛？」李駱氏說：「他們一人無錢買，多人合錢就成事。他們會買去殺了牠分肉打牙祭。」

世民一想到那些像暴徒的人抄他們的家、打鬥他的親人就害怕，他說：「那些人拉了我家的牛去，會不會不給錢？」李駱氏說：「先同他們講明，一手交錢一手交牛。」

來李家買牛的是楊海和楊木仔，他兩人收了別人科的錢，不敢耍懶，照原來議定的價錢付款給李駱氏。

老黃牛在李家門外，牠見那些人來勢洶洶，大聲說話、交錢，心知不妙。牠垂頭喪氣，尾巴低垂，望望楊海，又望望李家各人。

李駱氏不忍心看牠哀怨的可憐樣子，拿了他們的錢就回屋去。

楊木仔解下繫在樹樁上的繩子，吆喝一聲就拉牛。老黃牛四蹄踏地不願走，但是楊木仔用力拖拉，老牛的鼻子被他扯起，楊海又拿竹枝鞭打牠的瘦屁股，牠的尾巴搖晃一下，不得不移步了。

土改運動時，村民圍觀鬥爭地主，拉地主去遊街巷，看慣亦尋常，表情麻目，無動於衷。老黃牛是畜牲，老了無氣力拉犁耕田了，拉牠去宰殺是理所當然的事，都跟着去看熱鬧。

李世民看見自己的耕牛被逼拉去，以後就沒有黃牛為他們拉犁耙耕種了。他為自己哀傷，也為老黃牛哀傷。他咬咬牙，狠下心，跟着人群走，要看那幫人如何宰殺他家的老牛。

老黃牛被拉扯，被鞭打，搖搖晃晃踏着碎步，樣子猶如被人拉着遊街示眾，經過村巷的時候，有人認出牠是李家的黃牛，以為地主的耕牛也要受批鬥，都探頭探腦張望，看熱鬧。

一刻鐘，到達目的地。那是村子西面的池塘邊，是一片光禿的爛草地。老牛站立着，耷拉着頭，兩眼直勾勾地看看旁邊的人，渾濁的眼睛湧出兩顆淚珠，樣子哀傷，仿如哀求人家莫殺牠。

楊木仔蹲在地上，拿繩子分別綑綁老牛的四蹄，這時老牛恍惚知道死定了，連踢踏一下都不做了，反而昂起頭，對天哞哞地呼喚，要上天知道人如此狠心對牠。

楊木仔從泥地爬起來，把繩子的另一端分別交給四個人。他像頭領一樣吆喝一聲，那四個人在老牛兩邊用力一拉，老牛就隆然倒下，地上揚起了一陣塵土。

天氣乾冷乾冷。一隻大鷹在空中飛旋。四蹄被綑綁着的老牛在地上呼呼喘氣。圍觀的人在指手劃腳談話。

有人紮着馬步，用力握着一隻牛角，把另一雙角插入泥土裏，老牛一隻眼朝天，一隻眼朝地，再無法動彈了。楊木仔捲起衫袖，拿着一把刀，刀子又長又尖，陽光下，閃着寒光。他走上前去，一條腿跪在地上，左手按着老牛的頭，右手的尖刀往老牛的喉嚨斜插入去。老牛發出痛苦的哀鳴，身子顫動幾下就靜止了。

楊木仔轉動一下尖刀才拔出來，牛頸的創口鮮血噴湧，血漿濺到楊木仔身上、面上。他用手抹了一把臉，嘴角一片血紅，樣子像吸血殭屍，很嚇人。他獰笑着，扔下尖刀，拿盤子去牛頸下裝噴湧出來的牛血。

老黃牛的血流盡了，大大的身子靜靜地躺臥着。有人解去牛蹄上的繩子，把牠翻起，背着地，腹朝天。楊木仔用刀子把牠的皮割開一道縫，然後一邊用刀割一邊剝牠的皮。

半句鐘後，老牛的皮剝下了，牛的軀殼紫赤，地上一片血污，殘陽斜照，池塘邊的人和物都給紅霞染紅。

李世民想起黃牛多年來為他們拉犁耙耕種，如今牠老了被人剝皮剜肉打牙祭，不禁心酸。他不忍再看，轉身離開屠宰場，黯然垂淚回家。

*　　　　*　　　　*

氣氛寬鬆了，農會方面對李家各人的管制沒以前那樣嚴厲了。是土改運動雨過天青了？是老楊家的人害怕李家駒做了大軍官了？

不理甚麼原因，能讓他們一點自由尋求生計就好。

家裏沒糧沒錢，贊華娣就跟隨李家馱、楊得天、楊定天幾個男人上山砍木頭挖樹根燒焗成黑炭，挑去筆架鎮賣給鐵匠，拿錢買糧食回家，一家幾人才有食物裹腹。

解放前，贊華娣只在家中做雜務，跟隨婆婆李駱氏紡紗織布，縫衣做鞋，不必日曬雨淋下田勞作，能保持好身材，能保持天生的美貌。別的女人，恨不得自己生得漂亮，贏取男人的歡心。贊華娣是寡婦，她要養育幾個孩子長大成人，決心守節，不會改嫁，因此，她就作賤自己，磨練自己成為一個粗鄙的女人，以免招引男人的垂涎。她在山上砍木頭燒焗黑炭，弄到皮膚粗糙，手腳起繭，面孔黏着炭灰，頭髮散亂，樣子猶如乞丐，與她本身的美貌判若兩人。

楊得天、楊定天原本是老楊家族的人，因為他們的家庭成分是地主，贊華娣的成分也是地主，彼此的階級相同，有共同語言，命運把他們放在一起，成為賣炭佬賣炭婦。

在筆架村中，楊得天的輩分高一級，因為他的年紀比贊華娣的亡夫李家騏小幾歲，他要尊稱贊華娣為「大嫂」，贊華娣的年紀雖然比楊得天大一點，按照村中的輩分排列，她要尊稱他「大叔」。

他們男女四人挑黑炭去筆架鎮賣了，有了錢，在街市上買一些白米油鹽之類，肚餓了，還買一些菜肉在街頭煮飯食。

這事被筆架村那些不懷好意的好事之徒知道了，就散播謠言，中傷贊華娣和楊得天出雙入對，攬腰搭膊，打得火熱，傳揚得人人皆知。有人知道贊華娣賢淑，守婦道，相信她不會做出傷風敗德之事。那些撒播謠言的人說：「她老公死了好幾年，無男人同她睡，她怎樣捱得住？楊得天又後生又靚仔，不勾引他勾引哪個？」

李駱氏聽到傳聞，就在家中悄悄問她可有此事。贊華娣不直接回答奶奶的疑問，反問她：「你相信嚒？」

李駱氏答不相信。贊華娣說：「既然你信得過我，以後就莫聽那些人的鬼話。」李駱氏說：「我知道，是那些人想傷害你才說你不規矩。」

贊華娣年青喪偶，心境孤寂，加上家庭成分是地主，被人鬥爭，受盡屈辱，曾經動搖過，想改嫁他人。為了養育幾個心愛的孩子，前後經過多次的內心掙扎，還是決定留在李家，老少互相扶持，生死與共，過艱苦的日子。

楊得天年輕時在縣立中學讀書有過相愛的女朋友，因為他的家庭成分是地主，他在鎮壓反革命運動時被當作反革命分子捉去坐牢，不明不白的入獄，不明不白的出獄，他的情人因此離棄了他。如今他是個精壯的男子，無女人願意嫁給他，仍然是個困苦的單身漢。如今他和贊華娣一起上山砍木頭挖樹根，一起挑黑炭去鎮上賣，一起在街邊煮飯食，時常相見，他就對她發生感情，言行之間也有所暗示。

贊華娣是聰明人，她自然看得出他的心事，但是她並不迴避他，因為她曉得這種事情迴避猶如駝鳥，不是好辦法，這樣做只會引起他的猜疑和誤會。某日，李家馱、楊定天兩人在山坡下面焗炭，她和楊得天兩人在山上挖樹根。楊得天紅着臉走近她，向她示愛，說很喜歡她。

贊華娣站起來，手握鋤頭，有所防範。她對他說：「你喜歡我，我很高興。你知道我是寡婦，有了兩個十多歲的兒子，徐娘半老了，不值得你喜歡。」楊得天說：「雖然你年紀大一些，風韻尤存，我還是喜歡你。」

贊華娣說不可以。楊得天說：「你沒了丈夫，我是未婚男人，大家結婚沒有甚麼不妥。」贊華娣說：「楊李兩個家族同宗同祖，我雖然是你的後輩，我亡夫的年歲大過你，我是你的嫂嫂，你可以娶嫂嫂做老婆嚒？你不怕被人恥笑罵你是畜牲？」

楊得天面紅耳赤，支吾以對。他想了想，這樣說：「舊社會不可以，如今是新社會了，為何不可以！」贊華娣說：「你這個知識分子想女人想懵了？」楊得天說：「我不懵。」贊華娣說：「看來你還是懵，等我點醒你。舊社會同宗同祖的人不能結婚，還有『朋友妻不可提』之說，我是你嫂嫂，更加提都不好提。如今解放了，解放的是工人、貧僱農；新社會不是地主、反革命的新社會，是共產黨、工農兵的新社會。你是地主階級，又坐過監，受過管制，被專政，就算有女人肯嫁給你，也要農會長、鄉長批准你才可以結婚。陳涉如今是我們鄉的新鄉長，他看中我，前年我在山裏割野菜時，他走來向我求婚，我拒絕他，他老羞成怒，就想趁無人時強暴我。好在我手上有鐮刀反抗他，才能保住清白之身。他得不到我，懷恨在心，等機會整我。你想想，他會批准我同你結婚嚒？」

楊得天還想說服贊華娣：「他們不批准我們結婚，我就和你合戶同居。」贊華娣說：「如今合戶同居也要他們批准，若不，就是亂搞男女關係，我要被人恥笑，受批鬥，名聲掃地。你更加不會好過，當你是壞分子，在地主頭上加上壞分子的帽子，他們就要捉你去勞改，去坐監！」

她的話猶如當頭棒喝，楊得天如在迷夢中驚醒，這時他才驚覺自己真的是懵了！他是高中畢業生，有知識，反而不及贊華娣會思量，會分析事情，會應變危機。若不是她這番義正詞嚴的訓斥，他就會犯了大錯，後果就會很嚴重！

陽光下，楊得天的面孔一陣紅一陣白，她看得出他又內疚又慚愧。她的話氣溫和了：「如今你的年歲還不算大，樣貌不錯，又有知識，等待一個時期，若然政策變好了，會有女人肯嫁給你哩。」

楊得天的態度完全變了，對贊華娣又敬又畏，他淡淡地說：希望政策寬鬆了有這樣的日子。

*　　　*　　　*

「中藥堂」的贊王氏，某日午時來到街市買糧油，走到街角時，看見三個男人和一個女人在那裏生火做飯，飯菜煮熟了，就把一盤芽菜豬腸、一盤鹹魚蒸豆腐擺在地上，四個人圍着兩盤菜吃飯。四人之中，那個女人年紀較大，她身上黏滿炭灰，蓬頭垢面，光着腳板，蹲在地上呼嚕呼嚕地吃着飯菜。因為她太饑餓了，心無旁騖，只注視眼前的飯菜，夾菜扒飯，大吃大嚼。

贊王氏見那女人熟口熟面，走前幾步一看，果然是她的女兒。

她不動聲色，靜靜地站在雜貨舖的屋簷下，等他們吃完飯，收拾好碗盤，才走過去叫她的女兒。贊王氏同李家駄談了幾句話，就領着贊華娣回家去。

贊華娣走進「中藥堂」，裏面的格局和擺設同以前一樣，沒有甚麼改變，只是椅桌櫃枱陳舊一點而已。因為只有母親一人把持店務，沒有客人來買藥的時候，店裏就冷落清靜，無聲無息。

現時女兒歸來，贊王氏索性關上大門，暫停營業。母女對坐，她見女兒身上的衫褲破爛，打着補釘，手腳黏着厚厚的塵垢，面孔被黑炭灰弄得污跡斑斑，神態粗野，跟她以前的嫻靜端莊容貌相比，真是判若兩人，她不敢相信眼前的女人是她的女兒！

贊王氏心中酸楚，默默流了一會兒淚才開腔：「你既然來鎮上賣黑炭，為何不來娘家！」贊華娣說：「如今我落難，窮困到這樣，不好意思回來。」贊王氏說：「淪落到這個地步，就是因為你太固執，不聽我的話。當初你不願改嫁本鄉的陳涉也罷了，後來我帶你去外鄉同彭年相睇，你又千方百計把將要成功的婚事搞禍了。要不是，跟彭年過日子會好過今日。」

贊華娣前年跟彭年鬥嘴較量的事，歷歷在目，記憶猶新。她說：「我根本不中意他。」贊王氏說：「你不中意他，可以找個比他好的。」贊華娣說：「我不想再嫁。」贊王氏說：「若然你夫家不是地主，我不會勸你。」贊華娣說：「地主家庭已經夠慘了，若然我改嫁離棄他們，幾個孩子無父又無母，無人照顧他們，不是更悲慘？」

贊王氏還是喋喋不休，這樣說：「若然你能嫁個幹部，不止你得到快樂幸福，他有權力，還可以保護你家的孩子……」

贊華娣擺擺手說：「你不要再講，我不能只為自己幸福，離開他們。」

贊王氏冷笑說：「你不為自己的幸福？那你為何又同楊得天搞在一起？」贊華娣說：「沒有這事。」贊王氏說：「我聽人說過。」

贊華娣暗暗叫屈，本來想極力否認，為了杜絕母親要她改嫁的念頭，她故意這樣說：「楊得天的人品好，他對我又好……」

贊王氏忍耐不住了，大聲說：「他人品好有甚麼用？他也是地主，受鬥爭，受管制，命運同你們一樣，他泥菩薩過江——自身難保，沒有能力保護你，會有幸福嚜？」

贊華娣不願改嫁的心已決，她不想母親嘮叨下去，言不由衷地說：「他對我好，對我的兒子也好，他會同我一齊將幾個孩子養大。」

贊王氏嘆着氣說：「你不改嫁別人，只嫁他，你這是自作自受，有朝一日你會後悔！」

母女二人各持己見，不歡而散。

第三章

李家的黃牛又老又瘦弱，無氣力拉犁耙耕種了，李駱氏思前想後，沒有好的辦法了，才把牠賣給楊木仔那幫人宰殺，得到的錢打算拿去買糧食，度過寒冷漫長的冬天。

然而莊稼人沒有牛拉犁耙耕田不行，到了明年春天，必須買回一頭牛。好在贊華娣和李家馱伙同楊得天兄弟上山砍樹頭挖樹根焗炭去賣，有了錢買糧食，賣老黃牛的錢才能保存下來。

李駱氏想起自己年青時種棉花，紡紗織布賺錢，才有小本錢讓丈夫去筆架鎮開舖子做生意，然後發家致富。經歷了改朝換代的教訓，經歷了土改運動的家散人亡，如今她只想一家老少幾口能食得飽穿得暖，能過平安日子就好，不想兒孫重蹈她的老路了。

不求發財，但是必須生存，兒孫還要尋求生活。她問世民想不想做一些小生意？世民說，只要能夠賺到錢買糧食，他願意做，只是不知道做甚麼小生意能賺到錢。

奶奶說：「無論做甚麼生意，都是低價入貨，高價賣出；從貨品多的地方入貨，拿去貨品少的地方出貨，才能從中賺取利錢。」世民說：「我沒有本錢，無本怎樣能生利？」

奶奶說，賣老黃牛的錢她留着，可以給他做本錢，希望他賺了錢買回一頭壯健的牛。世民說，我做生意若然蝕了本錢怎麼辦？奶奶說，做生意如無意外不會蝕錢，若是蝕了，就當拿錢去買個經驗，作為教訓，以後從頭再做。

贊華娣說，世民的年紀尚小，又未做過生意，恐怕有風險。奶奶說，人不是一出生就會做事，從小開始做，一邊做一邊學，一做就成功最好，失敗了再做，從中汲取教訓，總會成功。

贊華娣說，無人帶世民去做，她不放心。她提議讓他去「中藥堂」，跟他外婆學習賣藥材，學到一點做生意的本領了，才單獨去跑碼頭經商。

奶奶說，這樣做也好，一步一步來。但是世民說，他不想去依靠外婆了，他要自立，不想去。奶奶說：「土改時家中斷糧，農會那裏管得死死的，不讓你去。如今他們放鬆了，自由一些了，你怎麼又不去了？」

世民說，呆在「中藥堂」裏賣藥材，見識不多，進步不大，他要單獨去外面闖蕩。他的媽媽說，你的年歲還小，不好過早跑碼頭。世民說，家駒叔叔也是年紀輕輕離家跑碼頭的，如今他不是做了大軍官回來？

奶奶和媽媽都無話可説了。她們雖然不放心，還是讓他去外面碰運氣，考驗一下他的才幹。

李世民的身子瘦小，膽量也不大，這幾年來，他看過那些窮人打鬥地主，看過民兵槍斃陳福祥，他自己也被人打鬥過。因為家中沒有糧食，逼着他去山林中射殺鳥兒，去山邊田邊捕捉毒蛇，食蛇肉喝蛇血，爬樹摘果子充饑，在困境中練就了求生存的方法，也練大了膽量。

他拿了奶奶給他的一些鈔票做本錢，本來想從筆架村開始做起，但是筆架村的人都知道他是地主仔，是階級敵人，歧視他，不會同他做買賣。因此，他挑着竹籃子，走山路，到別的村莊去。

鄰村比筆架村小，只有幾十戶人家，他挑着兩隻籃子在村巷中一邊走一邊喊：收買雞蛋啊！有雞蛋就拿出來賣啊！

呼叫了一陣子，有婦人拿出雞蛋來，雙方議好了每隻雞蛋的價錢，成交後，付了錢，他就把雞蛋放在籃子中，才離開她的家門，到別家的門前去。村子裏，有人在家中走動，有的家庭關上木門，無聲無息。他走遍這個村子，呼叫了很久，只收購到幾隻雞蛋。

他想，這些丘陵山地，村莊星羅棋布，村民家中都養豬養雞，這個村子沒有雞蛋，別的村子會有。他就離開頭一個村莊，向下一個村莊走去。到了黃昏，他疲累了，卻也收購到兩籃子雞蛋了。

翌日，李世民早早起床，吃了奶奶給他熬的鹹菜粥，準備出門的時候，奶奶對他說：「你初次一個人出外做生意，要小心啊。」世民說：「筆架鎮是個小地方，我又去過好多次，熟悉地頭，不會出問題，你放心。」

這天是筆架鎮的「墟期」，四面八鄉的人挑着各種各樣的物品來鎮上做買賣，有人買貨，有人賣貨，討價還價，付錢交貨，喧嚣熱鬧。市場在鎮子西面的土坡上，因為不必交場租，商販沒有固定的位置，誰先到來就選擇好的地方擺攤位做買賣。

李世民初出道，心情緊張，早早就來到市場了。他的雞蛋裝在兩隻籃子裏，擺在地上不必佔據多少地方。他的娃娃臉，稚氣十足，人又瘦小，他的攤子夾雜在別人的攤檔中，毫不起眼。好在他籃子裏的雞蛋圓碌碌，猶如雪球一樣白，陽光下，閃亮耀目，引起顧客的注意。

午時不到，他的雞蛋就賣光了。他點算身上的鈔票，在心中計算，昨天在村莊收購雞蛋時用去多少本錢，今天賣完雞蛋口袋有鈔票若干。結果賺到的錢比本錢多一倍。

一出道做買賣就能賺到錢，他非常高興。黃昏時分回到家裏，他將這件好事告訴奶奶。奶奶聽了當然也高興，但她並不喜形於色，她說：「今日可能是拿雞蛋去鎮上賣的人少，來鎮上買雞蛋的人多——這是好市，你的雞蛋很快就能高價賣出去，能賺到加倍的利錢。但是墟市的情況不是日日都是好市，若是當日是爛市，你的雞蛋會賣不出去，那就無錢可賺，甚至要蝕本。」

世民有點掃興，他說：「你講過，以前阿爺在鎮上開衣布舖，賺好多錢回來買田起屋，發家致富……」奶奶說：「做甚麼事情都要看各人的本事，也要看運氣；有本事又好運氣才能成大事業。比如老楊家的楊晉林，他有膽識，做買賣的手段又好，就是他的時運不好，撈到風生水起時，日本仔就打到來，開炮把他的火船仔打沉，財產沒了不說，他差一些就葬身大海做水鬼。」

世民想也不想就說：「老楊家的人這樣可惡，惡有惡報，抵他失時倒運啊！」奶奶說：「若不是打仗，日本仔開大炮打沉他的船，他就會賺大錢回來買田起屋，身家多過我們。若是這樣，他也是地主，命運和我們相同哩。」

世民想想「塞翁失馬」這句成語，他說：「中日兩國打仗不是益了他！」奶奶說：「可以這樣講。」

奶奶有頭腦，會攢錢，又省吃儉用，不到非用錢時不肯用。世民把做買賣賺到的利錢交給她保管。她說，你需要錢周轉時同我講，我會給你。

李世民有了收購雞蛋的經驗，膽量愈來愈大，他照樣去鄰近的村莊收購雞蛋，到了「墟期」才挑去鎮上賣。好市的日子，他將價錢提高一點，反之就降價求售，不蝕本就去貨。總的來說，賺錢。

這樣過了一段日子，有人來市場巡查。李世民見他身穿制服，有肩章，是政府人員，不敢得罪他，只有回答他的問題。那人說：「凡是墟日，你都擔雞蛋來賣，你哪來這麼多雞蛋？」世民說：「家中的母雞生的。」那人說：「你家裏有多少母雞？」世民說：「不多。」那人說：「不多？也有個數目啊。」世民說：「八九隻。」那人說：「八九隻母雞怎能生下這麼多蛋？」世民說：「牠們日日都生蛋。」那人說：「就算一隻母雞一日生一隻蛋，你家八九隻母雞一日只能生八九隻蛋，你兩隻竹籃裝得滿滿的，起碼都有一百幾十隻，你怎麼說！」

李世民想了想，這樣說：「我等家裏的母雞生滿兩籃蛋才擔來這裏賣。」那人說：「我個個墟日都來巡查市場，都見你在這裏賣雞蛋。你講的不是真話，我要你坦白說！」

這個時候，李世民無法辯解了，就支吾以對，說有些蛋是他家中的母雞生的，有些是在別的村莊收購的。

那人的面色大變，大聲說：「你這樣做是投機倒把，囤積居奇，違反人民政府的政策，我要拉你！」他拿起世民的雞蛋就走。

李世民想：他不拉我，只拿走我的雞蛋，誰知道他是甚麼居心的人？他拿我的雞蛋到哪裏去？我又不是偷人家的蛋犯了法，我要跟他去取回我的雞蛋。

這時市場上的人都望着他，不知道他的雞蛋為何被人撿走。李世民不理別人怎樣看他，他急急離開市場，跟隨着那人走。轉彎抹角穿過街巷，走過一片空地，來到一間屋子門前，那人就走入去了。李世民遲疑一下，看見屋子門前掛着一塊「筆架鄉人民政府」的木牌子，曉得那人是鄉政府中的人員，他鼓起勇氣走進去。

那人瞪了他一眼，喝令他等候。世民沒有辦法，只好站着呆等。那人沒有監視他，只在裏頭走動。他的心神不定，怯怯地觀望。在他朦朧的記憶中，此地似曾相識。小時候，媽媽曾經帶他來過這裏，那時梅必然是鄉長，這裏是他坐鎮的鄉公所。解放了，因為他是民國時期的鄉鎮小官員，被新中國的首任縣長楊修下令捉去槍斃了。

世民想起奶奶說過：生不入官門，死不入地獄。因為不犯法犯罪，平民百姓就不必入官府。如今他在鄉政府中，不是犯了法？既然他犯了法，為何無人監視他審問他？假如他這時奪門而出逃跑，離開鎮子，是可以逃脱的。但是他又不是殺人放火、姦淫盜竊，只是買賣雞蛋賺幾個錢幫補家計，怕他甚麼？

他的內心焦慮，忐忑不安，感覺時間過得很慢。到了中午，又有一個男子被帶進來，他二十多歲年紀，短頭髮，樣貌平凡。當那人斥喝要他等候時，他的神情鎮靜，在一張硬板凳上坐下。世民見他坐，自己才敢在硬板凳的另一頭坐下。

兩人靜靜地坐着，互相對望一下，世民想問他何故被帶人鄉政府，但是他不知道對方是甚麼人，就把到口邊的話咽回去。

這時是光天白日，裏頭有人説話，有人從裏面出來，也有人走人去。那些經過他們面前的人，只投下疑惑的一瞥，就離去了。

那個平頭裝的男子等得不耐煩了，向裏頭的人問：「幾時放我走！」裏頭的人説：「鄉長還沒有時間審問你，就想走？！」平頭裝説：「請快一些，我要去談婚。」裏頭的人冷笑説：「談婚？這樣風流快活？你犯了罪，等鄉長發落你！」

那邊的牆上貼着毛主席半身像，旁邊的掛鐘嘀嗒嘀嗒地響，鐘面上的長短針都在無形中移動。大約過了兩小時，鄉長才從裏頭出來，在枱邊坐下。他揮手召喚平頭裝男子過去，讓他站着答話。

鄉長問他的姓名、年齡、成分等問題，他逐一回答。鄉長説：「民兵看見你在後山同一個女人親嘴，是不是？」

那個叫司馬亮的平頭裝直言不諱。鄉長説：「她是你甚麼人？」司馬亮説：「是我的相好。」鄉長説：「相好？幾時搞上的？」司馬亮説：「我們在一條村長大，從小就很好了。舊社會我同她親嘴都無人拉我，如今解放了，窮人翻身當家作主了，我同她親嘴你們就拉我！」鄉長說：「舊社會黑暗，日頭也不光，無人看得見你們親嘴。如今是新社會，毛主席是紅太陽，照亮祖國山河大地，甚麼都照得清清楚，你們一親嘴，民兵就看見你，就要拉你。」司馬亮說：「同相好的女人親嘴不可以？」鄉長說：「如今是新中國新社會，講文明，就是夫婦都不能在山上親嘴。你還未同她申請結婚，在山上親嘴就是亂搞男女關係，就要拉你！」司馬亮說：「我都做了，你要拿我怎樣？」鄉長說：「你是貧農，家庭成分好，只罰你自己檢討，保證以後不同她在山上親嘴。」司馬亮說：「我家裏有人，她家裏也有人，我不同她在山林中親嘴在哪裏親嘴？」鄉長說：「既然你不想讓別人見到你們親嘴，以後就莫親。快去寫檢討書！」司馬亮說：「我不識字，不會寫。」

鄉長是傭農，從未讀過書，不認識字。他說：「你不會寫，就對着毛主席像在我們面前作口頭檢討！」

司馬亮檢討完畢，鄉長就放他走了。

李世民想：司馬亮是貧農，他又不是犯了甚麼大罪，自我檢討一下就了事。如今我落在他手中，他必然乘機整治我！

他被傳召到鄉長面前。鄉長是陳涉，解放前他是梅必然鄉長的長工，解放了，新任縣長楊修就讓他做筆架鄉的首任鄉長，取代梅必然的官位，在共產黨時期他才是頁的窮人大翻身當家作主了。

陳涉認識李世民，知道他家中的情況，他無須問他的姓名、年齡、家庭成分，一見到他就切入正題：「我的手下告訴我，你炒賣雞蛋是不是？」

李世民一見到他那雙像狼的眼睛，既害怕又憎恨，他不想活受罪，就點頭承認。陳涉說：「你做這件事是違反政策。」世民說：「我從鄉村買一些雞蛋拿來鎮上賣，賺少少錢用，做生意賺利錢不應該？」陳涉說：「解放前你阿爺在鎮上開衣布舖做生意，剝削人家，如今就不准你做。」世民說：「舊社會都讓人民自由做買賣，新社會就不准？」

陳涉雖然目不識丁，但他是新鄉長，常常去縣城開會學習，像鸚鵡學舌一樣學到不少「理論」和名詞。他說：「舊社會是國民黨統治，是資本主義，資本家開工廠開商店賺錢，剝削工人農民。如今解放了，是社會主義，要打倒資本家，不准他們再剝削人。」世民說：「我只是買賣雞蛋賺幾個錢，哪是剝削人？」陳涉說：「你從鄉村收購雞蛋，是投機倒把，是囤積居奇，是犯法。共產黨的新政策是，人民出產的穀麥、牲口、雞蛋都要由國家統購統銷，不准你炒買炒賣，擾亂市場，聽到了沒有？」

李世民被毒蛇咬過，被人打被人鬥爭過，膽量大了，他反問陳涉：「我都做了，要把我怎樣？」

陳涉望着他，哼了一聲才說：「你投機倒把，犯了政策，本來要充公你的雞蛋，看在你媽面上，讓你拿回去。」

李世民想：我媽前年在山上割野菜，遇到你這隻惡狼，幾乎被你姦污！你這個人面獸心的狗雜種，你假仁假義甚麼？！

*　　　　*　　　　*

從鄉政府出來，已近黃昏，墟市早已散了，地上只留下一些爛菜和被人棄置的雜物。李世民挑着兩籃沒有被充公的雞蛋，趕路回筆架村去。

回到家裏，世民並不對親人說他被拉去鄉政府的事，詭稱今日擔雞蛋去賣的人多，頂爛市，他的雞蛋賣不出去。奶奶說，雞蛋可以留，今日賣不出去等下個墟日再擔去賣。世民說，以後他不再買賣雞蛋了。奶奶說，你做得好好的，為何不做了？世民說，做這種生意賺的利錢少，雞蛋又容易破，若然不小心打爛了，賺錢也會變成蝕錢，他打算改行買賣別的貨物。

奶奶和媽媽都說，只要是正途生意，就讓他去做。

李世民不願再次被拉去鄉政府給陳涉審問，他要去外鄉外地謀出路。不過，這一設想也有難題。他未出過遠門，去哪裏好呢？農會方面准不准許他做？若然他們不准，他的計策就要告吹。

他不徵詢家人的意見，獨自走去農會所，向農會長說出自己的問題，希望他放行。他對這個請求的成功率不抱太大的希望，姑且一試而已。楊帆的態度曖昧，不說准，也不說不准，只說：你不能做對不起國家的事情。

李世民在心中琢磨他這句話。若是以前，他必然擺出官架子說：你是地主仔，受管制，不准你去！既然他不斷然說不准，那不是意味着默許？為甚麼他有這樣大的轉變？是上頭的政策寬鬆了？還是他的堂叔家駒做了大軍官回來老楊家的人有所畏懼？

無論是甚麼原因，能不困死他放他一馬就好。他回到家中，將他的際遇和想法告訴他的親人。媽媽說：「你打算去哪裏？做甚麼事情！」世民說：「我未去過湛市，華金舅在人民醫院工作，我想去湛市走走，見見世面。」

奶奶有顧慮，遲疑不決。贊華娣看得開，她說，世民現時都十多歲了，被姓楊的人管制了這麼久，呆在村中成了井底蛙，讓他去外面闖蕩見見世面也好。

外祖父贊仙洲解放前夕病亡，他的親人按照他的遺言把他的屍體火化，撒他的骨灰入河海時，贊華娣和她的娘親、弟弟乘便去湛市的西醫院探望瑪利亞修女，贊華金還得到她在西醫院找到一份能夠餬口的工作，成為湛市的市民。

贊華娣對世民說：「早幾年我撒你外公的骨灰落海時，去過湛市的西醫院，認識路頭，我同你一齊去。」世民不同意，他的理由是：兩母子一齊去目標大，恐怕引起人家的注意，惹來不必要的麻煩，還是他獨自去好了。贊華娣說：「你一個人去，我不放心。」世民說：「我會保護自己，不會出事，你就讓我摸着石頭過河哩。」

李駱氏說：「他既然有自信，就讓他一人去，希望他有朝一日可以闖出頭。」

從筆架鎮去湛市的船隻，不知何故早已停航了。水路不通，人們來往湛市就要徒步走路。如今李世民踏着他祖父、叔公當年的足跡，在山路上行走，前往他嚮往已久的城市。因為是頭一次去，不熟路，心情不免有點緊張，到了分岔路口時不知道何去何從，就停下來等待，詢問途人，而熟悉路徑的好心人就指點他朝正確的方向走，才沒走錯路。

鄉村人沒有時鐘，沒有手錶，只靠太陽的起落和位置測度時間。大約走了三個小時，前面是一條鹹淡水河，擋住他的去路。他站在河岸向前望，渡船在那邊徐徐駛來了。

過了一陣子，渡船泊岸了，有人爬上船，有人落船。渡船是扯帆的，船夫借風轉帆航行。渡船到了對岸，船夫站在船頭，拿竹篙撐住岸邊，穩定船身，讓乘客上岸。那些乘客上岸時，從口袋掏出一點碎鈔給船夫，李世民也照別人一樣做，還向船夫道一聲謝。

在這裏渡河的人，大都是去湛市的，他們上了岸，挑着貨物，揹上行囊，猶如識途老馬，重新上路。這時李世民不愁不識路頭了，已經有同路人和他一起走，奔赴那個聞名已久的城市。

走了半句鐘，入了城，同路人就各散東西，分道揚鑣，走向自己要去的地方。這時李世民猶如失群的小鳥呆呆地站着，不知道往哪個方向走。他離家的前夕，媽媽和他說過，湛市又大又繁榮，初入城，人生路不熟，入城之後，要顧黃包車（人力車）去西醫院。

李世民環顧四周，街道上有牛車，有馬車，有汽車，有腳踏三輪車，卻不見人拉的車。他問途人，去哪裏才可顧到黃包車？

那人上了年紀，樣貌純樸，他說，舊社會才有人力車，如今解放了，人人平等，已經沒有黃包車了。世民說，他初到此城，不識路頭，他要乘車去西醫院，應該顧用甚麼車？那人說，坐三輪車。世民說，在甚麼地方可以顧到三輪車？那人說，你在這裏等候，會有三輪車經過，看見了就揮手，車夫會來載你。

李世民站了一陣子，看見一架有三個輪子的車子在街上行駛，他立即向那邊揮手。但是那車夫不理他，繼續踏車向前行。世民疑惑：他為甚麼不停車？是不是自己是個小子車夫看不起他？

那架三輪車轉了彎，世民才看到車兜裏坐着一個抱着小孩的婦人。他明白了，車夫是踏車載客掙錢謀生的，若然他的車上沒有客人，哪會不停車接載他？

繼續等待，注視前面的街道，有人行走，偶爾有車輛駛過，卻沒有他要乘搭的三輪車。他心急得冒汗，想快些坐上這種車子。大約過了半句鐘，才有人踏着三輪車慢慢駛過來。他看清楚了，車上沒有乘客，他恐怕被別人捷足先登，就一邊揮手一邊走過去，因為心急走得大快，幾乎將路上一個婦人撞倒。那婦人被他撞得頭暈眼花，氣上心頭，指着他大罵：你個死仔，亂走亂撞，不顧人，趕着去投胎呀你！

李世民向她擺擺手，表示歉意，繼續向前走。那婦人還是氣憤難平，大聲罵：你撞到老娘，對不起都不講一聲，快去死啦你！

世民面紅耳赤，暗叫慚愧，他爬上車了，才回過頭向那婦人說：「大姑，我心急追車撞到你，對不起你啊。」

三輪車夫見他是孩子，樣子失魂落魄，疑心他沒有車資給，要白載他一趟，問他要去甚麼地方，身上有沒有錢。世民說：「我身上有錢。我要去西醫院。」車夫轉過頭，疑惑地對他說：「西醫院？沒有啊。」

李世民想起媽媽對他說過，西醫院在一個叫雞嶺的山頭上，他照媽媽的話向車夫說。車夫皺着眉頭，想了想才說：「那個醫院以前叫西醫院，解放後，叫作湛市人民醫院囉。」世民說：「你就搭我去那裏好哩。」

三輪車夫頭戴笠帽，褲管捲到小腿上，兩腳踩着輪子，小輪子的齒鏈帶動大輪子，他坐的車就滾滾向前駛去。車夫的身子健壯，氣力大，他踏着車子穿街過巷，遇到行人的時候，就按鈴叮叮響，警告行人要閃避。

街道上的人往來行走，車馬喧囂，非常熱鬧。他首次踏足這個城市，對很多未見過的事物都感覺新鮮有趣，盡情瀏覽。城市的街道寬闊，縱橫交錯，街頭掛着路牌，有中山路，有解放路，有人民大道，有菜市路……店舖門前，有門牌號碼，有店子招牌，店員正在做買賣。

半句鐘後，來到一處山腳下，前面是斜路，車夫氣喘吁吁，很吃力地踩着輪子，車子才能慢慢爬上去。世民見他踏得辛苦，說他要下車走路。車夫轉過頭，神情疑惑地望着他，不讓他下車，叫他坐着就行。

這個山崗上，有各種屋子，有漂亮的樓房，有學校，路旁樹影搖曳，涼風習習，環境清幽。世民想：這裏就是雞嶺吧？

世民坐的三輪車子轉了彎，在一座白色粉牆的建築物前面停下，他看到門前有「湛市人民醫院」招牌，心情一鬆，猶如從大海泅到岸邊了。他給了車夫索取的車資，跳下車，走入醫院，向別人詢問他的舅父在不在？

那人是中年女子，見他土頭土腦，似笑非笑地看看他，這樣說：「我們醫院這樣大，有醫生，有護士，有病人，怎麼知道你舅父是誰！」世民如夢初醒，急急說出他舅父的姓名。

贊華金是醫院的黨部書記，是領導人。這個中年女子是他的手下，知道他的工作情況，她對世民說：「贊同志早幾日去省城開會學習了，今天晚上若不回來，明天就會回來。」

李世民一時高興又落寞了，他想：若然舅父今天晚上不回來，無人招呼我，我身上又無多少錢去旅店投宿，今晚不是要流落街頭：他說：「我可不可以在這裏等他回來？」中年女子說：「誰知道你是不是贊同志的外甥？」世民說：「我不是冒充的。我真真是他的外甥。」中年女子說：「若是你不騙我，就讓你在這裏等他回來。」

李世民鬆了一口氣，不趕他走，讓他在這裏等待就好。他謝了那中年女子，就在牆邊的硬板凳坐下。

這是一幢三層高的樓房，建築格局中西合壁，大堂寬敞，正面的白粉牆上掛着毛主席頭像，牆頭上還有「共產黨萬歲」、「為人民服務」等標語。樓上有人走動，樓梯的腳步聲突突響。

因為是白天，有人來求醫，有人治了病離去。來求醫的人，有病重的，有危急的，無論是病者本人還是陪伴病人來的親友，都神情凝重，憂傷之情溢於言表，恨不得醫護人員馬上為他們醫治。

小時候李世民聽爺爺說過，解放前他的爸爸家騏患肺癆病，名醫贊仙洲無法醫好他，爺爺、叔公（國強）曾經帶他來這裏醫治，醫生盡了最大的努力，還是治不好他爸爸的肺病，爺爺傷心又失望，沒有辦法，只好帶他回家鄉治理。

爸爸在家養病的時候，身體消瘦，神情萎頓，他沒有精神看別的書，只看一本硬封皮的《聖經》。那時他年幼，認識的字不多，不懂得《聖經》是甚麼樣的經書。爸爸說，這本《聖經》是一位叫瑪利亞的西洋修女送給他的，內容是講天主和耶穌的，神愛世人，神會打救世上之人。爸爸又說，湛市的西醫院是天主教會開辦的，生病的人，無論貧富賢愚，來自甚麼地方，都可入院治病……

這時一個婦人揹着一個孩子走進來，她氣喘吁吁，急急走到接待處，向服務員說明她的兒子發高燒，燒到不省人事了，要醫生為她的兒子醫治。接待處的男子說：「你們是甚麼人？有沒有證明？」婦人說：「我兒子得急病，我急着揹他來看醫生，無時間去農會所拿證明。」男接待員說：「你是農村來的？甚麼成分？」

那婦人遲疑一下才說：「農民。」男服務員說：「農民？貧僱農是農民，中農、富農也是農民。我問你的家庭是其麼成分。」婦人說：「中農。」

男服務員打量她一下，這樣說：「我懷疑你的成分是地主。」婦人說：「地主也是人，我兒子發高燒，他病得這樣重，就要死哩，你快些喊醫生來救他！」男服務員說：「我們不會醫治地主。」婦人哭着說：「求你發發善心，叫醫生救他。」男服務員說：「未搞清楚你們的家庭成分，我不會幫你。」婦人說：「你不為人民服務？」男服務員說：「我們為工農兵服務，不為地主階級服務。」

婦人更加着急了，她把孩子從背上放下來，抱在懷中，一邊哭一邊向男服務員哀求，叫他做下好心，讓醫生救她的兒子。但是那服務員站緊階級立場不為婦人的哀傷所動，不理她。婦人沒有辦法，又抱着孩子向別的醫護人員哀求，希望別人同情她，可憐她病重的兒子。而那些在場的人你看看我，我望望你，木無表情，沒有人願意為婦人說一句話。

婦人在這樣的情況下，絕望了，她不再哀傷，反而振作起來，噙着淚大聲說；「你們這些人都是狼心狗肺，見死不救，都不是人！都不得好死！」

她抱着將死未死的兒子，神情哀傷帶着憤恨，離開人民醫院，向山下走去⋯⋯

李世民望着她微駝的肩背，拖着沉重的腿腳蹣珊地走着，同情她，可憐她，而自己又沒有能力幫助她，他心中酸楚，眼眶溢出了淚珠，視線模糊了。

時間慢慢過去，黃昏降臨，天空陰沉了。他忽然惶恐起來，若然他的舅父今天晚上不回來，醫院的工作人員還讓他在廳堂中等待嗎？要是趕他走，現時天寒地凍，他無氈無被，他去哪裏度過漫漫的寒夜？他來這個城市之前，沒想過他的舅父要去省城開會學習，現時已經來了，天又黑了，怎麼辦？

正當他焦慮坐立不安的時候，一個拿着手提皮包的男子進來了。那人身材高大，國字形面孔，氣宇軒昂，雖然幾年不見，世民認得出他是舅父贊華金。這時他猶如在黑夜獨行中見了指路明燈，異常驚喜，立刻從硬板凳上站起來，上前叫他「華金舅」。

贊華金轉過頭，神情疑惑，他想不到眼前的小子是他的外甥。他想：小子為何事而來？他家的成分是地主，好不好接待他？招呼他住下對我的工作有沒有壞的影響？

李世民當然不知道他舅父的心事，他說：「舅父，我在這裏等了大半日，你終於回來了，太好啦！」贊華金說：「莫亂說亂動，你坐下，等我上辦公室辦妥事，回頭帶你去我的宿舍。」

世民坐下，心想：好辛苦才見到他，他會不會藉口甩掉我？他轉念又想：舅父是好人，他不會這樣做吧？

那邊的樓梯，時常都有人爬上爬落，石板樓梯踏得卜卜響，吸引他的注意。但是下來的都是些陌生面孔，不是他的舅父，令他一次又一次失望。

失望令他沮喪。他的舅父上樓大半個鐘頭了，何故還不下來？好不好上樓去找他？不能這樣做，舅父剛才叫他坐着不可亂說亂動，自然有他的道理，不依照他的話做不行啊。

天氣愈來愈寒冷了，門口有冷風吹入來，他冷得打寒顫，坐冷板凳更加難受。沒有別的辦法，難受也要受。又等了半句鐘，他的舅父終於從樓梯下來了，他即刻站起來迎接他。他的舅父說：「跟我去食飯。」

李世民早上只吃了兩碗番薯稀粥就離家出門，至今滴水未沾，饑寒交煎，幾乎要暈倒了，聽到有飯食，精神一振，跟隨他的舅父離開醫院的廳堂，向後面走去。

贊華金一邊走一邊說：「你來了大半日，有人查問你甚麼事來醫院嚟！」世民說：「我只對一個女同志說，是來找我舅父的，她讓我坐在硬板凳上等。」贊華金說：「她有沒有查問你別的問題？」世民說：「沒有。」贊華金說：「沒有就好。以後若有人問你的家庭成分，你就說是貧農。」世民說：「知道了。」

李世民曉得他舅父的意思，如今的地主被專政，被歧視，被隔離，甚麼事情都不能參與，是新中國的賤民。而貧僱農最光榮，最吃香，是天之嬌子，家庭成分不是貧農也要訛稱是貧農。

夜幕低垂，路面幽暗，沒其他人行走。贊華金忽然停步，這樣說：「以後在別人面前莫喊我華金舅，喊我贊同志，知道了？」世民說：「知道了，贊同志。」

飯堂在醫院後面的屋子裏，那裏的廚師、員工都認識他們的領導。贊華金一走入去，他們都笑臉相迎，為他打飯炒菜，殷勤服侍。這時已經很晚了，院裏的醫護人員都食飽飯走了，飯堂中無人談話喧嘩，很清靜。

贊華金和世民在當中一張飯枱坐下，飯菜很快送上來了。飯桌上的牛肉炒白菜、紅燒黃花魚、蛋花番茄湯——這幾道菜都是廚師為他們精心炮製的，色香味俱全，好看又好食。

李世民早就餓了，饑腸轆轆，他顧不得甚麼禮貌尊卑了，即刻舀飯入碗，夾菜吃飯。自從土改運動以來，他家的財物糧食都被農會沒收去了，他日常吃的都是番薯野菜，猶如餓馬食茅，填滿肚子就好。目前的好魚好肉當前，他就大快朵頤，吃個痛快，直到肚子填滿吃不下了，才肯放下碗箸。

新中國的市民，人民政府配合布票、油糖票、糧票，每人每月三十斤糧票，沒有糧票，去政府糧站買不到白米，去食堂沒交糧票沒有飯打給你；有錢沒糧票也沒有飯吃。贊華金是醫院的黨部書記，是領導，他交不交糧票，飯堂中的員工都打飯炒菜給他吃，還在他身旁站立，服務周到。

李世民吃飯的時候，心中感謝他的舅父。若不是他的舅父做醫院的領導，哪有這樣好的飯菜讓他吃？

吃飽飯，從飯堂走出來，儘管寒風習習，身體有了熱量，他也不感覺寒冷了。在幽暗的路燈下，他們踏着石子路，經過花圃，回到一間屋子裏。

坐下後，贊華金説，這間屋子解放前是瑪利亞修女的居所，如今讓他做宿舍了。世民説：「瑪利亞修女？甚麼是修女？」贊華金説：「歐洲國家有教會，天主教、基督教會都有修士和修女，似中國寺廟的和尚和尼姑。」世民説：「瑪利亞修女哪裏去了？她為何不在這裏居住？」

贊華金説，一解放，教會方面怕她留在這裏有麻煩，就派她去香港的教會工作了。世民説：「你同她有聯絡嚒？」贊華金説：「天主教、基督教中，無論是神父還是修女，都是搞封建迷信的，香港又是資本主義社會，我已經和她劃清界線，斷絕關係了。」世民說：「我媽講，你初時到這裏，是瑪利亞修女為你找工作做，關照你，對你很好……」

贊華金站起來，擺擺手說：「這種事，你小孩不懂，不說它。」停了一下，他又說：「你來這裏做甚麼？」世民說：「現時農會放鬆了，不管制我了，我想你在醫院為我找一份工做。」贊華金說：「你的戶口在農村，依照人民政府的政策，你不能在城市工作。」世民說：「你在醫院當領導，有辦法吧？」贊華金說：「如今是新社會，甚麼事情都要按共產黨的政策做，就是中央的領導人，也不能違反。」

李世民有點失望，苦着臉說：「土改運動時，農會那些人把我家甚麼東西都拿走了，只留給我們幾塊瘦田，一間破爛屋仔，留下那隻老黃牛，眼見就要死了，不能拉犁耕田了，奶奶只好賣給別人殺掉吃了。沒有牛耕田，種不出糧食，我們一家幾口人，怎樣生活下去呢？」

贊華金想了想，這樣說：「現時的城市居民，每人每月政府方面只配給三十斤糧票買米糧，不夠食，大家只好去街市的自由市場買番薯、芋頭、眉頭做副食。我給你一些本錢，你回家鄉去同別的農民購買，擔來這裏賣，可以賺到一些錢。不過，你千萬不可同別人講是我教你這樣做，知道嚒？」

李世民想：做做小買賣，掙些小利錢買糧食，也是一條生路。他又想到舅父雖然當上幹部，是人民醫院的領導，在私底下幫助他教導他，也是他一片好心。

翌日早上起床，他的舅父帶他在醫院範圍內瀏覽一下，就上班去了。他獨自下山，觀察市容，去街市看人家做買賣，打探物品的價格，為他日來這裏做買賣作準備。

在李世民看來，這次出遠門是個好的開始，他認識了去湛市的路頭，略知這個城市的情況。回到筆架村家裏，對他的親人報告了在湛市的所見所聞，就依照他原定的計劃去做。

他挑着竹籮子，掛上一把秤，像以前去鄰近村莊收購雞蛋一樣，收購眉豆，也像以前收購雞蛋一樣叫喚。他在村巷中一邊走一邊叫，經過人家的門前，有人探頭探腦望他一下，又躲回去了。他在村巷中走走停停，總是沒有人拿眉豆出來賣給他。

他在想，為甚麼會這樣？這個村莊的人都不種眉豆嗎？他思索了一陣子，才恍然大悟：現時是冬季，不是豆子收成的季節，人家自然沒有眉豆賣給他啊。

不過，不是豆子收成的季節，有些人家的眉豆多，還是有儲存的，他們需要錢用，也會拿家中的眉豆出來作交易。雖然貨源少，他從這個村莊走到那個村莊，到了黃昏，也有所穫，兩個竹籮子都裝滿了才挑着回家。

豆子是在夏天收成的，農夫農婦拿着竹籃子去地裏摘豆莢，放在「地塘」上曬乾，長長的豆莢就裂開，豆子離豆莢殼滾出，他們用禾叉挑走豆莢，豆子就像珍珠一樣鋪在地上。陽光將豆子的水分蒸發掉了，又硬又圓，剷它入籮的時候，它們互相碰撞得嗶嗶響，猶如大珠小珠落玉盤。

這些村子的莊稼人，大都是水田種稻穀，旱地種黃豆、眉豆，收穫的季節，家家戶戶都有，食不完就儲存起來，待高價而沽。李世民因應這種情況，出高一點價錢，就有人將眉豆賣給他了。他的身子瘦小，氣力不大，挑不起太重的擔子，在幾個村莊收購兩籮子就挑着回家了。

這是他首次去湛市做買賣，心情不免緊張，夜裏惦念着這事，睡得並不踏實。昨天晚上，他唯恐早上不知醒，要奶奶叫他起床。奶奶習慣早睡早起，天還未亮就爬起床，在朦朧的夜色中做這樣做那樣事情打發時間。

這天黎明她起床，也叫醒世民起床。世民從床上爬起來，睡眼惺忪，在油燈下食了奶奶為他煮的番薯小米粥，肚中半餓半飽，就挑着擔子出門上路。

野外的天空，朦朦朧朧，路邊的灌木林子，黑黝黝的，在朦昧的晨曦中，仿如鬼影。山野中空無一人，寒冷、沉靜，他肩挑着沉重的貨物，踏着泥土路，穿山過嶺，蹣跚地向前走。

走了大半個時辰，東方的天空才發白。這時他才知道奶奶叫他起床太早了，才懂得驚慌，黑夜獨自在山路上行走，若然叢林中有狼有虎竄出來，就會把他噬咬吃掉！他看過野狗吃死豬，野狗露着尖尖的牙齒，目露兇光，啃拉着死豬，吞噬牠的肉，滿口血紅，殘忍又恐怖！

他獨自在黑夜中穿山過嶺走了這麼久，好在沒有遇到虎狼之類的惡獸，只驚嚇着兩隻棲息在路旁的鳥雀，使牠們振翅高飛。牠們突然起飛，他也嚇了一跳！

走着走着，東方日出，光照大地，田野山坡上有人走動勞作了。人跡取代了鬼影，他又走在人間的世界了。白天光亮，一切都看得清清楚楚，讓他好走。

他像別的鄉村人一樣，沒有鞋子着，光着腳板挑着重擔走路。走得多了，腳底被沙石磨成了老繭，磨成了厚厚的皮層，仿如牛蹄一般堅硬，攀山涉水，踏沙踩石，如履平地，不覺得痛楚。拿「做牛做馬」來比喻做勞苦工作的人，形象生動，再沒有甚麼詞語比「做牛做馬」這詞更貼切了。

李世民年紀輕輕已經練就成刻苦耐勞的能力了，為了活存，為了闖出一條生路，無論前路多麼艱難險阻，他都願意繼續走下去。

冬日的朝陽，溫暖了大地，也溫暖了他的身子。他挑着貨物走路，氣喘吁吁，身上滲出汗珠。這條通往湛市的泥土路，十多日前他像探險家一樣來往過一次了，已經熟悉路徑，不會迷失方向走錯路了。

又走了一個時辰，那條橫陳的鹹淡水河在望了。那條大河邊築着一道防波堤，土堤又高又厚，阻擋河水漲時灌入這邊的農田，以防淹沒農作物。隔着高大的土堤，李世民望見尖頂的風帆，曉得渡船在這邊了，正在等待渡河的客人。他想：若是遲了，渡船開走了，就要等待下一次船，延誤了不少時間，應該快步走。於是他就挑着貨物拚命走，氣喘吁吁攀爬上土堤，希望能及時登上這趟渡船過河，早一點到達湛市。但是當他辛辛苦苦攀登上土堤時，那渡船已經開出去了！這時他走到大汗淋漓，氣喘如牛，只好放下肩上的擔子，等待那隻遠去的渡船從彼岸回來了。他舉起手，用衫袖揩拭額頭上的汗水，心想：早知如此，就不必急急追趕，拚命攀爬土堤，弄到自己身疲力竭！

面對滔滔奔流的江河，渡船已隨風而去了，他又不是鳥雀能從天空飛翔過去，除了等待那唯一的渡船從對岸開過來，還有甚麼辦法呢？

他是送船尾的，起初只有他一個人在堤岸上，等着等着，又有人先後來了。他們有的肩挑着貨物，有的挑着困在籠子裏的雞鴨，有的挑着裝滿東西的麻布袋，看他們的樣子，都是去湛市做買賣的商販。

堤岸上沒有店舖，空曠的河岸上只有一間賣茶水的葵葉涼棚。那個賣茶水的老頭高高瘦瘦，仙風道骨，客人幫襯他買茶水時，他就活動一下，沒事做時就靜靜地坐着，猶如這渡頭的守護神。

李世民初出道去大城市做買賣，沒甚麼見識，別人談話的時候，他就留心聆聽，作為一種學習。有時候他也同別人閒聊幾句，從別人的話語中獲得一點新的知識。

渡船從那邊駛過來了，一泊岸，船裏的搭客還未上岸，李世民就急不可待挑起擔子，急急踏上跳板去。站在船頭的船夫大聲斥責他：「人家還未上岸，你就上來，你急甚麼？人這樣少，你還怕上不了船！」

李世民覺得船夫說得對，面紅耳赤跳下跳板，回到岸上，讓渡船裏的人先上岸。

過了河，他猶如攻破了一道天然屏障，挑起貨物，和別的商販重新上路，繼續走未完的路程，貨物是商販的財產，也是商販的負累，貨物還未賣出去，他們就不安心，時刻都惦念着。一進入城，到了街市，就有一個中年人走來，問他的眉豆每斤多少錢，李世民開了價，那中年人並不議價，就把他的眉豆全部買下。

因為價錢不錯，貨物又一次過脫手，不必擺檔一斤兩斤零售，他非常高興。

無貨一身輕，他在街市行走，看看別人零售眉豆的價格，不看還好，一看就令他懊喪不已，因為別人的零售價比他賣給那中年男人的高得多。他想：那中年男人是地頭蟲，知道眉豆缺貨，人多購買，價錢天天上升，他見有利可圖，才這樣做。

他挑着竹籮去別的村莊收購眉豆，又從家鄉辛辛苦苦挑到湛市來，所賺到的錢也不及那個傢伙多。他懊悔又不忿。但是貨物是他願意賣給人家的，拿了人家的錢，取不回來了，有甚麼辦法呢？以後就要注意被別用同樣的手法欺騙啊。

* * *

冬末春初，天氣寒冷，土地乾旱，沒甚麼糧食出產，農家儲存的穀麥豆子就愈來愈少了，李世民在各村莊走來走去，大聲呼喚，也收購不到豆子。

這時人民政府實行「統購統銷」政策，不讓人民自由買賣，農家出產的東西，無論穀麥、玉米、豆子都要挑去收購站以官方所定的低價錢賣給政府。人民如果私下交易，一經發現，不但要受批評教育，貨物也要充公。

在這種情況下，李世民只好停止做販賣糧食的事情了。不過，他去湛市走動了幾個月，接觸過不少人，知道城市與鄉鎮的商業門路，知道市民目前需要甚麼，鄉村人需要甚麼。鄉村人貧窮，見聞少，一些糖果餅乾之類的東西也當珍品，買給小孩吃。所以李世民就從湛市買回這些城市所有鄉村所無的食品賣給鄉村小販，幾日往回湛市一趟，每次都能從中賺到一點利錢。

李世民自然懂得，做這些小買賣賺不到多少錢，不會發家致富。事實上，他沒有這種野心，只想掙一點點錢給奶奶買米糧，一家老小能夠溫飽就好了。他不想走爺爺奶奶的老路，他們懷着發家致富的念頭，開衣布舖子賺錢，賺了錢就儲存起買田置地，起大屋，解放後被別人定為地主，仿如犯了甚麼大罪，家產被充公，人要被清算鬥莘，家破了不說，人還要被逼害致死。可見發財致富不一定是好事，人能夠食得飽穿得暖就好了，錢財太多反而是一種負累，甚至連性命都難保。

李世民想通了，就順着他的思路去做。他不求發財只求溫飽。

粵西的縣份，氣候潮濕溫暖，能種出很好的菸葉。春夏季節，田野間生長着綠油油的菸葉，微風吹過，猶如碧波翻滾，沙沙作響。過了一段不長不短的日子，菸葉成熟了，農夫農婦就拿着籃子鐮刀去收割，放在坡地上曬乾後，再將巴掌大的菸葉鋤成幼小的菸絲。菸絲黃褐色，發出沁人心脾的幽香。

當時的物資短缺，城市的居民要配給糧票買米，要配合布票買衣，一般工人每月的工資只有三四十元人民幣，香菸價錢貴，成為奢侈品，他們買不起。

李世民看到這種情況，心想做菸絲買賣也是一條財路。但是他家鄉的農民只種糧食，不種菸葉，必須去別的縣分收購。他想起塘鎮的林富、林森，幾年不見面，林家的人如今怎樣了？他將他想做的事告訴奶奶和媽媽，得到她們的同意，就離家去塘鎮。

土改運動之前，世民跟他的嬸嬸林鳳去過塘鎮，她的父親林富在塘鎮的河背街開棺材舖子。如今他重臨舊地，那間棺材舖子仍在，但人事全非了。林富以前開木工場造棺材，生意好，賺了錢買田置地，顧長工為他耕種。土改運動劃分階級時，他們的家庭成份自然是地主，他們家的田地被貧僱農分掉，財物被沒收，林富受不了群眾的清算鬥爭，跳入舖子後面的深水河自盡了。那條河的水流湍急，直通大海，他的屍體隨水漂流，他的兒孫沿河尋找幾日都無所獲。他開棺材舖賣棺材數十年，店裏有上好的棺材，他死了竟然葬身河海，餵了大魚——魚肚成為他的棺材！

如今林森承繼他祖父的事業（他的父親一年前病故）表面上他是店主，但是現時人民政府實行「公私合營」，店裏賺到的錢歸鎮政府，他的棺材舖實際上被鎮政府「合」去了，他由店主變成舖裏的一名員工。

李世民童年時來他們棺材舖作客的時候，林森年紀小，住在舖子的樓上。如今「公私合營」了，鎮政府派人來店裏工作，儼然店主人。林森雖然年青，卻有尊嚴，有骨氣，他寧願和他的姐姐林芷芬住在木工場後面的小屋裏，也不願留宿在店中。住在店中，他感覺有一種無形的監視，渾身不自在。

林森與李世民是故友，他招呼李世民在他的小屋住下，大家說起自己家庭解放後的變化，都傷心落淚。哭了一陣子，世民用衫袖抹掉眼淚說：「農會沒收我們家中的財物，分田地，清算鬥爭，這是共產黨的政策，我想，所有地主的遭遇都是這樣的。講起來，我們的遭遇更慘，因為我們村裏的人事複雜，老楊家那幫人就利用共產黨的階級鬥爭政策整治我們。他們既然開始整治我們了，就怕有朝一日我們有機會找他們算帳，所以都想整死我們，斬草除根，免除後患（這是我媽我叔說的），好在我的堂叔在解放軍中做了大軍官，早前他回來一趟，老楊家那幫人有點害怕，才不敢困死我，一隻眼開一隻眼閉，讓我去外地走走，做些小買賣掙錢買糧食。」

林森說：「我真羨慕你夠膽去外地闖蕩。」

李世民說：「為生活，這是逼出來的。若然你沒有這間棺材舖，沒有入息，無錢買米糧，餓得沒法子了，那樣你甚麼事都夠膽做哩。」

林森說：「我還未到你這個貧困的地步，只好守着這間舖子過日子。」

李世民說：「我沒甚麼好守，逼着去外面冒險闖蕩。不過，這樣也有個好處，一來可以見見世面，二來練大膽量，一有機會就逃亡去香港。」

林森說，他不知道香港是甚麼地方，逃跑去那裏就好嗎。世民見他孤陋寡聞，就對他說，香港比省城還遠，是個海島，百多年前被英國人佔領，至今還是英國人管治，那裏是資本主義，但是很自由，解放後很多人都逃亡到那裏去，一過邊界，共產黨就不能過去捉人了。

林森說：「你怎麼知道的？」世民說：「我二叔二嬸已經去了那邊，所以知道。」

林森望着世民，心想：他聰明，有膽識，很多事情都懂得，自己與他相比，差得遠哩。

他們談話的時候，林芷芬也注意李世民的言談舉止。他的身子瘦小，卻眉清目秀，神情有一種倔強的孩子氣。早幾年，他隨林鳳姑姑來這裏作客，那時大家的年歲還小，她是女孩子不懂事，對他沒有甚麼興趣，他在這裏遊玩幾天就回家去了，她不將他放在心上。如今過了幾年，他是青年人了，她也長得亭亭玉立，是個懷春少女了。但是她的家庭成分是地主，她是地主女，是新中國被專政被歧視的賤民，無人願意同她做朋友，願意的她又看不起他。如今再見到世民，一見到他就喜歡他了。因為世民和她林家有親戚關係，他又是地主仔，大家同一階級，同病相憐，有共同語言，只是不知道他喜不喜歡自己？

李世民和林芷芬的目光接觸，四目交投，她的面孔頓時起了一陣紅暈，低下頭去。世民看到她的側臉，高鼻子，嘴角微微顫動，眼角射向他，似乎在偷看他的表情。他不曉得少女的心事，也不知道她此刻在想甚麼。他試探着說：「早幾年我來這裏作客，碰上鎮上打太平清醮，只有林森帶我去外面玩，你不喜歡我，不同我們去玩。」

林芷芬抬起頭，紅着臉說：「那時我奶奶說我是小女孩，不好同男仔去外面玩，不讓我同你去。如今我奶奶和媽媽都過世了，我也長大了，我有自己的主見了，喜歡誰是自己的事，只是不知道人家怎樣想。」

李世民看她的神情和說話的語氣，曉得她對他有所暗示，他說：「你的家庭成分不好，若要結交男朋友，和他相好，最好揀個出身好的男子。」

林芷芬說：「論出身，如今是貧傭農最好，但他們又惡又無知識，豬狗都不如，我會同他好嚒？」

她說得有道理。世民說：「貧傭農無知識，這是他們的缺點。有些復員軍人或是工人，出身好，又有知識，你應該……」林芷芬說：「他們的條件好，會要我們這些地主女嚒？」

李世民語塞，答不上話。他想不到林芷芬讀書不多，思想如此敏捷，又能言善道，他自覺比不上她。他說：「我知道好多地主女都想嫁個出身好的男人，改變身分，免受歧視。」林芷芬說：「別人怎樣想怎樣做我不理她，我有我的想法。」

李世民曉得她的心思了。他說：「我有一件事想做才來你們家，做不做得成我都要走，走了大家就見不到哩。」林芷芬說：「相見一時得一時，我希望再見到你。」

林森喜歡世民，也尊敬他的姐姐，她對世民示好，那是她的事，他不便參加意見。他轉換話題對世民說：「你來我家，有甚麼事要做呢？」

李世民說：「早前我買賣過雞蛋，也買賣過黃豆、眉豆，但這些東西都是糧食，如今政府的政策改變了，要統購統銷，糧食都要由政府定價錢收購，由供銷社賣出，不准人民自由買賣，我沒生意好做了。我在湛市得知，那裏的香菸好貴，而菸絲又缺貨，十分搶手，我就想到這門生意有得做……」

林森說：「我們這個縣，多人種菸葉，製菸絲。這些菸絲本來要賣給政府收購站的，但是價格定得太低，好多人都留着，以較高的價錢賣給私人。若然你要，我可以幫你手入貨。」世民說：「先多謝你！」林森說：「大家是親戚，由小就成為好朋友，莫講客氣話啊。」

李世民很高興，他問幾時可以買到貨？林森說：「這件事不難，隨時都可以買得到。」世民說：「一買到貨我就走。」林森說：「大家多年不見面了，有好多話要講，你先在我們家住下，何必急着要走？」

棺材舖不是日日都有人來買棺材，就是有人來幫襯，也有公私合營的人在店中，林森回不回舖子都不要緊。如今李世民來他們家作客，他就留在家中陪伴他。

這天晚上，有工作隊來塘鎮放映電影，歡迎鄉鎮的人去看，不收費用。林森和林芷芬都未看過電影，不知道電影為何物，他們不但去看，還要李世民和他們一起去。

食完晚飯，天黑了，三人來到鎮子那個以前打太平清醮的場地，那裏早已響起了隆隆的機器聲，電線上掛着圓圓的電燈泡，場地亮如白晝。望向那邊，已經高高懸掛着一塊白布，閃閃發光。距離白布十多尺遠的地方，枱上放着一架放映機，工作人員在枱邊指手劃腳，準備放映。

這時場地中站滿了觀眾，期待着放映。林森想他的姐姐和李世民站在一起，讓他們自由自在一點，就悄悄轉移到別處去，隱沒在人群中。

電燈忽然熄滅了，場地上漆黑一片，高腳枱上的放映機開始轉動，那邊的白布上就打出大大的字幕：上甘嶺。接着是戰爭場面，士兵走動，槍炮聲隆隆，炮火連天，銀幕上的影像忽大忽小，時而是山頭遠景，時而是近身射殺，慘烈呼喊，血肉橫飛。

林芷芬從未見過這種緊張慘烈的戰爭場面，大驚，不由自主挨近世民。她薄薄的布衫下，心胸跳動，渾身發熱。在忽明忽暗的光影下，世民見她的面孔紅紅，眼睛定定地望着銀幕，不知道她在想甚麼。她愈靠愈近，她的身子軟綿綿，體溫傳到他的身上，他像觸了電，不禁震顫。

李世民是首次如此親近女孩子，又是她主動親近他的，他在飄飄然的情況下，大着膽子，將手搭在她的肩膀上。她定定的，沒甚麼反應，顯然是她願意接受他了。他轉過頭，親吻她的頭髮，又用手去摸她的手指，她都不抗拒。他沉醉在肌膚的接觸中，對着人影走動的銀幕視而不見，對隆隆的炮火聲聽而不聞，他的思緒恍惚如夢遊，渾忘了現實，渾忘了這幾年來求生存的痛苦經歷。他和她都沉醉在歡悅中，沉默無語，不覺時光在飛逝，也不感覺這場中國志願軍和美軍在打仗。

電影播放完了，場地亮起燈光，他們才在愉悅的沉醉中清醒過來。李世民望望他身旁的人，卻不見林森，他哪裏去了？場地中這麼多人，走動聲，談話聲，亂哄哄，響成一片。世民說，等人群散去了，再尋找林森。林芷芬說，這樣好。

電影放完了，人去場空，林森回到他們面前。李世民問他哪裏去了？他謊說剛才尿急，去山邊小解了。他說得合乎情理，世民、林芷芬都信以為真。世民想：這樣就好，他沒看見我和林芷芬親熱，真是天賜給我這個好的機會。

林森是首次看電影，也是首次見識電燈，感覺新奇，他求教世民。李世民指着那邊呼隆呼隆轉動的機器說：「那是發電機，它的摩打轉動時，就會發出電來，電流通過電線，電燈泡就會發光。」

林森又問，電影無人在演戲，怎麼白布上的士兵、戰車都能活動得如此逼真？世民說，放映機器中有膠卷，工作人員一按鈕，膠卷中的影像就投射到白布上去，那些影像就如真人真槍真大炮那樣活動起來了。

回到林家，已經很晚了，大家都上床就寢。但是電影畫面的人物事件仍然在林森的腦海中轉動，使他驚嘆不已。剛才他在電影中看到的機槍大炮、戰車飛機，這些先進精良的武器都是美軍的，怎麼打起仗來都不及人民志願軍的步槍？怎麼人民志願軍的兩條腿會快過美軍的戰車？電影中的人和事是真的嗎？

兩天後，李世民從塘鎮攜回幾斤菸絲。菸絲一斤一包，用草紙包得嚴嚴密密．若拿去湛市零售，就要化整為零，分開包裝。他將一斤裝的菸絲拆散，分成十份，用秤秤過，重量均等，才用草紙重新包好，放在籃子裏。

菸絲黃褐色，打開的時候，溢出淡淡的幽香，有點令人陶醉的感覺。李世民想：塘鎮那個縣分盛產菸絲，貨源充足，入貨價錢便宜，拿去湛市零售，利錢是不錯的。

翌日，天蒙蒙亮他就起床，像往日一樣，食了奶奶煮的粥，就離家出門上路。這條通往湛市的路，解放前他的爺爺走過，他的叔公李國強做紅米酒生意時走過，如今他踏着祖父輩的足跡繼續走。以前他叔公的「國強紅米酒」是上好的佳酒，消量多，曾經在湛市有了聲譽，成就了他的一番事業，使他發家致富。

李世民沒有創造事業的心願，就是有，也無條件和機會讓他去做。因為如今是共產黨治國，私人的財產要歸公，人民出產的東西要賣給政府，由政府統購統銷，本來是私營的商店、企業，如今也要「公私合營」，由當地政府派人來參與業務了，哪有解放前那樣自由做生意？

李世民來往湛市好幾次了，猶如識途老馬，他早上起程，午時到達。一入城，他直奔街市。這個時刻，街市做買賣的人最多，來購物的人也多，喧囂熱鬧，是生意人的好時機。

街市中，有固定攤檔的，也有一片地方不設攤位的，任人擺檔。李世民在一處當眼的地方停下，一打開裝菸絲的籃子，露出貨物，就有一個中年男人走到他前，說要買下他全部的貨。世民認得那個中年人，就是頭一趟他挑眉豆來這裏時，被他欺騙了價錢的傢伙。世民學乖了，恐怕再次上他的當，說不賣給他。

那中年人說：「小兄弟，我不用看，一聞你的菸絲香味就知道是好貨。我出高一點價錢給你，這樣對你好，對我也好，要不是，你會惹麻煩。」世民說：「我是做生意，先講明價錢，願意的就買，不願意就不買，怎會惹麻煩？」那人說：「你的菸絲哪裏得來的？」

李世民想了一下才說：「菸葉是我在家鄉種的。」那人說：「就是你種的，也要讓政府收購，你怎麼可以拿到市場賣？而且你的菸絲又未曾向政府交税，是私菸，你不怕？」世民說：「我的菸絲一包一兩，包得好好的，你怎知道我未繳税？」那人說：「一看就知道，因為紙包上沒有税局的印鑑封條。」世民說：「既然你說我的菸絲是私菸，你買下我的貨，你不是走私漏税？」那人說：「我買賣私菸，不敢明買明賣，可我是這裏的居民，熟識街坊鄰里。有辦法去貨，不怕他。但你在這裏明擺着賣，就會有麻煩。」

李世民想起去年在筆架鎮賣雞蛋，連人帶貨被抓去鄉公所給陳涉審問，他的雞蛋幾乎被他充公。有了前事的教訓，眼前這個男人的話並非故意恐嚇他。他說：「那我的菸絲都賣給你。」那人說：「你開個價，若然價錢無問題，我就接手。」

李世民心想：頭一次我來這裏，不知道眉豆的價錢這樣高，我開價低了，被你欺騙了。如今我的菸絲必須開高價，看你怎樣？

他開了價碼。那人和他討價還價一番，他在心中計算一下，覺得有錢賺，而且不必在街市零售，隨即成交。

那人告訴李世民，他叫成士仁，家住X街X號，世民下一趟來，可以將菸絲挑到他的家中，不可再在街市明目張膽交易了。世民說，他不熟悉地頭，恐怕找不到他的家。成士仁說，若是你有顧慮，現時就同我一齊去，免得你下次來要花時間尋找。

李世民很高興在這時認識成士仁，因為他是商販子，能夠一次過買了他的菸絲，他不必在街市零售，又可免除風險，一舉兩得，太好哩。

那天晚上回到家裏，他把在湛市的際遇告訴奶奶。奶奶說：「在家靠父母，在外靠朋友。成先生既然是好人，以後就要好好同他做朋友。」世民說：「我也是這樣想，只是他的年歲和我相差得遠，不知道他肯不肯當我是朋友。」奶奶說：「只要你尊敬他，當他是師父一樣對他，他就接受你。」

贊華娣說：「你同他是初相識，他是不是好人要深交才知道。世上好人壞人都有，你要看清楚他是怎樣的人，免得上當。」

奶奶、媽媽的教導，世民記在心中。翌日，他又去塘鎮林家。林芷芬見他去了不久又來，心中甜絲絲，很高興。她招呼他坐下，問他拿菸絲去湛市賣的情況，生意順不順利，賺到錢沒有？

李世民笑笑，沒直接回答，反問她：「若然不順利賺不到錢，我會這樣快來見你嚜？」林芷芬說：「你不是來見我，是急着來入貨。」世民說：「是急着來入貨，也是急着來會你，你信不信？」

林芷芬紅着臉說相信。世民說：「所以你就要求神拜佛保佑我來去都順利哩。」林芷芬說：「如今是新社會了，不可搞封建迷信了，可是我會在心裏祈求老天保佑你順利平安。」

李世民覺得這幾年來，只受別人歧視、欺凌、打罵，滿肚子委屈，除了自己的親人，無人關心他愛護他，如今聽到林芷芬的祝福語，心中感動，幾乎落淚。他噙淚水說：「多謝你對我這樣好。」林芷芬說：「我也希望你對我好。」世民說：「我是地主仔，你是地主女，命運相同，本來應該相好，但是像我這樣的人，沒有前途，不能出人頭地，你還是另作打算好了。」林芷芬說：「我不像你想得那麼多，喜歡一個人就喜歡，不喜歡就算他做了大幹部又怎樣？」世民說：「我是擔心我會誤了你的前途。」

林芷芬想了想，這樣說：「你這話是甚麼意思？你心中有別的女人了？」世民說：「除了我奶我媽，我心中沒有過甚麼女人。」林芷芬說：「這樣就好。」世民說：「我是個不安份的人，一有機會就想去外地闖蕩，會離開你。」

林芷芬感到無奈，低下頭，嗚嗚地哭了。世民走過去，想安慰她。但是這時林森推門入屋，他看到這種情境，以為世民欺負他的姐姐，對他怒目而視，還想斥責他。林芷芬噙着淚說：「林森，你怎麼了？惡惡死死的樣子，他虧了你？」林森說：「你為何哭？」

林芷芬言不由衷說：「我同他講起，土改運動時，我爺我爸受冤屈死了，我媽不久又病亡，才傷心哭哩。」

林森向世民道歉，接着說：「中國這樣大，人口這樣多，每條村都有地主，一場土改運動，不知道打死鬥死屈死多少人，我們只是其中的一家，要哭就要為那些枉死者一齊哭。要不然，就莫哭。」林芷芬說：「你講得有道理。」

李世民想不到林森有這樣大的同情心，自己就不如他。他悲傷沮喪的時候，只為自家的不幸遭遇而傷心痛哭，或者因為別人的不幸聯想到自己的不幸才灑下同情淚。若是見到仇家死人塌屋，他就會幸災樂禍，暗暗叫好。

林森坐下，問世民拿菸絲去湛市賣的情況。世民如實回答，又說：「菸絲賣給成士仁，雖然利錢少，好在一次過去貨。」林森說：「貨去得快，薄利多銷，節省時間就是多賺錢了。我們開棺材舖，利錢很大，但很多時候十日八日不發市，棺材賣不出去，計起數來，賺錢也不多。」

李世民半認真半開玩笑說：「開棺材舖的人，是希望日日都有人死？」林森說：「可以這樣講，沒有人死我們哪有生意？但是，若然無人造棺材賣棺材，人死了用甚麼去殮葬？」

李世民自覺失言，但這是無心之失。他的外祖父外祖母是開藥材舖子賣藥的，這又怎麼說？難道他們希望別人生病？他的外祖父是中醫師，難道他想人家患病拿人家的診金？

林森見世民在沉思，這樣說：「解放前，我爺開木工場做棺材賣棺材，賺了錢發家致富，買田置地，成為地主。土改運動被人清算批鬥時，他的罪狀是開棺材舖，壓迫剝削人，是希望死的人愈多愈好，他的棺材舖才生意興隆，發的是死人財，所以打鬥得他特別慘，他才去投河自殺。」

李世民說：「我們勤儉致富，竟然落得如此下場。有了這個教訓，我不想走他們那條路了。」林森說：「那你現時又東奔西走去做買賣！」世民說：「因為我家無糧食，又無錢買，環境逼着我去做，不做就會餓死。」

這時有個老頭走進來，他一入屋，就帶來一陣菸絲的幽香。林森對世民說，這老伯叫老葉，他是中農，家中的田地一部分種穀麥，一部分種菸葉，他又是切製菸絲的老手，他家菸絲又多，世民以後可以直接與他交易，價錢和數量雙方決定，以免林森在中間傳遞——這樣對大家都好。

李世民很高興，菸絲有老葉供貨給他，帶去湛市又有成士仁接手，貨到收錢，省時省力。最好的是，他和成士仁混熟了，彼此成為好朋友，交了貨，可以住在他家裏，不必操心住宿問題。

成士仁的家在寸金河旁邊，隔鄰左右雖有房屋相連，好在是獨門獨戶，樓上樓下兩層都是他的。他有妻子和一個兒子，兒子成才的年歲和李世民相若，現時在中學讀書。樓上的房間，其中一間是他的睡房，書架上擺滿圖書，有泛黃了的，也有新版本的。世民認識字，他走到書架前面看看，其中有高爾基著的《我的童年》、《我的大學》，有奧斯特洛夫斯基著的《鋼鐵是怎樣煉成的》。

李世民以為這本是講煉鋼鐵的書，從書架上拿下來翻看一陣子，才知道作者是蘇聯人，這本書是他的自傳體故事。世民問成才可不可以借給他看？成才說，不能讓他拿走，在他家裏看就可以。世民說，他看書很慢，一本書要看幾天才看完，成才說，你時時都帶菸絲來，一次看不完，下次來再看。

世民是地主仔，被逼輟學，沒書讀，自憐自傷，十分自卑。如今成上仁不但購買他的菸絲，讓他留宿，而成才又不歧視他，讓他看他的藏書。他十分感激成家各人，在他們家居留時循規蹈矩，不敢亂走亂動，只靜靜呆在樓上看書。但是，他和成士仁交易一次，厚着面皮只能在成家留宿一兩日，不可長時期居住。他身上有錢，要求成才帶他去書店買書。

走進新華書店，裏面十分寬敞，書架上的書本琳瑯滿目，甚麼類形的書籍都有。世民喜歡小說一類的書籍，他買了高爾基和奧斯特洛夫斯基的書，又買《水滸傳》、《三國演義》的縮寫版本。

解放前，李家的書櫃中有這些古典名著，那時世民年幼，認識的字不多，讀不懂，但是他喜歡聽故事，尤其喜歡聽叔叔講《三國》、《水滸》的故事。那時候他很野性，喜動怕靜，自己看書要動腦筋花精神，聽故事就輕鬆過癮。如今被逼輟學，以前家裏那些藏書早已被貧僱農抄家時毀掉了，沒書讀了，反而想學習書本上的知識，充實自己。

這次從湛市回家鄉，携帶回來的不止糖果餅乾之類能賺錢的貨物，還有花錢買來的書籍。他還買了一盞煤油燈，白天做完應該做的事情了，晚上就點亮煤油燈坐在屋角看書。起初他讀高爾基著的

《我的童年》、《我的大學》自傳體小說，很興奮。因為書中的主角，是個四處流浪的窮孤兒，由於勤奮自學，學到豐富的知識。

《鋼鐵是怎樣煉成的》也是自傳體小說，主角保爾•柯察金為了實現共產主義的理想，奮鬥一生，年紀不大就因在反抗沙皇的戰場上受傷導致雙目失明。他雖看不見東西，憑着他堅強的意志力，用特殊的方法，終於克服種種困難，寫成這部自傳體的小說。

讀完這部書，令世民激動不已，夜不成眠。自此，他的閱讀興趣大增，一有空閒時間，就捧着書本閱讀。

《三國演義》的文字半文言半白話，艱深一點，讀時要費心勞神。但是當他讀到孔明設置空城計、趙子龍百萬軍中藏阿斗這些篇章時，就驚心動魄，倒抽涼氣。《水滸傳》是講打講殺的，當他讀到魯智深拳打鎮關西、武松殺嫂祭兄等等情節時，就感覺大快人心，拍腿叫好。

李世民將讀小說和聽故事作比較，聽故事輕鬆過癮，讀小說時有一種文字的感染力，使他從書中學到不少知識，感動又震撼。

贊華娣見他晚晚在油燈下讀書，感到高興又奇怪。世民小時候懶讀書，好游玩，怎麼如今用功讀書了？是要補償以前的過失？不理是甚麼原因，他肯讀書增加知識就好。但是她也有憂慮，她對世民說：「你日頭要做事，很辛苦，晚上要早些睡，若不是，日間哪有精神氣力做事！」世民說：「若然我瞓了，就會去睡。」贊華娣說：「你兩隻眼都紅腫了，還不是瞓了？」

小說有很強的故事趣味，看到高潮迭起時，往往忘卻瞓倦，一頁接一頁讀下去，直到雄雞喔喔啼叫他才合上書上床就寢。上床躺下了，書中的情節和人物動作仍然在他的腦海中打轉，腦子沒靜止，睡得並不踏實。

李世民在書本中獲得知識，但是知識不是錢，買不到糧食。他必須去塘鎮買貨，去湛市賣貨，掙錢養活自己和家人。這個春季，他往來塘鎮、湛市和家鄉之間，食無定時，睡不安寢。

在春末夏初的某一天，李世民攜着菸絲去湛市的途中，太陽忽然不見了，天空陰沉下來。他抬頭向前望，那邊天空烏雲密佈，雨簾猶如布幕掛在西邊天上，正在向這邊慢慢移動。他遊目四顧，周圍都沒村沒店，眼見就要下大雨了，人在曠野上，怎麼辦？他在焦急中，挑着膽子氣喘吁吁拚命向左面走，因為不遠處的麥田中有個稻草棚子，外形圓圓的，仿如蒙古包，可以擋風避雨。

但是，他還未到達那邊的稻草棚子，雨水就嘩嘩灑下來了。他的菸絲是乾貨，不能滲入水份，一經泡水，他的菸絲就要報廢了！在嘩嘩的雨水下，他扔掉扁擔，把兩隻籃子攬在懷裏，除下頭上的笠帽，解下身上的布衫，蓋在籃子上，繼續向前跑。

雨水打在他的頭上，潑灑在他的面上，灌入他的鼻孔，他呼呼地噴着水，腳踏着草葉和泥濘，噼噼啪啪向前走。他的祖母曾經說：貨離鄉貴，人離鄉賤。這時他為了保護他的貨物，才深深體會祖母所言非虛。他被大雨沖打不要緊，死不了，能保住他的菸絲不滲水就好了。

地上積了水，泥土軟綿綿，腳踏下去，腳板就往下陷，拔足時就更加吃力。但是他忘記了辛苦，忘記了一切，心中想的只是前面能避風雨的稻草棚子。

天空灰濛濛，雨水繼續灑下來，他攬着兩個竹籃子，傴僂着背，彷彿袋着兒子的袋鼠，踏着草葉泥濘，蹌蹌踉踉向目的地奔跑。不知道甚麼時候，他的草鞋不見了。這雙爛草鞋，丟掉了倒好，沒有它的羈絆，光着腳板走泥濘路會快一些。

到了稻草棚旁邊，卻沒有門。世民想：既然是棚屋，必定有門。不然，草棚的主人從哪裏出入？他沿着草棚子走到那邊去，大門洞開，他就不理別的，急急衝入去。他放下籃子，用手抹掉頭面上的水珠，揉揉眼睛，才看到裏面空蕩蕩，沒有人，沒有牲畜，沒有人使用的東西，顯然是個早已被人棄置的草棚。

不理怎樣，有了暫避風雨的地方就好。他再向裏邊看看，幾乎驚呆了，地上的稻草已腐爛，霉臭的爛草堆上都是螞蟻，螞蟻是黑的，螞卵是白的，螞群猶如黑豆子在蠕動。這樣多的螞蟻，若然再前行一步，觸犯到牠們，牠們必然會群起來襲，那就真的惹蟻上身，無可走避了！

他一人站在蟻群旁邊，不敢走動，連大氣也不敢呼，像稻草人一樣靜靜地站着。他看看爬動的蟻群，聽着外面嘩嘩的大雨聲，心中暗暗慶幸，稻草棚裏只是蟻群，若是蜈蚣，若是毒蛇，若是野獸，他就走投無路了。

或許裏面的螞蟻太多了，稻草棚是蟻群的王國，其他動物不敢入來侵擾。如今他這個不速之客忽然走進來，真是冒犯牠們了。他暗叫慚愧，他是被暴雨所逼才闖入來的，蟻哥哥蟻嫂嫂就饒恕他一次，莫襲擊他啊。

抬頭向上望，棚頂尖尖，便於洩水，雨水才不把草棚壓跨，留下給蟻群繁衍生存，也給他暫避一場突然而來的暴雨。他在心中感謝搭建這個稻草棚的人。當初他們搭建這個草棚做甚麼？居住的？放糧草的？還是守夜的？

驟雨來得突然，雨雲也去得快。他向門外看看，雨停了，天空放晴了，他才鬆了一口氣。從地上拿起籃子，離開稻草棚，走到外面的坡地上停下，打開籃子的蓋子，察看籃中的貨物，包裹菸絲的草紙濕了，菸絲也滲入了水。他的笠帽和布衫只能遮擋小雨點，對付暴雨沒有用。剛才他除下笠帽保護菸絲，幾乎被大雨淹死，不料菸絲也濕透了，沒有用了！

李世民呆呆的站着，望着大雨過後的蒼天，他想哭，欲哭無淚。現時人在半途，重新上路去湛市？�反家鄉？他想了想，菸絲都滲水報廢了，還去湛市做甚麼？走回頭路啊！

午時，李世民一踏入家門，奶奶和媽媽用疑惑的目光望着他。他不等她們詢問，就將他在路途中的遭遇說出來。

贊華娣嘆息着，苦着臉說：「兒子啊，雨水滲壞了貨物，我們無錢買糧食，都要餓死啊！」

李駱氏說：「貨物浸壞了，可以再入貨，不要緊。人能夠平安回來就好；有人就可以再去掙錢買糧食，不會餓死。」

贊華娣不出聲了，她想：奶奶說得對。土改那陣時，貧僱農打鬥他們，不給他們糧食，不准他們去外地向別人求助，意圖困死他們，他們都餓不死。如今土改運動已過，政策寬鬆了，兒子可以去外面做買賣掙錢幫補家計了，還怕會餓死嗎？

失去這批貨物，李世民雖然痛心，卻不氣餒，翌日一早，他又去塘鎮林家。

林森去棺材舖做事了。林芷芬在家，她一看到李世民就高興，因為她喜歡他，喜形於色問他，怎麼今次的貨去得這樣快？世民苦笑一下，才將菸絲在路途中被雨水淋濕棄掉了的事告訴她。林芷芬嘆息說：「你真不曉事，用裝穀裝豆的竹籃去裝菸絲怎得！」世民說：「不用竹籃用甚麼去裝？」林芷芬說：「菸絲不能沾水，潮濕也不可以了。裝菸絲要用另一種籃子。」世民說：「竹籃是竹蔑做的，有縫隙，用甚麼籃子都會沁水。」林芷芬說：「竹籃裏面外面都黏上莎紙，髹上桐油，曬乾了，就不會入水哩。」世民說：「哪裏有桐油？」

林芷芬說，他們舖子裏的棺材做好了，就在棺板上髹上桐油。髹上桐油的棺材不但光滑亮麗，還可以防水防潮。桐油他們的木工場有，她可以為他去取。

兩個年輕男女坐言起行，世民和林芷芬去市街買了兩個竹籃子，又買了兩卷莎紙，再去棺材舖的木工場取桐油。回到林家，兩人就動手工作。

林芷芬說，髹桐油不難，煲桐油才不容易。未煲的桐油又稠又沒有黏性，髹不好東西。桐油煲過了，油質變好了才好用。她把生桐油倒入一個瓦盆中，坐上爐子、點燃柴火，火在瓦盆下燃燒，桐油在瓦盆中滾。她拿着木勺子慢慢地攪和，裏面的桐油從稠變稀，油膩又金黃。她說，煲桐油的難處是辨認「火路」，煲老了，桐油會變壞，壞了就不適宜用，要棄掉；若是未夠「火路」，髹甚麼東西都不會好，而且很難髹。

她和李世民打對面坐在矮凳子上，爐子火光熊熊，瓦盆中的桐油金黃閃亮，把她的圓面孔蒸騰得紅彤彤，猶如熟透了的蘋果，好看又可愛。李世民想起那晚他們去鎮上西邊場地看露天電影，大家都面對銀幕，他的手肘只搭着她的肩膀，看不清楚她的面孔，不覺得她美麗。如今面對着她，才驚覺她如此美艷動人。他的心卜卜地跳動，紅着臉說：「你煲桐油這樣在行，可不可以教我？」

林芷芬抬起頭，發現他在偷偷看她，面孔更加彤紅。她心中就希望世民親近她看她，只是不好表示而已。她說：「你要拜我為師？」世民說：「學到你這門手藝就好，請受徒弟一拜。」林芷芬說：「我幾時收你為徒了？」世民說：「你不答應，我就跪地向你叩頭。」林芷芬說：「我這手藝只是三腳貓功夫，怎可以做你師父？」世民說：「不做師父就做我師姐。」林芷芬說：「你今年幾歲？大過我啊！」世民說：「我大林森一歲，你是他姐姐，我也應該喊你一聲姐。」林芷芬說：「我和你同歲，你是十月出世，我是十二月出世，你大我兩個月，你應該喊我妹妹。」世民說：「你怎麼知道得咁清楚？」

林芷芬恐怕桐油煲老了，熄滅爐子的柴火才說：「那年你跟你奶奶來這裏玩，那時我年紀小，不曉事，我爺爺見你樣貌好，又精乖伶俐，想將我許配給你。後來他說我和你的年庚八字相沖，才不成事。從那時起，我就記着你的出生年月哩。」

李世民苦笑一下，很失望，這樣說：「我同你的八字相沖，有緣無份哩。」林芷芬說：「你也相信那種事？」世民說：「不相信又怎樣？」林芷芬說：「不相信就好。那時的婚事是祖父輩作主，他們說好就好，說不好就不好。如今時代不同了，我們都十幾歲了，懂事了，可以自己選擇，自由婚配了。」

李世民又苦笑一下，他說：「你不知哩，以前的婚姻是父母作主，如今解放了，人民的婚姻要照共產黨的政策做。」林芷芬說：「他們要我嫁給誰就要嫁給誰！」世民說：「他們沒有這樣的規定，但是結婚之前要向當地政府申報，得到他們批准才行。」林芷芬說：「他們不批准，兩人相好住埋算了。」世民說：「若然這樣做，他們就說你亂搞男女關係，輕則要受批評，重則……」林芷芬說：「那麼我們就逃走。」世民說：「逃到哪裏去？」林芷芬說：「逃到他鄉外縣去。」世民說：「如今中國都是共產黨的，不理你逃到甚麼地方去，他們都有辦法捉你回來。」

林芷芬想了想，這樣說：「你講過，你家駿叔叔、嬸嬸都逃走了，才保住性命。他們逃到哪裏去了？」世民說：「香港。」林芷芬說：「香港是甚麼地方？他們不去那裏捉人嚒？」

李世民說：「香港是英國人管治的大城市，共產黨不能去那邊捉人。」林芷芬精神一振，這樣說：「那我們就逃去香港哩。」世民說：「香港和中國已劃了邊界，隔着河，兩邊都有軍人把守，我們逃不過去。」林芷芬說：「你叔你嬸又逃得過去？」

李世民說，他也不知道他的叔叔嬸嬸用甚麼方法過去的。不過，他知道他們在那邊得到香港政府的庇護，自由安全，生活得很好。

林芷芬感覺世民很有見識，曉得很多事情，對他更加敬愛。她想：若是以後能夠同他結婚一齊生活就好哩。

爐子的柴火熄滅了，瓦盆中的桐油也涼了，可以髹籃子了。

新買回來的竹籃子與一般的竹籃子不同，竹篾中間加上一層竹葉，竹葉能防水，再在外面黏上莎紙髹上桐油，籃子口上蓋上一個同樣製作的蓋子，再大的雨水都沁不入去，以後攜帶菸絲去湛市就不怕在路上遇上大雨了。

林芷芬不止懂得煲桐油，還是髹物件的好手。她拿着一把小毛掃，在瓦盆中蘸了桐油，就往竹籃上一下一下地髹。她的手勢純熟，動作不快不慢，似做慣了髹漆的老師傅。

李世民問她哪裏學到如此好的手藝，她的師父是誰。林芷芬說，她從小就在棺材舖的木工場走動，看到她爺爺和木匠鋸木、刨木、鑿榫造棺材，棺材造好了，又用桐油去髹。本來她也想跟她爺爺學造棺材，但是她的爺爺說她是女孩子，不讓她學做這種工作。她說，不讓她學造棺材可以，要讓她學煲桐油和學髹油。她的爺爺是個很出色的木匠，本來想將他的手藝傳授給她的爸爸，但是她的爸爸是個好食懶做的人，終日遊手好閒混日子，她的爺爺因此失望又無奈，只好教她煲桐油和髹油，讓她也有一技之長，或者將來能繼承他的事業。

李世民說：「一般人的手藝都是傳子不傳女，你爺爺肯將他的好手藝和事業傳給你，可見他是個開明人。」林芷芬說：「或許這不是他的原意，因為我爸是個不務正業之人，那時林森的年歲又小，不曉事，我爺爺才這樣做吧！」世民說：「無論怎樣，他能將自己的手藝教你就是好人。」

林芷芬嘆着氣說：「他是好人，又有甚麼用？他一手創立的木工場和棺材舖，賺到的錢拿去買田買地，解放後成了地主，被人清算鬥爭，逼到跳河自盡，留下來的棺材舖如今也要『公私合營』，實際上是被鎮政府『合』去了。」世民說：「你以為你們最苦嚒？你們現時起碼在木工場、棺材舖有一份工做，有工錢拿，能夠生活下去。我們村莊的地主，被整死的死了，生存的沒有屋住。沒有牛犁田，種不出穀麥，沒有糧食，有的去外地做乞兒，有的淪為盜賊……」

林芷芬嘆息說：「時勢這樣，沒有辦法，從頭做起哩。」世民說：「我沒有甚麼技能，從頭做起不容易。」林芷芬說：「你不是學曉做買賣嚒？」世民說：「學曉都無用，如今人民政府的政策是『統購統銷』，人民出產的東西都要賣給國家，由供銷社售給大家。如今我買賣菸絲是偷偷做的，若然被人捉到，貨物就要充公，血本無歸。所以我還是想學門手藝，做工匠或者髹漆。」林芷芬說：「做木工我不曉，髹東西我可以教你。現時就讓你學習髹。」

李世民很高興，從芷芬手中接過毛掃子，隨即從瓦盆中蘸了桐油就往竹籃上髹。桐油黏乎乎，濃得化不開，毛掃子幾乎被竹篾黏住了。芷芬見他呆手呆腳，笑道：「你蘸的桐油太多了，不好髹。不過，不要緊，頭一層胡亂髹都可以，作用是黏牢莎紙的，等黏上莎紙了，就要考究功夫了。」

世民髹了頭一層，放下毛掃子，拿起莎紙黏貼在竹籃上。他黏貼過風箏，黏貼莎紙難不倒他。他駕輕就熟，將竹籃外面黏上莎紙。過了一陣子莎紙風乾了，重新再髹。

有了頭一次經驗，他用毛掃子只在瓦盆中輕輕蘸一點桐油，髹在竹籃上，果然順滑好髹了。

林芷芬是髹油高手，一看他的手腕活動，就知道他心靈手巧，笑道：「你學藝好快上手，容易教，是個好徒弟。」世民說：「你肯認我是徒弟啦？」林芷芬說：「既然是我教你，就是師徒關係哩。」世民說：「你不怕教曉徒弟無師父嚦？」芷芬說：「難道你要背叛師門？」世民說：「不敢。」芷芬說：「不敢就好，繼續髹哩。」世民說：「知道了，師父。」

兩人都笑了，世民的笑容燦爛，芷芬的笑容含蓄。

兩個年輕人獨處屋中，他們的眼神、言行都在取悅對方，氣氛溫馨祥和。他們繼續談話，等待竹籃風乾。

過了半個時辰，竹籃上的桐油風乾了，李世民看看，自覺髹得不好，不美觀，比不上芷芬髹的。林芷芬說：「你頭一趟髹，能夠髹成這樣，不錯哩。」世民說：「同你髹的相比，差得遠哩。」

芷芬說：「工多藝熟，髹得多就會好。」世民說：「只有這兩個籃子，難道日日拿它髹？」芷芬說：「沒有籃子髹，就跟我去木工場髹棺材。」世民說：「那裏的木匠讓我髹嚜！」芷芬說：「木工場原本是我們的林家的，他們不看僧面也要看佛面，我同你一齊去，他們不敢不讓你髹。」

早幾年，李世民來過林家舖子，也同林森去後面的木工場玩耍，那時候林富是老闆，木匠不敢對他們怎樣，任他們亂走亂動。如今還是那兩個木匠，面孔卻變了。若不是林芷芬同他一齊來，他要被他們責罵了。

林芷芬說：「你又不是來這裏掙工錢，同他們爭飯碗，怕他甚麼！」世民說：「我擔心髹壞他們的棺材。」芷芬說：「棺材又不是他們的，怕甚麼？就算你髹得不好，我執你首尾，髹好它。」

那個青年木匠見芷芬對李世民好，又氣又恨，但是芷芬到底是前僱主林富的孫女，他除了不順氣，又能怎樣？世民蹲在地上髹棺材的時候，他故意踢起地上的木刨花，煽起一陣陣灰塵，弄到世民土頭灰腦，有些木刨花還落在桐油鉢中。

林芷芬看見那青年木匠故意這樣做，她為了息事寧人，不想和他說話，就靠近世民身邊做擋箭牌。那青年木匠見林芷芬護着他，知難而退，不敢再放肆了。

李世民為了學習好這門手藝，不把那個撩事鬥非的傢伙放在心上，拿着毛掃子，平心靜氣髹棺材。棺材板已經刨光滑了，有缺損的地方，填補上油灰，打磨好，比凹凸不平的竹籃子容易髹。有了這樣的比較，他知道不同的東西本質上有差別，上油時就要看那是甚麼東西，需要調度手勢和力度才行。髹物件如寫字，同樣用毛筆，有人的字寫得美觀，有人的字寫得糕糕。不過無論寫字或髹物件，都要多下功夫，長期練習才有成就。

做甚麼事情都是起頭困難，有了基本功後就邊做邊學，反覆去做，總會做得好。李世民在林芷芬的保護和教導下，在木工場髹了幾副棺材才回林家。

*　　　　*　　　　*

三天後，李世民回到筆架村家裏，他將從塘鎮買來的菸絲分開包裝好，又起程去湛市。有了這兩個黏莎紙和髹上桐油的防水籃子，就是在路途中遇着暴雨，也不怕雨水浸泡壞他的菸絲了。

去到湛市成士仁的家，成士仁問他為何遲了這麼多天才來？李世民將他上次在半途路上遇到風雨之事告訴他。成士仁像想起甚麼似的，拍着腦門說：「我真糊塗，忘記給你買帆布了，可惜啊。」世民說：「要帆布做甚麼？」

成士仁說，帆布是一種塗上膠質的厚布，柔軟防水，需要時打開使用，不用時能摺疊起來，方便携帶，最適宜在野外工作和跑山路的人備用。

李世民不知道有能夠防水的帆布。鄉村人在下雨天時，只頭戴笠帽身披簑衣擋風擋雨。若然他知道湛市有這樣的好東西，他早就去買了。鄉村人資訊不通，沒有見識，甚麼事情都是後知後覺甚至不知不覺，跟城市人相比，簡直就像生長在井裏的青蛙。

人的知識從書報上得來，也是從生活見聞中得來。城市的資訊流通，事物種類多，五花八門，無奇不有。小時候他聽過他的祖輩父輩講城市很多新鮮事物，但是百聞不如一見，耳聞不如目睹；甚麼事物都是親眼見過印象才深刻，久久不忘。他必須在這個大城市逗留多一些時間，去多處行走，各處看看，增加自己的見聞和知識。

這是南中國的繁榮城市，馬路上有汽車，鐵路上有火車，軍用機場上有戰機，碼頭邊有大輪船，有起重機，有大工廠。街道上有大百貨公司，有戲院，有大酒店。世民最感興趣的是，這裏有書店，有報紙，有電台講播，供給他資訊和知識。

在報紙的新聞版上和電台的講播中，世民知道蘇聯老大哥派工程師和專家來幫助中國建設，派各種體育教練來中國訓練我國的運動員，而且蘇聯老大哥無私的幫助，不收任何費用，只出於中蘇友好的道義。世民又從報刊上知道，蘇聯老大哥製造的人造衛星成功發射上了太空，正在太空軌道上運行。反觀美帝，資本家壓迫剝削工人，資本主義一天天爛下去，很快就會被工人罷工反抗，世界將會一片紅……美國好戰，侵略別的國家，弄到民困財乏，他們的人造衛星比蘇聯的小，而且一發射就在空中爆炸解體，失敗收場。

李世民懂得蘇聯是共產主義陣營的老大哥，美國是資本主義陣營的首領，這兩個陣營是敵對的，正在明爭暗鬥。蘇聯幫助中華人民共和國，美帝幫助英國和台灣。現時蘇聯正在壯大，美國正在衰退，在東風壓倒西風的情況下，美國自身難保，它怎樣去幫助別的國家？而香港這個城市是英國人管治的，如果蘇聯幫助中國打敗英國，取回香港，怎麼辦？因為他的家駿叔叔和嬸嬸早幾年逃跑去到那裏去了，楊修那幫人不是要去香港捉他們嗎？若是被他們捉到，不槍斃也要勞改，不會有好下場。

世民想到這裏，有點悲觀失望，因為他希望一有機會也去香港，投靠他的叔叔嬸嬸，在那邊讀書或工作，過自由生活。

李世民和成士仁混熟了，知道他有文化知識，心中有難題就跟他說。成士仁知道他的身世和心事了，也將自己所知的事情解答他。成士仁說：「你心中的疑問是從報紙電台那裏得來的，但是不可盡信，要有一些保留。」

李世民疑惑地望着他，問他為甚麼？成士仁說：「如今的報紙、電台都是人民政府開辦的，是官方的喉舌，當然是站在共產黨的立場講說話，對他們有利的就報道，對他們不利的就不說。」世民說：「報紙、電台的話不是真的？」成士仁說：「有真也有假，信一半好哩。」

成士仁的話對他很有啟發性，他要對事情有存疑，不是親眼見到的不可完全當真。不過，他又想，成士仁為甚麼要教他這些？他說：「你講這樣的話，不怕別人知道了會檢舉你？」成士仁說：「談這些事只有我知你知，你不檢舉我誰會檢舉？難道你要檢舉我？」世民說：「你對我這樣好，當我是知心人，若然我檢舉你，我還是人嚒！」成士仁說：「我信得過你，才對你說這些犯禁的話。」

當初李世民完全想不到能遇到成士仁這樣的好人，這真是一次幸運的際遇。世上的好事物難求，好人也是萬中無一，他必須抓住這個機會向他學習，多些了解這個時代的人與事。成士仁說：「其實我的知識很有限，不能為你提供甚麼好的意見，一切事情都要靠你自己去觀察和思考。不過，思考要有知識作基礎；胡思亂想不是思考。」世民說：「我讀得書少，能思考甚麼呢！」成士仁說：「若然你想進步，自己看書自學也可以。」

李世民看過高爾基、奧斯特夫斯基等人的自傳體小說，這兩個蘇聯作家的自身經歷對他的啟發很大，他下定決心自學求取知識，在社會上闖蕩增加見聞，了解現實中的人與事。

這一年，李世民在家鄉、塘鎮、湛市三地走。在塘鎮的時候，他和林芷芬相會，互訴衷情，有了心靈的慰藉。到了湛市，他的菸絲賣給成士仁了，無貨物牽掛，就四處走。他爬高山，遊海岸，站在海邊，眺望船隻在海上航行，大海天連水水連天，無邊無際，船隻浮游海上能夠航行到世界各地去。他想：輪船是鋼鐵造的，裏面又有人和貨物，如此重量，怎麼不沉下海去？

他看了海，又去看山。他在鄉村的山地長大，看慣了山，沒甚麼新奇，他上山的目的，是在高處看飛機。不遠處的軍用機場上，有軍機起飛，在高空上打轉飛翔，機尾噴出一道長長的白煙，劃破長空，轉眼間又隱沒在雲層中了。

這是世民頭一次看見飛機，飛機也是鋼鐵製造的，竟然能像鵬鳥一樣在天空中打轉飛翔，真是不可議。人的頭腦實在聰明，甚麼奇妙的東西都能製造得出。他看《三國》、《水滸》的時候，那些英雄好漢使用刀劍棍棒打仗的，如今進步到用戰機、坦克車、大炮作戰了。

看了輪船和飛機，他又走到火車站去。火車進站了，有乘客下車，又有人買了車票爬上車廂去。他未搭過火車，就跟着別人去售票處購買車票，走到月台，爬上車廂。他沒有目的地，只是想嘗試乘火車的滋味而已。

一列火車十多個車廂相連着，由一個火車頭帶動在路軌上向前奔。世民坐在車廂的座位上，從窗口向外望，火車轟隆轟隆向前奔，路旁的山河，田地、人畜恍惚向後退。在火車上，感覺路旁的汽車又小又慢，猶如甲蟲在爬行。但是，若與飛機相比，火車的速度又慢得多了。

火車在曠野上奔馳，不停奔向它的終點站。李世民不是要去某一個地方，他沒有目的地，過了幾個站頭，在一個小鎮的車站下車，走到前面的小飯店坐下，買了幾個包子吃，然後在街上瀏覽一下，看看風景，就回到車站等待回湛市的火車。他想想也可笑，來了又去，只有起點，不到終點，這為的是甚麼？他的人生路也是如此？

這半年來，無論晴天雨天，涼風暑熱，他都是往來塘鎮、家鄉與湛市之間。他已練成了強健的身體，也練大了膽量，若不是事情有了變化，他會繼續買賣菸絲。有一天，他在塘鎮林家跟那個老農買菸絲，交易一完成，有兩個青年人突然走進來。世民一看，他們的肩膊上掛着槍，心中暗叫不好了。果然，那兩人聲稱是民兵，說世民和老農在做非法買賣，要繳他們的私菸。

李世民被人家「人贓並獲」，有口難言，無法辯白，他望望林芷芬，林芷芬也望望他，兩人都不知道怎樣好。高頭大馬的民兵說，他們是奉鎮政府之命來繳他們的私菸，如果不服，就跟他們到鎮政府去。

世民想，他的確是在買賣私菸，跟他們去鎮政府不但取不回他的貨物，還要被拘留受審查，既然這樣，還跟他們去做甚麼？林芷芬向他說：「若然你去，我同你一齊去。」世民說：「我不想去，讓他們繳去算了。」

當日晚上，李世民空手回到家中，神情憂傷，不說話。奶奶、媽媽見他這個樣子，曉得他又失掉貨物了。李駱氏說：「失去貨物不要緊，你不讓他們捉去就好哩。」

贊華娣說：「做這種買賣要冒險，以後莫做哩。」

世民說：「如今我們只有幾塊瘦田，又無耕牛，種不出穀糧，我不去做買賣，哪有錢買糧食？」

李駱氏說：「天生天養，老天不會讓我們餓死。」

大家議論了一陣子，決定不讓世民冒險去做買賣私菸了。世民說：「你們不讓我做就不做。不過，成先生是我的好朋友，我當他是長輩，是師父，我要去湛市將我的情況告訴他，對他有個交代，以後好相見。」

兩天後，李世民兩手空空去湛市，他到達成士仁的家，成先生不在，他的兒子成才也不在，只有成太太在家。她一見到世民就說：「好在你不帶貨來。」

李世民望着她，不解其意，只問她，成先生哪裏去了？成太太說：「昨日有公安來搜查，連人帶貨把他押走了，如今還不知道他怎樣。」

說話間，成士仁回來了，他見到世民，以為他又帶菸絲來，面色有變，等知道世民這次是空手來的，神情才平靜。他說：「公安查得很緊，以後莫帶貨來哩。」世民說：「我的貨都被民兵繳去了，以後也不敢做這種買賣了。」

人民政府對人民出產的東西，控制得愈來愈緊了，穀麥、豆類等糧食要由政府統購統銷，不准人民自由買賣，菸葉菸絲就算你願意向政府繳稅，也不讓你買賣。違者貨物要充公，還要你作思想改造，自我批評，寫悔過書。

李世民和成士仁認識多時，至今還不知道他是甚麼階級。城市沒有地主貧農之分，他是資本家還是工人？工人階級是紅五類，最光榮，最吃香。世民猜想他不是工人，因為工人階級覺悟高，政治思想正確，跟着共產黨的政策走，怎會和他做私菸買賣？而且他很多時候都在家，不去工廠做工，不會是工人。

成士仁和世民只是生意上的朋友，但是對他很好，很多事情都跟他談，就是不願意談他自己的事。世民想，他不願意談自己的事情，當然有他不便談的理由，不可隨便問他。

不過，世民從別的方面觀察，也能猜到一點點。成士仁的家座落在寸金橋旁邊，獨門獨戶，樓高兩層，石牆灰瓦，雖然有點殘舊蒼桑，還留存着曾經有過輝煌歲月的餘韻。而且樓上有不少藏書，這不是說明他的家風不錯嗎？

成家門前的小小寸金河，曾經是中法兩國的分界線，有如棋盤上的楚河漢界，分隔着小河兩岸民眾的交往。成士仁的家在法國人管治的一邊，與中國那邊不過一箭之遙，走過一條短短的寸金橋就是中國大地了。中日戰事時，法國不參戰，日軍就不攻佔它，這城市才能成為南中國沿海沒有戰火塗毒的避難所。

但是，也有些人乘着戰亂發國難財，利用這個特殊的地方走私漏稅，這個能避過日軍蹂躪的土地，卻成為冒險者的樂園。寸金河又淺又窄，有人利用這個點子，把湛市缺乏的東西偷運過去，又把中國內地所無的東西偷運過來。他們若然遇到官方的追捕，就拚命跑過短短的寸金橋，到了寸金河的另一邊，追捕的官兵就不能逾越河的界限了。

成士仁的家座落在法屬的寸金河畔，得時局、地利之便，成為這些走私貨物的集散地，貨物一轉手，利潤豐厚，錢財滾滾來。有膽量做這種發國財的事，不是成士仁，而是他的父親。抗日戰爭時，成士仁還年輕，在湛市的培才中學讀書，不參與這種走私漏稅的勾當，要不然，解放後，他就像他父親那樣被捉去勞動改造了（他父親死於勞改場中）。

如今成士仁的家成了破落戶，他除了有一點點文化知識，沒有別的技能，只好在街市做一些小買賣，做一些私貨勾當謀生。前天他被一個街坊積極分子告密，人貨並獲押去公安局，好在那位局裏的頭兒是他讀中學時的同窗好友，這個頭人又不是用「特殊材料做成」的共產黨員，成士仁用錢疏通一下，今天就獲釋回家來。

成士仁知道李世民今天是空手而來才鬆了一口氣，他說：「如今甚麼東西都是政府統購統銷了，追查得緊，我們以後都不敢做這種買賣了。但是我們相識一場，也是有緣，以後你若來湛市，就來我這裏走走，通通消息也好。若然有人查問你，你就說你家在鄉村，是我的表弟好了。」

如今鄉村城市都沒有私人生意可做了。李世民想，他不知道甚麼時候才有機會來湛市了，就決定在成家多住幾日，去外面走走，看看能否找到一份工作做，解決生活問題。

李世民想起媽媽說過，楊晉林年輕時不願呆在村裏耕田，將他父親遺留給他的田地都賣了，拿錢去村口開飯舖子，後來因生意不好蝕光了錢，就到湛市闖蕩，結果發了財，買了帆船駛回家鄉，還出錢在筆架鎮的白沙河上建造石橋……

那時是舊社會，人們可憑自己的志願去做事，去謀生，有本事的人還可以發財致富，衣錦還鄉。如今解放了，人民不能自由行動，不能自由做買賣，一切都要聽人民政府的指令，米糧衣布要由政府配給，在城市居住的市民，你無糧票就買不到糧食，無糧食就無法生活下去。

李世民懷着一點點希望，走去湛市人民醫院。人民醫院在雞嶺，培才中學也在雞嶺。成士仁的兒子成才現時在培才中學讀書。

世民經過培才中學時，正好放學，學生從校園走出來，他們有男有女，衣服乾淨整齊，面孔的皮膚白裏透紅，三五成群，有說有笑，神情歡愉，樣子快活。

世民的年歲和他們差不多，都是大孩子，別人生長在城市，讀完小學升讀中學，過着幸福的童年生活。而自己生長在農村，家庭成分是地主，受歧視，被人打鬥，為求生存，小小年紀就在城鄉做買賣，日曬雨淋，攀山涉水，飽經風霜，弄到肌膚黝黑粗糙，衣服殘破，草鞋斷裂，與這些衣着光潔、皮膚白淨的學生相比，他感到漸愧又自卑。

他本來想走進校園看看，但是別人看見他灰頭土腦，衣服破舊，猶如乞丐，會用異樣的目光看他。他改變主意，站在校園外面向裏面觀看。校園環境優美，地方寬敞，裏面的操場上，學生排着隊，胸前掛着大洋鼓、小洋鼓嘭嘭地敲打，步伐齊整，音節合拍，動聽又好看。

過了一陣子，洋鼓洋號的樂隊操練完了，是民族歌舞排演。歌舞隊中，有男有女，他們穿的服裝，花花綠綠，女學生頭紮着小辮子，男學生戴着頭巾，他們扭動腰肢，旋轉踢腳，舞姿配着音樂，令世民看得心花怒放。他是頭一次看到這樣美妙的民族歌舞，眼界大開，城市的事物與鄉村的相差實在太遠啊。

傍晚世民去到人民醫院的廳堂，他的舅父剛好下班，兩人見了面，一起去飯堂吃飯。飯堂裏人多，熱鬧嘈雜，贊華金只默默吃飯，不說話。飯後回到他的居所，他問世民此來何事。

李世民將自己近來的生活情況告訴他，又說以後沒有甚麼生意可做了，前路茫茫，生活堪憂，希望舅舅為他找一份工作做，解決目前的困境。

贊華金不暇思索，這樣說：「你的戶口在農村，不是城市居民，不能在這裏工作。」世民說：「如今你是人民醫院的領導，有權力，可以安排我在醫院裏做雜務哩。」贊華金說：「正因為我是醫院裏的領導，就要公私分明，要按照黨的政策辦事，不能偏私。而且你的家庭成分是地主，我更加不能這樣做。」

李世民連這一點點謀生的希望也沒有了，黯然而歸。

*　　　　　*　　　　　*

這幾年來，李世民都是在外面奔波勞碌，起早摸黑做買賣，掙一點錢回家給親人買糧食，幫補家計。如今一切私人買賣都不能做了，回家呆坐，這種轉變，彷彿奔馳着的火車一下子停頓下來，沒有動力，歸於寂然。

村中的人，因為他是地主仔，歧視他，不願同他交往。對於此事，他習慣了，並不介懷，而且他在外面東奔西跑做買賣，見識多了，也不屑和那些無知無識的貧僱農混在一起。他們歧視他，不與他打交道，他倒樂得清靜，無聊寂寞的時候，躲在小屋裏看一陣子書，增加一點知識。

然而，知識只是精神糧食，只能儲存在腦子裏，不能填飽肚子，他必須想辦法去尋找門路，掙錢買糧食養活自己和他的親人。

生活逼使世民再去塘鎮林家。林芷芬見到她朝思幕想的人，眼前一亮，以為他又來購買菸絲了。世民說，現時政府人員追緝買賣菸絲甚緊，若然被捉到，貨物充公，人也要拉去勞動改造，湛市的成先生不敢接貨了，菸絲生意不能再做了。

林芷芬頗為失望，說：「既然無生意做了，你來做甚麼？」世民說：「來看你。」林芷芬說：「我不信。」世民說：「你不想我來嚒？」林芷芬紅着臉說：「怎麼不想！」

她讓他坐下，接着就坐在他旁邊。世民說，要送給她一樣禮物，就從口袋中拿出一雙銀手鐲遞給她。銀手鐲光潔白亮，她拿着，愛不釋手，非常高興，問他哪裏來的？世民說，在湛市的銀舖子買來的。

林芷芬說：「買來的？我還以為是你的家傳之寶哩。」世民說：「土改運動時，我們為了保命，家裏的東西都交出去了，哪還有甚麼家傳之寶？！」林芷芬說：「這雙銀手鐲很貴重，你真的肯為我買？」世民說：「不是給你買給誰買？」林芷芬說：「買給你的情人哩。」世民說：「你說對了，是買給我的情人。不信？你看看手鐲上的名字就知道。」

林芷芬拿着銀手鐲細看，上面刻着如髮絲一樣幼的三個字：林芷芬。她的心卜卜跳，驚喜地說：「禮尚往來，我也送給你一樣禮物。」世民說：「甚麼禮物？」林芷芬說：「你合上眼才給你。」

李世民不知道她送給他的是甚麼東西，只好合上眼皮等待。在等待的時候，他沒有接到甚麼物件，只感覺到一種又黏又熱的東西在他的面頰上蠕動。他睜開眼睛，她的嘴唇已經離開他的面頰，她白淨的臉孔上飄着一陣陣紅暈。

世民的臉也紅了，會心地微笑。他說：「你這樣做，若被林森看見不好哩。」林芷芬說：「他去山區採購木材了。他不是千里眼，看不到。」

李世民放心了，大着膽子說：「禮尚往來，我也親你一下好嚒？」林芷芬不說甚麼，投入他的懷中。世民感覺飄飄然，無法自制，親吻她，撫摸她。

林芷芬感覺騷騷軟軟，讓他擁吻。她忽然從他的懷中彈起，望着他說：「你放肆，誰要你這樣？」世民大驚，涎着臉說：「我一時糊塗了，對不起！」芷芬微笑說：「看你這樣膽小，怎樣追求女仔？」

李世民回復理智了，這樣說：「我是地主仔，沒有女仔讓我追求。」林芷芬紅着臉說：「只要你心中有我，我就讓。」世民說：「就是你肯我都不敢。」林芷芬說：「為甚麼？」世民說：「我已經同你講過，如今的男女相愛結婚也要先提出申請，得到當地政府批准才行。」林芷芬說：「這個我不怕，我要的是你的心，結不結婚不要緊。」世民說：「像我這樣的地主仔，前路茫茫，沒有前途，有你心又有甚麼用？」

林芷芬和他一樣，她是地主女，同一階級，同病相憐，她感懷身世，嗚嗚地哭了。

李世民噙着淚拍拍她的肩膀，安慰她，叫她莫哭。過了一陣間，他才說話：「我這次來你家，不是談這些，也不應該談這些。」林芷芬說：「剛才你不是說來會見我嚒？」世民說：「是來會見你，要你幫手買桐油。」

林芷芬知道他買桐油的作用後，這樣說：「你買了桐油回家，也是拿到墟上鎮上給客人髹竹籃，髹笠帽，不如就在我們家住下，免得你兩地走。」世民說：「我住在你家，會打攪你們。」

林芷芬冷笑道：「那年打太平清醮，你來我們家，玩到不肯走，要留下來。怎麼如今分生了，說會打攪我們！」世民說：「那時我是小孩，只貪玩，不曉得打不打攪這回事。」林芷芬說：「你拿桐油去外面為客人髹笠帽掙錢，早出晚歸，在外的時候多，在我家的時候少，對我們的影響不大，不要緊。」

李世民游移不決，這樣說：「你讓我留下，林森還不知道，他會怎樣想？」林芷芬說：「我是他大姐，如今家裏只剩下我同他，兩人相依為命，父母不在了，長姐就等如他的父母，所以他很尊重我，聽我的話。而且他對你如兄弟，還希望我同你好。你在我們家住下，他不會有意見，你放心好了。」

世民還有顧慮，他說：「你們對我好，我知道。鎮政府知道了怕嚒？」林芷芬說：「你是我們的親戚，又是好人，來我們家做客，怕他甚麼？」

李世民願意住在林家，主要是林芷芬的好意挽留，其次塘鎮是個大鎮，來這裏做買賣的鄉民比別的墟市多得多，他是為客人髹竹籃、髹笠帽掙錢的，客人多生意就會好。

塘鎮單日是閒日，雙日是「墟期」，每逢「墟期」，四鄉八鄉的村民和商販就像朝聖一樣來這裏「趁墟」做買賣，街上人來人往，喧囂熱鬧，擺地攤的商販就有人來幫襯了。

李世民用一塊小木板寫上「髹竹籃笠帽」的牌子，放在他的地攤前面，以作招徠。初開檔的時候，無客人來幫襯，他就除下自己頭上的笠帽，從瓦盆中蘸上桐油，慢慢髹。他這樣做，一則可以練習好手藝，二則可以吸引有意光顧的客人。

他這個招數很有效，有人見他把笠帽髹得油光閃亮，既可防雨水又美觀，就問他髹一頂笠帽費用若干。他但求有客人來幫襯，帶旺他的攤檔，贏取口碑，就巧妙地回答：老兄隨便給，多少錢都好，無所謂。

這是個好的開始，他的生意興旺。當日市集散了，他髹了五頂笠帽和兩隻竹籃，掙了三塊錢。他在心中盤算，現今的城市工人，一個月的工資三四十元，每日平均只有一元多，他擺地攤為客人髹笠帽一天掙的錢比城市工人多得多，做這個行當不是很好嗎？

比較起來，做菸絲買賣掙的錢是多一些，但那是違反國家政策的事，不能再做了。如今他做的是擺地攤的手工業，不違法，若能這樣做下去，也是好的謀生行當。

然而，他這樣做了不久，就有鎮政府的人員向他收捐稅，而且稅款很重，有時候一天掙到的錢就繳一半。這樣重的捐稅，生意好的時候，還可以接受，少客人幫襯時，能入袋的錢就很少了。

李世民在猶豫，還做不做下去？

第四章

五年前夏天某日，李家駒忽然從軍部回家，當時雖然他沒有擺出衣錦還鄉的架勢，卻令筆架村的村民大為震撼，奔走相告。那時農會長楊帆驚恐得坐立不安，即刻去縣政府把這件事告訴他的堂弟楊修。他滿腹狐疑，這樣說：「李家駒年輕時讀書不成，撈偏門，跑碼頭開骰寶賭檔，如今怎麼做了軍官？是真的嚒？」

楊修略一思索，這樣說：「他能夠坐軍部的車子回來，不會假。」楊帆說：「他原來個跑碼頭的賭徒，怎可能當上軍官？」楊修說：「這事不出奇，他一去就十幾年，他離家那時，中日戰爭爆發，他會改邪歸正去參軍抗日。」楊帆說：「參哪個軍？」楊修說：「當然是參加八路軍或新四軍。」楊帆說：「就算他參加八路軍，一個兵仔，怎會做到將軍？」

楊修說，在軍隊中，如果某人勇敢打仗，衝鋒陷陣奮勇殺敵，屢建軍功，也會由士兵升為小軍官，再升為中級軍官……抗日戰爭打了八年，接着解放戰爭又打了四五年，兩次戰爭加起來打了十幾年，李家駒若屢建軍功，躍升為將軍並不出奇。「時勢造英雄」，這是戰爭給他的機會。

楊帆以鄉村人的思維說：「戰爭給他做軍官是機會，只要是他爺爺的墳山風水發了他。」

楊修是共產黨人，是唯物主義者，不相信有鬼神、命運、風水之事，他說：「那是封建迷信，沒有的事！」

楊帆沒有甚麼知識，他篤信墳山寶地能夠使其後人飛黃騰達，成為強人，成為將軍。不過，楊修是受過教育的縣長，楊帆不便和他爭論，只將此事記在心中，他日才做他要做的事。

當日晚上他回到家裏，就叫楊海過來，將楊修的回應告訴他，然後又將自己的想法和計劃說出來，詢問楊海同不同意他這樣做。楊海想也不想就說：「你是我哥，你要怎樣做我都聽從，你認為這樣做好，我同你一齊去做。」

做這種事他們很在行，坐言起行，說做就做，隨即作準備。

翌日傍晚，別人都收工從田野上回家了，楊帆楊海兄弟兩人才扛着鋤頭離開村子，朝着夕陽向野外走去。這時晚風吹送，曠野無人，樹上的烏鴉群集，呀呀地啼叫，聲波一陣陣傳來，猶如怨婦的哀鳴。

到了暗江溪邊的山頭上，楊帆楊海找到埋葬李家駒祖父李榮的墳墓，就在墳邊停下來。

楊帆篤信風水命運，也略懂風水，曉得李榮的墳墓是一口風水寶地，這個墓地不但能使李家的後代發家致富，也能使李家的子孫爬到將軍、中央領導人的高位。如今李家駒當上大軍官回鄉就能說明他的看法不錯。

楊帆想：若然李家的人步步高升，哪還得了？不破壞李榮這個好風水墳墓不行！他找到這口風水寶地的「龍脈」，就叫楊海幫手，兩人揮鋤破土挖掘。

殘陽圓大如火盤，把山野染成血一般紅。這時曠野渺無人跡，山間靜寂，鋤頭掘土的沉悶聲，震動着他們的心。他們分工合作，一人掘土，一人剷土，把「來龍去脈」的地點挖成一道小小的山溝，斷了這口好墳墓的「龍脈」才停手。

楊帆看看眼前的小山溝，滿意了，就從竹籠中抓出一隻黑狗仔，用刀對着牠的頭顱砍下去，小黑狗像悶雷似的哼了一聲，震顫幾下，就躺在草地上不會動彈了。楊海左手抓起牠，右手拿刀子在牠的頸上一抹，血液就從牠的創口湧出。他兩手抓着已死的小黑狗，對着李榮的墓碑噴灑，灰白的石碑上現出一片血污。

* * *

時間過得很快，土改運動至今已經四五年了。土改時，那些貧僱農分到財物和田地，都笑逐顏開，歡天喜地。錢銀是浮財，不必多久就會用完。田地是不動產，只要去耕種，就年年有穀麥收成，一生一世都有糧食。以前的地主，辛苦掙錢，一畝兩畝買回來，積少成多，成就了大耕大種的耕讀之家。解放後，農會長和土改同志帶領大家鬥鬥地主，就能把他們的田地分到手，世上還有甚麼事情比平白得到田地更好啊！

田地有肥田，有瘦田、肥田的糧產豐富，當年是按每戶人口數目和產量分配的，也算公平，沒有甚麼爭議。

筆架村的肥水田，算良涌那塊面積五畝多的大田最好，這塊面積大的肥水田，見證了楊李兩家的紛爭和比拚，也能說明這兩家人的興衰起落。起初這塊水田的一半屬李國興，另一半屬楊晉林，後來後者把它賣給前者，李國與為了便於耕種，就將分隔兩田的田埂掘掉剷平，二合為一。土改分李國興家中的田地時，這塊五畝多的大田的一半分給李國基，另一半分給楊晉林，因此，他們兩人又合力在中間築起一條田埂，分開耕種了。

這幾年來，楊晉林在他的田趕牛犁田，李國基在他的田翻耕播種，他們時常相見，有說有笑，也算和洽。李國基是李氏家族的族人，以前得到李駱氏的幫忙，就同李家的人好，維護李氏家族的利益。土改運動時，因為他是貧農，就翻臉不認親人，站到楊氏家族那邊去，和別的貧僱農一齊清算鬥手李駱氏、贊華娣、陸桂花、李家馱、林鳳，而且鬥起人來比誰都狠毒。

土改運動後，各戶人家分到的田地自種自收，風調雨順的年頭，穀麥豐收，太家都可以食飽肚。

但是人民政府要他們交田稅，（他們不叫田稅）卻想出一個很好詞語：交公糧。

農民向政府交田稅是應有之義，無論誰坐天下都一樣。舊社會的人民，遇到要納糧交稅時就頭痛，愁眉苦臉去交。如今是新中國了，大家就要敲鑼打鼓像慶祝新年一樣去送公糧。

鄉政府的收糧站設在筆架鎮，到繳公糧的日子，各村莊的農民就把應納的稻穀裝在籮筐中，成群結隊的挑着，後面有小學生組成的秧歌隊伍敲鑼打鼓歡送。烈日當空，人們肩挑着重甸甸的稻穀，在山路上吃力地走，汗流俠背，氣喘如牛，面部的肌肉扭曲，哪會有官方宣傳照片上的笑容？

繳糧納税是農民的義務和責任，大家都要交。但是人民政府還要他們賣「餘糧」。穀麥的價格是由政府定的，而且定得好低，農民必須以低價把「餘糧」賣給政府。很多人家中的穀麥都不夠幾口人吃，沒有多餘的「餘糧」。

然而，政府官員（幹部）不相信你，要村莊的村幹部發動群眾開會，教育他們。村幹部説：你們的田地哪裏得來的？答曰：土改時清算鬥爭地主分來的。村幹部説：誰讓你們清算鬥爭地主？答曰：當然是共產黨和毛主席。村幹部説：你們既然知道，應不應該感恩？答曰：我們心中時刻都在感謝共產黨和毛主席。村幹部説：那就好，你們應不應該把餘糧賣給國家？

這時接受宣傳教育的農民為難了，有些人説「應該」。説應該的就把家中的糧食拿出來賣掉。村幹部再向那些不表態的人説：你們為甚麼不出聲？答曰：因為我們家沒有餘糧。村幹部説：為甚麼人家有你沒有？答曰：因為我們一家幾口都大食，剩不下糧。村幹部説：你們為甚麼不節約？答曰：我們平時都節約。村幹部説：既然你們節約，家中就會有餘糧。答曰：我們家裏真的沒有餘糧，若是你們不信，就同我回家去搜查。村幹部説：我們幹部只搜查地主、壞分子的家，不會搜查貧下中農的家，因為共產黨相信農民，依靠農民，也要農民忠誠對待共產黨。答曰：那還用説？我們一直都對共產黨和毛主席忠心。村幹部說：我們相信你，但你不可以落後，快些把家中的餘糧賣給國家。

經過如此的宣傳教育，大家只好勒緊褲頭甚至不食飯，都要把家中的穀麥拿出來賣掉。他們像送公糧一樣把「餘糧」擔去筆架鎮，以人民政府所定的低價錢賣給國家的收購糧站。

* * *

土改時貧僱農分到田地，分到耕牛，有說不出的高興，都從心底裏感謝共產黨和毛主席。田地分到手，屬於自己的，就盡心盡力去耕種，去收割，像以前的中農、富農一樣，有穀麥上倉，慢慢食用，他們的生活得到改善，真的是解放翻身了啊。

大約過了三四年，政策有變，各個村莊都要成立「農業合作社」，把個人的田地合併，大家一起耕種，收穫到的農產品按各個家庭人口分配。有部份人家中人口少，勞動力強，若是一起耕種所收穫的穀糧按人口均分，他們不是好吃虧？因此，這些人不願「入社」，要做「單幹戶」。

這樣的情況，那些經過政治學習的村幹部又要開會教育他們了。李國基聽了幾次宣傳教育，仍然不開竅，他說：自古以來都是各人耕各人的田，為甚麼要我「入社」一起耕種？有甚麼好處？去縣城學習歸來的村幹部說：各人耕各人的田是各家自掃門前雪，是一盤散沙，力量小，此如天不落雨，禾稻不生，個體戶就不能解決。成立農業合作社，大家一齊勞動，一齊築水庫、修水利，同心合力，就能夠戰勝旱災。

李國基心中承認這種道理，但是土改時分到良涌那塊上好的水田，出產的稻穀甚豐，如果他參加農業合作社，無異把自己的穀糧分給那些出產少的人家。他不願意「入社」。

村幹部曉得他的想法，心平氣和說：你的田地哪裏得來的？答道：土改時分到的。村幹部說：別人分不到良涌那塊肥水田，只你分到，人家是不是吃虧？

李國基一怔，答不上話。村幹部說：共產黨打敗國民黨，解放全中國，就是為你們有田耕，大家有飯食，過平等的生活，這樣好的政策，你不肯入社，是甚麼意思？難道你想像舊社會那樣有地主壓迫剝削窮人、大家不平等嗎？

這時李國基理屈詞窮無法答話了，在眾目睽睽下，他若不入社，難道要別人開會批判？而且村裏的人都願意入社了，只有他一人是絆腳石，是攔路蛇，人家會怎樣看他？

解決了李國基這個「釘子戶」，筆架村的貧僱農都入社了，中農也入社了，他們的田地都合併在一起，耕牛集體飼養，農業合作社的領導人按照社員的勞動能力分派他們下田勞作，該犁田的犁田，該除草施肥的除草施肥，該上山放牛的放牛，各司其職，分工合作，務求種好各種莊稼。

到了收割的時候，稻穀曬乾了，穀粒如金沙，閃亮耀目，堆積在一起，猶如小山坵。這個時候，大家就挑着籮筐去打穀場領取自家應得的稻麥，各人都得到一個季度勞力的成果。

初次分到穀糧，李國基在心中計算一下，從農業合作社獲得的穀麥，不及往年自家耕種時收穫的多，而且自家耕種，自己作主，勞動時間是自己支配，要怎樣做就怎樣做，不必受別人管制，自由得多。當初農會分給他田地的時候，他以為這些田地以後都屬於他，他是這些田地的主人，一生一世都可以日出而作。日落而息，自耕而食，自由自在生活下去。他完全想不到，他當初的想法錯了！

* * *

多年後，李世民還清楚記得筆架村成立「農業合作社」不到一年，村裏的三個初級社就合併為一個高級社了。那年冬季的某一天，他在坡地上澆水種菜，李家騮經過那裏時告訴他，說他們也可以「入社」了。

當時世民真不敢相信，他說：「我們是地主，也可以入社？你有冇搞錯！」李家騮說：「冇搞錯。」世民說：「你怎麼知道？」李家騮說：「我家是中農，我在社裏做會計員，社裏開會時我可以參加討論——不過社裏開會議事是秘密，我告訴你的事，你不可讓別人知道，明白嚒？世民說：「知道了，我會保守秘密。」

這真是個好消息，李世民聽了非常高興。地主也可入社同貧僱農一齊耕種，共同分穀糧了，是不是取消階級、人人平等了？

不理怎樣，能入社就好。因為他們家中的黃牛老了，無法耕田賣給別人殺了吃了，至今還沒有錢買回一頭。土改時，農會留給他們那幾畝瘦田，起初還有那頭老黃牛為他們拉犁把翻土耕種，後來牠被別人殺了吃了，他們耕田時就要自己做牛了。他們一家幾口人，把犁耙扛到田裏，李家駄、李世民是男人，有氣力，叔侄兩人就將繩索套在肩膊上，像牛馬一樣向前拉，贊華娣在後面扶犁翻土。這種人做牛拉犁耙的奇景，引來一些貧僱農的圍觀，指手劃腳取笑他們。

為了生存，為了種出糧食填飽肚子活下去，李世民咬緊牙關忍着苦楚繼續向前拉犁，別人欺負他們，他習以為常，不去理會了。

李世民真想不到，如今的地主竟然能入社了。入了社，他家的田地和別人的田地合併在一起耕種，他家沒有牛，別人家有，無論誰家的黃牛、水牛、肥牛、瘦牛，都要共同使用，他家有沒有牛都不要緊了。

解放後，政治運動一個接一個，政府的政策也多變，不過兩年，農村就從「初級社」升為「高級社」再躍升為「人民公社」。筆架鄉大小村莊二三十個，把這些村莊的「高級社」合併起來，成為「筆架鄉人民公社」。

成立人民公社的時候，政府大力宣傳人民公社的優越性，説人民公社是天梯，社會主義是天堂。

李世民不曉得怎樣架天梯，也不知道社會主義天堂是甚麼樣子，只要能夠成為公社一員就好。

官方天天宣傳人民公社的好處，農民的土地耕牛歸公社，社員都要出勤勞動，勞動的報酬是「工分」，多勞多得，按勞取酬，到了收穫時按各人的「工分」多少分穀糧。人民公社裏設置飯堂，社員家中不必開爐灶煮飯，大家收工後都去飯堂食「大鑊飯」。

這真是大好的消息，李世民聽了興奮不已，地主也可以和貧僱農一起耕種，還可以在食堂一齊吃飯，這不是沒有階級之分了？

筆架鄉成為一個公社，大的村莊人口多，分為三個或四個生產隊，小的村莊人口少，只有一個生產隊，每個生產隊由生產隊長分派隊員下田勞作。李國基是筆架村其中一個生產隊的隊長，李駱氏一家幾人是他的隊員，受他指示管理，分派去勞作，他要你做甚麼就做甚麼，不能違反他的指令。

解放前李國興的家境富裕，李國基貧窮，後者要幫前者做事，後者就要和顏悅色聽前者的話做。如今李國基做了生產隊長，有了一點點權力，一闊臉就變，擺起架子對李國興的兒孫，頤指氣使，要他們做最吃力的勞動，作為一種報復。

李世民雖不服氣，在他的管轄之下，只是敢怒不敢言，忍氣吞聲去做。因為人民公社對社員的指示是：生活集體化；行動軍事化；滾珠軸承化。

世民不懂甚麼是「滾珠軸承」，卻懂得「行動軍事化」的意思。李國基是生產隊長，猶如軍隊中的排長，排長的官位雖小，也是軍官，軍官指揮他的部下去作戰，哪個士兵不聽他的指揮，是違反長官的命令，犯了軍法，要受刑罰！

楊海是民兵營長，成立公社了，他又是筆架村的生產大隊長，統領三個生產隊的社員。抗日戰爭時，他參加過陳正雄的「抗日救國兵團」，跟日軍打過遊擊戰，有一點點軍事知識，如今的人民公社要社員「行動軍事化」，他就憑一點點軍事知識，充當教官。

早上生產隊員出工的時候，隊員有男有女，有老有少，肩扛鋤頭釘耙，楊海就吹着哨子，召集大家到村邊的打穀場去，指示他們排隊操練。這些農夫農婦，蓬頭垢面，衫爛褲穿，光着腳板，像野鴨子一樣在打穀場上走來走去，鬧嚷嚷，亂紛紛，任楊海指手劃腳，喊破喉嚨也無法排得好隊。

楊海懂得治軍要嚴的道理，他揮着用竹片做成的軍刀，對着人群大喊：「你們都將鋤頭釘耙放在一邊，除下笠帽，看我的指揮排隊，排得不好的，今日出勤勞動就不給你記工分！」

大家聽到楊海這樣說，都驚了，誰排不好隊，辛苦勞動一日沒有工分，不是好慘！於是他們都放下鋤頭、釘耙、笠帽，一個跟着一個排隊。但是他們這麼多人，有人身體高大，有人身子矮小，隊伍就像參差不齊的韭菜。

楊海說，這樣不行，隊伍要整齊，高的人站在前頭，矮的人站在後尾，由高至矮，一個個排列下去才好看。

大家又散開，重新排隊。身高的人先站在前頭，其餘的人你看看我，我望望你，對比一下誰高誰矮才站到隊中去。

楊海冷笑一聲，才對着他們說：「你們都是賤骨頭，我說要扣你的工分，才排得好隊！現時聽口令，做得不好的，也要扣你今日的工分，聽到了沒有？」

隊伍中有人交頭接耳小聲說話，有人你看看我，我望望你，面面相覷。楊海看到這種情況，大聲說：「現時是操練，不是叫你們來傾偈，都要肅靜，聽我喊口令！」

有個老頭不服氣，這樣說：「我的歲數大過你，輩份高過你，為何要聽你的命令？」楊海上前一步說：「如今解放了，是新社會，不講輩份了。現時我是公社的生產大隊長，又是軍事化教官，你是隊員，就算你一百歲，你站在隊伍裏，就要聽我發號施令！」老頭子說：「若然我不聽，又怎樣？」楊海說：「軍令如山，不聽命的是甚麼罪！」老頭子說：「我聽過《三國演義》的故事，知道不聽軍令者斬。」楊海說：「你知道就好。」老頭說：「我只是公社中的農民，今日出勤，只是去耙田插秧，不是去參軍打仗，要我們操甚麼練！」楊海說：「人民政府的政策，是要公社的社員行動軍事化，就要當你們是士兵一樣訓練！」老頭說：「若然我不操練又怎樣？」楊梅說：「就要批鬥你。」老頭說：「我都六七十歲了，又是貧農，你敢批鬥我？」

楊海一怔，想了想，這樣說：「你是貧農又怎樣？你不操練，是違反政府的人民公社政策，就要批鬥你！」老頭並不示弱，他說：「莫講批鬥我，就算槍斃我，我都不怕。共產黨解放窮人，分給我們田地，我以為這些田地今生今世都是我的了，如今只過了幾年，我們的田地又要收回歸公社，人民政府哪是真心分田地給我們貧僱農？這不是『寡婦作好夢一場歡喜一場空』嚒？」

楊海理屈詞窮，答不上話了。他的對手說槍斃他（老頭）都不怕，還要怎樣才能嚇倒他？而且政府的政策只是要公社的社員「行動軍事化」，又不是要訓練他們當兵打仗。他要操練他們，只是自作主張，顯顯威風而已。

隊伍中的李世民認得那老頭子是楊盛公，楊海被他反駁得啞口無言，暗暗叫好。土改運動時，他年紀小小就被楊海鬥爭、打罵、壓制、迫害，有苦無人訴，有氣沒處出，屈辱只能積聚在心中。如今楊盛公站出來理直氣壯反抗他，大快人心，無異為他出一口氣了！他在心中感謝楊盛公的正義。

楊盛公見楊海擺出軍官的架勢去操練村民，看不過眼，只想挫一下他的假威風，不意說溜了嘴，連人民政府也奚落了。他恐怕楊海拿着他的把柄，找機會向他報復，就自己打圓場說：「現時是農忙時節，大家趕着下田插秧，操練之事放下哩。」

大家附和着楊盛公的意見，楊海見隊員人多勢眾，不說話了，雜亂無章的隊伍才散開，拿起鋤頭籮筐下田勞作。

*　　　*　　　*

人民公社成立的頭一季，筆架村三個生產隊的禾稻都豐收，各戶人家憑「工分」分到一份穀麥，能填飽肚子，還有存糧。生產隊的領導人，即刻着手找地方開設飯堂。

由於生產隊的人口太多，大家的飯量都大，主持飯堂工作的人就去鎮上買回兩個大鐵鑊，做了兩個泥土灶，把大鐵鑊架在土灶上，淘了米，倒人大鐵鑊中生火煮飯。新建的飯堂炊煙升起，飯香四溢，有人殺雞，有人去坡地拔蘿蔔、割菜，像以前的財主做酒席請客一樣，十分熱鬧。

社員從野外收工回來，就在家中拿了碗箸，去飯堂食飯。白米飯放在大木桶裏，任大家舀入碗中食，肚子能裝下幾碗就食幾碗，食多少都可以。菜肉分別裝在幾個盆子中，食飯時大家用筷箸去夾。勞動了一天，大家都饑餓了，這麼多人圍着長大的桌子，箸來箸往，猶如拿着槍枝攻城，盆中的菜很快就吃光了。

李世民吃飯前就感覺肚子隱隱作痛，可是眼前的飯香菜香，肚子又餓，就不甘後人吃飯吃菜。他吃完一碗飯，又去飯桶中盛一碗。但是只吃了兩口，肚子就更加痛楚了，飯菜再香，也無法吃下去了。他肚痛得脹紅了臉，沒向別人說一聲，就拿着碗裏的剩飯離開公社的飯堂，獨自回家去。

回到家中，他的肚子咕咕響，痛得要拉屎。他走去屋子下面的茅廁，急不及待拉下褲子、蹲下，即刻屙了一泡屎。從茅廁出來，肚子不痛了，舒服了，回到家中，他又餓了，拿起碗箸，再吃剛才那半碗剩飯。

翌日天一亮，世民就爬起床，和他媽媽、叔叔、弟弟挑着秧籃去出工。到了生產隊時，李花狗就當眾指證他昨天晚上在飯堂吃飽飯，又裝了一碗飯回家，犯了飯堂只准吃飽不准拿走的規定。

李世民辯白，說他昨日晚上吃飯吃到半途時，肚子痛得無法吃下去了，不得已才把那碗未食完的飯拿回家去，不是有意裝飯堂的米飯回家的。

李花狗並不放過他，實行窮追猛打：「你不是肚痛！」李世民說：「你怎知我不是肚痛？」李花狗說：「我就是知道。」李世民說：「你不是我，怎會知道我不是肚痛？」李花狗說：「你是地主仔，一向狡猾，你詐肚痛。」

李花狗和李世民同年同月出生，那時他的生母國基嬸窮得沒飯吃，來李家做奶媽，世民是吸她的奶汁長大的。李花狗長大後知道此事，懷恨在心，說世民食他媽媽的奶，是吸奶鬼，一有機會就罵他整他。自從土改運動至今，李世民受他的氣受夠了，再無法忍受了。因此，他豁出去了，大聲說：「李花狗，你是我肚裏的屎蟲！」李花狗大怒說：「我不是屎蟲！」李世民說：「你不是我肚裏的屎蟲，怎知道我是詐肚痛？」

李花狗急了，面上的青筋暴裂，這樣說：「我就是知道你詐肚痛，吸奶鬼！」李世民說：「你無中生有，冤枉我，死花狗！」贊華娣相信兒子不會弄虛作假拿走飯堂的米飯，讓他去辯白，反擊李花狗。

然而，李駱氏不是這樣想，她見孫子夠膽抗辯，得罪了李花狗，將會惹來更大的麻煩。她對世民說：「你是不是肚痛沒甚麼要緊，你對花狗哥認錯就好哩。」

李世民轉過頭對他奶奶說：「若然我對他認錯，就等如我有意拿走公社飯堂的白飯回家，這樣更加不好。」李駱氏說：「就算你拿走半碗飯回家，也不是甚麼大事哩。」世民說：「公社有規定，飯堂的飯只可以在飯堂裏食，拿一粒飯回家也是犯罪。」李駱氏說：「你真的是食到半途肚痛，才這樣做哩。」世民說：「這是實情，我才要辯白。」

事情鬧開了，只能由楊帆來處理。楊帆如今是筆架村生產大隊的黨支部書記，官位權力都高過土改時的農會長，他的話無人敢有異議。他說李世民是地主仔，弄虛作假拿公社的米飯回家，犯了飯堂的規矩，不能放過他。不過，現時是早上，大家都要去田裏插秧，等到晚上放工了，才開大會批判他！

在水田插秧的時候，面對泥土背朝天，李世民想到昨天晚上的無心之失，犯了罪，要受別人批判，心中難受，心神恍惚，插下田的秧苗疏密不一，歪歪斜斜，十分難看。

李花狗和他一起插秧，看到他失魂落魄的神情，曉得他心中恐慌，就幸災樂禍，暗暗叫好。但是李世民明白他的心理，不看他，只默默地插秧。

到了黃昏日落，大家從野外回村，在飯堂中吃飽飯，就一齊去生產大隊那裏開批判大會。李世民站在會場中，不大惶恐，因為他無意犯罪，問心無愧，而且只是批判他，不是鬥爭他，人家要把他怎樣？

楊帆坐在太師椅上，主持批判大會，他像審判官一樣審問李世民：「大家都知道，公社的飯菜只可以在飯堂裏食，不能食飽了又拿走。你食飽了為何還裝一碗飯拿回家？」

李世民重申他拿那半碗米飯家的原因。

楊帆說：「你說你當時肚痛，誰知道？」世民說：「當時我肚痛，只有我知道。」楊帆說：「你說你肚痛，沒有證據，誰相信你？」世民說：「有證據，我奶奶知道我一回家就肚痛去屎坑。」楊帆說：「你在飯堂食得太多撐到肚痛是不是？」世民說：「不是這樣。在飯堂裏我只食了一碗飯，第二碗扒了兩口就肚痛到食不下去了，才拿半碗飯回家。」楊帆說；「就算你當時真的肚痛，都不應該拿走那半碗米飯。」世民說：「當時我肚痛得緊，想不到這些……」

楊帆一躍而起，大聲說：「你狡辯！無人相信你！」

李世民嚇了一跳，像公堂上的犯人一樣低下頭說：「你不相信，我無辦法。」

李花狗得勢了，他上前一步，指着李世民說：「地主仔，你狡猾，你詐肚痛拿走飯堂的米飯，大家就要批鬥你！」

這種批鬥大會，李世民見過，也親歷過。如今再批鬥他，他承受得了，不感覺太可怕。

楊帆想起他的堂弟楊修說過，李家駒做了大軍官，有權力，也有影響力，要對李家的人寬鬆一些，不要逼得他們太死。如今世民這小子只拿走公社半碗米飯，不是犯了甚麼大罪，要拿他怎樣？他對世民說：「你拿了飯堂的米飯回家，違反了公社的規定，現時給你一個機會，不批鬥你，但是要你自己檢討，寫悔過書。」

檢討書，李世民會寫，但是他不想作賤自己，說他不曉得寫。楊帆說：「你不會寫，我喊會計員寫，他寫好了，你簽名承認也可以。」

李家騮是世民的堂叔，現時在生產大隊任會計員。他拿紙筆出來，寫好了交給世民。李世民拿着檢討書，看了一下，就接過李家騮的鋼筆，在檢討書下面寫上自己的姓名。

第五章

筆架鄉成立人民公社的時候，中央政府又向人民大事宣傳「三面紅旗」的政策，而且要馬上實行。

甚麼是「三面紅旗」政策？李世民和好多人一樣，不懂得。解放後，無論城市或是鄉鎮的牆頭上，滿目都是紅旗迎風飄揚，多到遮天蔽日，何止三面？紅旗上印着五顆黃星的是「國旗」，印着鐮刀鐵槌的是「黨旗」，如今還要製造哪種模樣的紅旗？以前李世民見過「青天白日滿地紅」的國旗，一解放「青天白日滿地紅」旗被五星紅旗取代了，難道這樣還不滿意，要把三面紅旗連在一起顯得更紅更大的紅旗？

稍後李世民聽到鄉鎮幹部的宣傳，才知道「三面紅旗」是人民政府的新政策，不是那種在牆頭上運風飄揚的紅旗。但是他聽了那些鄉鎮幹部的演說，還是一知半解，不能完全明白。後來他在筆架鎮檢到一張十多日前已經破損的《人民日報》，看了大字標題，又細細看了內容，心中的疑難才解開。

《人民日報》上說，「三面紅旗」是總路線、大躍進、人民公社連在一起又有分別的中共中央政策。世民是鄉村人，又入了社，人民公社是甚麼東西，他知道了，但是「總路線」和「大躍進」到底是甚麼一回事，他還摸不透。「大躍進」照字面解，是大步飛躍，加速前進，想一步登天。「總路線」是甚麼？莫測高深，他思索好久都搞不清楚。

「大躍進」很快就在人民公社實行，就是要田地大大增加糧產。怎樣才能使田地大大地增產？大家出謀獻計啊。有人說，勤加除草施肥。但是，這是老方法，以前很多農民都這樣做，收割時穀麥是增加一些，就是不能大大地增加。有人說，「深耕淺種」最有用，應該馬上實行。

鄉村人世代務農，牛拉犁翻起田上幾寸深的肥土，往下挖深一些都是堅硬的瘦土，這些瘦土不利莊稼生長，「深耕」真的能夠大大增加糧產嗎？但是提出「深耕淺種」的人政治覺悟高，是積極分子，雖然有老農民說這種方法不可行，都被積極分子批判為老頑固，思想僵化落後，未實踐過的事怎麼知道不行？

略為爭論，提出「深耕淺種」的人佔了上風，社員都要從命，大家扛着鋤頭鐵鏟去田裏挖土。烈日當空，大家揮動鋤頭鐵鏟，像挖土坑一樣，先把表層的黑土挖起，往下再挖，就是堅硬的黃土了。大家在田裏挖土時，一字排開，猶如士兵在戰場上列隊打仗。他們揮鋤動鏟，汗流俠背，從早上挖掘到天黑，過了一段長時間，田裏的黃土多，黑土少，泥土大翻身，土壤變了樣。

稻田挖掘過了，然後趕牛耙土插秧。因為原先的柔軟黑土摻雜了大量的堅硬黃土，手指插到刺痛流血秧苗都插不好。大家又怨又恨那個想出「深耕淺種」的傢伙，又對他敢怒不敢言，只能在心中罵他娘！

幾經辛苦把秧苗插到田裏，過了一段時間，禾苗在泥土生根了，可是沒了那些黑黑的肥土，禾苗猶如種在沙漠上，無法茁莊生長，任你除草施肥，也不能長出壯實的稻穗，到了收割時，糧產不但不增，反而比以前減少了！

在挖深泥土種禾稻之前，大多數社員就對這樣做的效果存疑，可是在未經實踐的情況下，又不敢提出反對。到了收割時，證明這樣做是反效果，大家又氣又恨，就有人提出要檢舉那個主張「深耕淺種」的傢伙，說他是別有用心，是「靠害」。

但是那人不但不恐懼，還振振有詞說，他為社會主義和大躍進出謀獻策，是想田地增產，使大家豐衣足食，生活過得更好，他的出發點是好的，是立心為人民服務。至於效果如何，要經過實踐才知道。如今知道了，大家就要汲取經驗教訓，改用別的方法，沒有甚麼大不了。

公社的社員每天出勤，記分員為他們記下「工分」，到了收割時，就按照各人所累積的「工分」分給他們穀麥。他們天天出勤去田裏挖泥土，「工分」是多了，可是因此而減產，「工分」多而分到的糧少，「工分」不能填飽肚子啊！

好在「筆架鄉公社」的田地多，經社員辛苦挖深的田只是少數，還有大部份的田地未經挖掘，仍然依照老方法去耕種。但是如今是人民公社，是一種前所未有的集體制，老一套的耕種方法不能大大增加糧產，必須大膽創新耕種的好方法。

筆架鄉的農夫農婦，千百年來都是依照他們的祖父輩傳下來的方法耕種，不會打破常規，不會創新。你的思想保守，不敢創新，那麼，就要向外鄉的公社學習，學人家的新方法去耕種。

筆架村的生產大隊長楊海，他帶着三個分隊長去外鄉參觀學習，他們只去了兩三天就回來了。他們帶回來的新方法有兩種，其一是「雙龍出海」，其二是「螞蟻出洞」。大家聽了這些詞兒，不知道怎麼做，等待下田去實習。

楊海是筆架村的生產大隊長，統領三個生產分隊，他不必下田勞動，由三個分隊長帶領隊員去田裏插秧。田耙好了，大家就落田看生產隊長作示範。

「雙龍出海」，是把秧苗分成兩小行，小行之間相隔不過兩寸，向兩邊伸展，直到兩面的田埂。中間的空隙稍闊一些，又是兩小行向兩邊伸展，一次次重複，直到秧苗插滿田。「螞蟻出洞」，是單行向兩邊伸展到田埂，秧苗之間一棵緊貼一棵，不間斷，猶如螞群爬行。

這兩種新的插秧方式，是取用密集的技法，把秧苗增加幾倍插到田上去。理論上，一枝秧苗成長後長出一串稻穗，秧苗增加多少倍，稻穗就相應增加，當然就能夠大大增加糧產了。

但是理論上說得通，實際上未必好。秧苗在泥土中生根成長了，因為秧苗之間的距離空間太小，人無法走入田去除草施肥，雜草就在禾苗之中迅速生長，與禾苗爭奪養料和空氣，反客為主，霸佔空間，彼消此長，雜草很快就蓋過禾苗了。

出現這樣喧賓奪主的情況，怎樣去補救？有人說，下田去拔掉那些雜草，騰出空間讓禾苗吸收肥料、陽光、空氣，有人說，這樣行不通，下田去拔雜草，連禾苗都踩斷踩死，不是得不償失？有人說，踩斷踩死一部份禾苗更好，反正田裏的禾苗太密集，不踩死它也要拔掉大部份，剩下的禾苗才有空間生長。

大家都認為後者的意見好，有道理，都下水田去拔雜草、拔禾苗。當初採用密集方法插秧，大家都多花了不少體力和時間，如今又要日日去田裏拔雜草、拔禾苗，大家只能搖頭嘆息，不敢說那些想出「密集插秧法」的「理論家」害苦了他們。

*　　　*　　　*

《人民日報》的頭版，圖文並茂報道蘇聯的人造衛星再次成功發射上太空，它的體積比前一次更大更重，正在太空軌道上運行。這件大事，不但蘇聯軍民興奮，大事慶祝，蘇聯是中國人民的老大哥，他們的驕人成功，就如同中國人的成功，中國人民當然要舉國歡呼大大祝賀了。

反觀美帝國主義，他們的人造衛星，體積比蘇聯的小，發射幾次都不成功，在天空爆炸解體成了碎片不知道掉到哪裏去了。他們的失敗跟蘇聯老大哥的成功相比，社會主義陣營明顯壓倒資本主義陣營，誠如毛主席所說：東風壓倒西風了！

這個好消息，振奮人心，頓時傳遍了全中國。中央政府馬上下了新的指示，要全國的人民公社搞「衛星田」，禾稻要像蘇聯老大哥的人造衛星那樣突飛猛進，高速增產。

中國的老農民，耕種幾十年，經驗老到，一畝肥水田，一年兩造，早造能出產幾石穀，晚造能出產幾石穀，心中都有數，就是加倍除草施肥，秧苗增加密度，稻穀也不能以倍數增加，用甚麼方法才能高速增產呢？

老農民的想法是實際的，可是上頭要你增產你就要增，不能增產就是你的想法保守落後。你是生產隊中的一員，生產大隊長不能讓你做絆腳石，你不能增加糧產，他怎樣向上頭交代？

如今是新中國，政治掛帥，上至高幹，下至人民公社的生產隊長，都要政治覺悟高，敢想敢幹，思想、行動都不能落後，不能被別人壓倒。

陳涉本是筆架鄉的鄉長，筆架鄉成立公社後，他又是公社中的黨書記，他有權力，思想前進又積極。他向縣政府報告，他指導筆架鄉公社的社員「深耕淺種」，今季的糧產已經增加一倍了。

良垌鄉公社的領導人知道此事，不願讓筆架鄉公社的領導人尊美，說他們公社用「螞蟻出洞」的密集插秧法，糧產已經增兩倍了。筆架鄉公社的領導人不肯認輸，又向縣政府報告，他們公社的糧產又大躍進，增加到三倍了。

筆架鄉公社和良垌鄉公社同一個縣份，這兩個公社在拚命比高下，他們每向上報告一次，糧產就大大增加一次，無論如何都不能讓對方佔高位。後來他們向上報告的時候，不說增產多少倍，倒說實在數目，最後筆架鄉公社的領導人居然說他們的稻田是「衛星田」，能「畝產十萬斤」。

一畝稻田能出產稻穀十萬斤？筆架鄉公社這麼多稻田，出產的稻穀多少個十萬斤？堆積起來不是像筆架山那樣高？堆積如山的稻穀每個社員能分到多少萬斤？真的是「人有多大膽田有多高產」嗎？若然是，中國人民真的是膽大包天啊！

這個驚人的高產消息傳出去，各地的公社都派人來筆架鄉公社參觀取經。這時社員們都緊張起來，人家一來參觀，虛報糧產的事不是要暴露在人家眼前？陳涉急了，詢問社員怎麼辦？他又補充說，能想出應付方法的，重重有賞。

一時之間，大家都想不出好的辦法。稍後楊燕子說她想到了，就問陳涉她的辦法可不可行？陳涉說她的辦法真是天才發明，立即行動起來。

筆架鄉公社的社員多，人多好辦事。有人去番薯地裏挖番薯，把那些番薯都搬到一塊地中，堆在泥土上，把泥土都蓋過了；有人去別的田裏摘玉米，把那些玉米都拿到一塊玉米田中，綁在玉米株的枝節上；有人去別的稻田裏割禾打穀，把那些稻穀都挑到一塊稻田中，稻穀堆滿整塊田，像小山一樣高。

一切都做好了，外鄉公社的代表來到筆架鄉公社參觀，見到「衛星田」如此高產，都眼界大開，嘆為觀止。那些站在田埂上參觀的人，交頭接耳，小聲說話，雖然有人懷疑這是弄虛作假，卻不好說出來。與此同時專區的電台、報社也有記者來拍照採訪，只能作表面的報道。

專區報紙的報道，本省外省的報紙都有大篇幅的圖文轉載，筆架鄉公社的名聲傳遍全中國，中央的領導人都知道。

新中國的人民有如此大的潛能，能夠發揮出這樣大的力量，真是令人振奮，人民政府要搞大躍進，要五年超英（國）十年趕美（國），看來並非難事。與此同時，政府又頒報另一政策，要各省各縣的地方幹部動員人民搞「土法煉鋼」。

土法煉鋼？怎樣煉法？洋法土法煉鋼，筆架鄉的鄉民都無人懂得——這回令他們為難了。搞畝產十萬斤的「衛星田」，他們做得到，已經成為樣板，成為全省的模範公社了，如今他們對「土法煉鋼」一竅不通，怎麼行？

有人說，筆架鎮小學有一本題為《鋼鐵是怎樣練成的》的書，楊燕子知道了，就去筆架鎮小學借來讀，希望學到一點煉鋼的知識。可是她翻閱了，才知道那是蘇聯作家奧斯特洛夫斯基的自傳體小說，不是講怎樣煉鋼鐵的。她讀了等如白讀，對學習煉鋼一點幫助都沒有。

各地公社出產的稻麥，是歸各地公社的社員所有，他鄉別處的人無權利去分享。而大煉鋼鐵，無論是從哪個地方煉出來的，都歸國家，是公物，個人一點都不能拿走。所以哪裏有煉鋼場就可以去哪裏煉，沒有你我之分，煉出來的鋼拿去上頭繳交就可以了。

鄰縣的塘鎮最先響應「土法煉鋼」，有人在搭建煉鋼場了。李世民一知道，就報告生產大隊黨支書楊帆，他想去塘鎮參加煉鋼。楊帆聽了，沉着臉，本來想不准許，可是李世民自願參加「土法煉鋼」，是響應人民政府的號召，是好的表現，仿如他請纓上戰場殺敵。而且煉鋼鐵是勞苦工作，最後還是准他去。

*　　　　　　*　　　　　　*

李世民到了塘鎮林家，見了林森兩姐弟，說明來意。林芷芬時刻想念他，他忽然到來，心中高興，就像以前那樣讓他住下來。

林芷芬見李世民同以前一樣瘦弱，並不長肉，心中生起憐愛之情，問他的身體是不是有毛病。世民說：「我無病無痛。因為在公社耕田辛苦，又食不飽，哪不瘦弱？」林芷芬說：「大家都知道，你們筆架鄉公社用甚麼密集插秧法種田，大大增加糧產，畝產十萬斤，穀麥堆積如山，社員在飯堂食大鑊飯，還有大量穀糧分，為何食不飽？」世民說：「那是假的，沒有這回事。」林芷芬說：「你們公社的稻田，一畝能出產十萬斤稻穀，這件事報紙都登載了，還拍照為證，哪會是假的？」

李世民感到可怒又可笑，他說：「你相信嚒？」林芷芬說：「我自小在鎮上長大，至今還未耕過田，一畝田一年能夠出產多少石穀不知道。」

李世民嘆着氣說：「你未耕過田，也可以想想，世上哪有畝產十萬斤糧的田？我們公社的書記這樣大膽向外作大，那些電台報紙的記者當然曉得是弄虛作假，可是大家都想領功，明知道是假都不想揭穿，照表面寫文章去登報。」林芷芬說：「就算你們公社的領導報大數，你們可以入公社，憑『工分』分穀糧，也夠食嘛。」

李世民又嘆着氣說：「你不知道哩，如今公社的人不用古老的耕種方法，而搞『深耕淺種』，用『雙龍出海』、『螞蟻出洞』的新方法插秧，禾苗密集田裏只見禾苗不見泥，還生滿了雜草——這樣一搞，不止不能增產，還大大減產，大家分到的糧食就更少了。」林芷芬說：「如今你出來參加煉鋼，不在公社耕田掙『工分』，收成時哪有穀糧分？」世民說：「就是日日出勤，拚命掙『工分』，分到的穀糧也食不飽肚。我來這裏參加煉鋼，沒有工錢，工地上總會有飯給大家食吧？」

林芷芬想多一點時間接近李世民，她說她也要同他去參加煉鋼。世民說：「聽說，政府要動員全民大煉鋼，你要去煉鋼是遲早的事。不過，去工地煉鋼好辛苦，你要有心理準備。」林芷芬說：「我想我會捱得住。」世民說：「你在鎮上長大，未做過苦工，去煉鋼場捱捱苦，磨練磨練未嘗不是好事。」

林芷芬知道世民小小年紀就失學，逼着回家和親人一起耕田，土改運動時，他去山上捕捉鳥雀、去田邊挖蛇食鳥肉蛇肉裹腹，稍後又去販賣雞蛋、眉豆、菸絲掙錢回家買糧食。這段艱難的日子，他不止練就了謀生的能力，因為四處奔波跑碼頭，增加了見聞，學到了不少知識。所以他能體會生活磨練人也是一種好事。

翌日早上，林芷芬和李世民去鎮外的煉鋼場報到。那裏的領導人想在塘鎮的煉鋼場大幹一番，搞得轟轟烈烈，成為遠近煉鋼場的模範，揚名全國。所以就不論男女老少，來者不拒，全部收留，人多壯大聲勢。

煉鋼場在塘鎮十多里外的山坡上，那裏有山崗，有河流，是個煉鋼的好地方。李世民到達場地時，山坡上已經大興土木，有人在搭建棚屋，有人在起土爐，山岡上面有人在挖掘礦石，有人在砍伐樹木，砰砰嘭嘭之聲，震動山野。

李世民和林芷芬空手而來，在煉鋼場的辦事處報到，那裏的指導員就在倉房拿鋤頭鐵鏟給他們，叫他們上那邊的山崗和別人一起挖礦石。

山崗的崖坎上，那些男人女人正在揮鋤動鏟，他們見兩個年輕人扛着工具到來，曉得這兩個陌生男女是來加入挖礦石的。李世民站在泥地上看看，他們挖開泥土，若見到石子，就撿入籮筐中。泥土黃褐色，石子的顏色也差不多，若不是聽到鏟子和石子的撞擊聲，真不知道泥土中隱藏着石子。

李世民在鄉村長大，自小就揮鋤動鏟勞作，如今挖掘泥土取石子，他能做得好。他和林芷芬走到另一個崖坎，拿鋤頭挖土。他們一邊挖土一邊像淘寶一樣尋找石子。林芷芬見他的身子瘦小，想不到他揮鋤掘土，卻揮灑自如，呼呼有力，鋤下土翻，得心應手，自愧不如他。不過，她是女孩子，做體力勞動不及男子應如是，不算失面子。

世民說，山崗上的泥土堅硬，掘土很吃力，她的體力不如他，他把泥土掘開了，才讓她翻土撿石子，這樣輪流勞作，會好一點。

他們輪番勞動，掘一會兒土，撿一會兒石子，到了黃昏，太陽落山時才在山泥中撿到一籮石子。這時他們又餓又渴，饑腸轆轆，那邊有人吹哨子收工，李世民和林芷芬抬着竹籮中的石子，跟在人群後面下山，回到煉鋼場地。

那些先前參加煉鋼的人，已經熟習了工地的情況，李世民看別人怎樣做他就怎樣做，不敢亂來。他們把抬回來的石子倒在石堆中，放下籮筐竹軒，就向飯堂那邊走去，準備吃飯。

飯堂是新蓋搭的，爐灶是新的，裏面熱氣蒸騰，飯菜的香味令人垂涎。枱板上放着一盅盅蒸熟了的飯菜，參加煉鋼的每人可領取一盅。飯堂中的空間狹窄，又悶又熱，很多人拿了飯就到外面去。有人捧着飯盅，用湯匙舀飯，狼吞虎嚥地吃，有人坐在草地上，慢慢舀飯吃。

勞作了一天，大家的身上都沾滿了塵土，全身汗臭，夜幕低垂，都拿着毛巾衫褲去山谷下的河邊洗身。男人除下衣服，跳入河中浸泡，女人不便赤身露體，穿着汗衫短褲泡水。河水清涼，粼粼流倘，人泡在水中，感覺舒暢，疲勞漸消。

過了一陣子，那些女子浸泡夠了，爬上岸邊，身子濕淋淋，走去有樹叢遮蔽的地方更衣。有些男子，心癢難安，假裝去那邊小解，驚嚇得正在更衣的女子尖聲呼叫。李世民擔心林芷芬會被那些「鹹濕佬」看到她的胴體，又不便走過去，只站着乾着急。

晚上在棚屋裏睡覺的時候，男人睡男人的棚舍，女人睡女人的棚舍，楚河漢界，在煉鋼場上，就是夫婦也不能搞男女關係。在男棚舍中，李世民睡在其中一格床上，他是新來，還未結識任何人，靜靜地躺着想心事。

「土法煉鋼」的政策是誰想出來的？中國國土這樣大，人口這樣多，搞全民大煉鋼需要多少經費？糧食是哪個政府部門供給的？他轉念又想：這幾年來我窮得沒有東西裹腹，如今參加煉鋼，雖然沒工錢拿，早晚都能領取一盅米飯食，理他米糧是從哪裏的？

翌日清晨，他在酣睡中，棚舍外面的高音喇叭就把他吵醒了。喇叭吐出來的聲音高亢，令人振奮。大家急急爬起床，草草漱口洗臉，爭先恐後去飯堂喝米粥吃饅頭，然後就上山崗做各人的工作。

過了幾天，山坡上的土爐子起好了，有人生火，把樹枝、木頭往土爐的口子放入去。土爐中火光熊熊，黑煙從爐頂飄上天空，爐子的熱量四散，熱氣燙人。這時有人從爐邊的木架子爬上去，抵受着熱浪的煎熬，把籮筐中的石子從上面的豁口倒入去。石子在爐中互相碰撞，發出嘩啦嘩啦的響聲。在上面工作的人被爐火熏到抵受不住了，就像熱鍋上的螞蟻，滿頭大汗從上面迅速滑落，在下面人呼喊着，從木架上爬上去，接手倒石子入土爐去。他們工作的時候，仿如衝鋒陷陣的戰士，上面的人倒下了，下面的人又衝上去，他們這樣拚命去做，為的是要將石子燒出鐵漿來。

如此這般輪番工作了三天三夜，人們叫喊到聲嘶力竭，弄到焦頭爛額，土爐燒到破裂了，裏面的石子燒成灰了，就是沒有鐵漿流出來！

因此，大家聚集在一起，檢討失敗的原因。有人說，石子放得太多，鐵漿在爐中凝固了，流不出來。

李世民在山崗上挖土撿石子的時候，那些石子黏着黃泥，表面呈黃褐色，他擦掉表層的泥土，石子原來是白色，與一般花崗石子無異。他照實情説，那些石子可能不含鐵質，才燒不出鐵漿。

有人持異議，説爐火不夠旺，燒不溶石子所致。你一言我一語，各有意見，爭論一番之後，沒有結果。

為了查明真正原因，等到煉爐的熱量消散了，大家拿起鐵釬鐵鏟把土爐打破翻開，挖出裏面燒爛了的石子，一點鐵漿也沒有。

幹了這麼多天，花費了這麼多人力物力，誰的過錯？塘鎮煉鋼場的領導人召集大家開會檢討，追究責任。大家你來我去的檢討一陣子，矛頭指向李世民：既然你知道石子是一般花崗石，不含鐵質，不是鐵礦，為甚麼不早説？是甚麼居心？

李世民驚慌了，這樣説：「事前我不知道，後來燒不出鐵漿，我才想起這些石子不是鐵礦。」那人又聲討他：「你別有用心，浪費國家的人力和資源！」李世民説：「我不懂科學，又未煉過鋼，事前不知道這些石子不是鐵礦。」那人説：「誰相信你？」

李世民更加恐慌了，舉起手説：「你不相信，我向天發……」那人説：「對天發誓是搞封建迷信！」李世民説：「那我向毛主席像發誓。」那人説：「你是甚麼階級？有資格向毛主席像説話？快去寫檢討書！」

李世民雖未被那人窮追猛打、鬥跨鬥臭，卻被他嚇得屁滾尿流，低着頭去寫檢討書。檢討書是用筆墨鞭撻自己，羞辱自己，他本來不想講假話作賤自己，可是為了能過關，能留在煉鋼場中勞作，一天掙兩盅飯食，他只好違背良心，睜眼説瞎話去寫。

這裏山崗上的石子不是鐵礦，燒不出鐵漿，怎麼辦？後來有人敢想敢幹，發揮創意，想出了好的方法，不愁燒不出鐵漿來。

山崗上挖出來的石子不含鐵質，不去挖它了。大家就拿鐵針去鄉鎮拆人家的鐵欄鐵窗，拿人家的鐵鍋鐵鑊，起初那些被破家砸屋的人不知道是怎麼一回事，責問拿着工具的人：「我犯了甚麼罪，你們要砸我的家？」帶頭拆鐵窗的人說：「你沒有犯罪。毛主席號召我們搞大躍進，大煉鋼，要中國五年超過英國，十年趕上美國，要一天等於二十年的前進，多快好省地建設社會主義……」被砸屋的人說：「建設社會主義是好的，你們去建設好了，為何要拆我家的鐵窗、拿我的鍋？」帶頭的人說：「人民家裏有鐵欄鐵窗鐵鍋的，都要拆掉拿去燒煉成鋼，誰敢不讓我們拆掉，就是反抗毛主席的政策，反抗大煉鋼！」

那些被拆窗砸鍋的人家，有的是工農階級，他們不甘損失，用哀求語氣說：「你們拆了我家的鐵欄鐵窗，有壞人闖入來怎麼辦？你們砸了我的鍋，我用甚麼東西燒菜煮飯？」

那些膽小怕事不敢出聲的人，不敢抗辯，不但鐵窗鐵鍋被拿去作現成的煉鋼原料，門板木桶也被拿去作煉鋼燃料。

這樣的做法很好，原料燃料都有了，煉鋼的人又分頭工作，有人去鄉鎮拆寺廟圍牆的磚頭搬去砌土爐，有人繼續去別人家撬鐵窗拆門板，山頭上，林子中，田野間，人來人往，工地上的叮噹聲，吆喝聲，彼起此落，響徹山野，氣勢沖天。

參加煉鋼的人來自各行各業，人數愈來愈多，只幾日工夫，煉鋼爐一個接一個建成。爐子生火了，天空又見煙雲飄飛，火星四濺。太陽像火球，灼人耀眼。爐子不斷添柴枝木板，熱量向四周擴散，上曬下熱，熱浪逼人。工作的人頭戴笠帽，腳穿草鞋，身上的衫褲給汗水濕透，面孔紫紅，眼睛像要噴火。身子瘦弱的人，捱不住暈倒了，別人在他的頭面上灑水降溫，抬他入棚屋歇息，又有人去補他的缺，輪流接力勞作。

有了鐵窗鐵鍋代替石子作原料，大家都信心十足，必定能夠煉出好鋼來。這時大家都幹勁沖天，力爭上游，把鐵窗、鐵枝、鐵鍋、鐵鏟從煉爐上面的豁口掉入去，又在下面的爐口添木柴，煽風，讓投入去的鐵枝、鐵鍋快些溶解，快些流出鐵漿來。

煉爐下面的爐口，是燃燒柴火的地方，熱量最高，有些積極分子，不怕吃苦，手起了血泡，腳磨損了皮，身上傷痕纍纍，都站在第一戰線上繼續苦幹，他們的身體仿如用特殊材料造成的，熱到滿身大汗眼睛冒火都堅持做下去。

李世民上格床的宿友向陽，他拿着鐵鏟子，躬着腰，在土爐出口處挖一條像引水道的小泥坑，先把挖起的沙泥堆在旁邊，然後放下鏟子，徒手將沙泥撥來撥去，做成了文字的模型，等待土爐中的鐵漿流出來。

先前李世民心直口快，說了些不應該說的話，犯了錯誤，幾乎要受批鬥。如今他要多做一點苦工，顯示自己是擁護政府的「土法煉鋼」，沒有別的機心。所以他咬緊牙關，抵受着灼人的高溫，在土爐口子面前和向陽一起勞作。

柴火不停地燃燒了幾個時辰，土爐口子終於流出鐵漿來了！

大家一看，都非常驚喜，不約而同發出歡呼聲。流出的鐵漿紅艷透亮，猶如紅蛇出洞，緩緩地沿着小泥坑向下伸延，再流入預先做好的字型中。鐵漿出了土爐，熱量稍減，紅艷色彩漸漸變成暗啞，凝固成鉛灰色的筆劃——「大跃进」三個簡體大字。

這是向陽的「創作」，他受到大家的表揚，成為煉鋼場上的好榜樣。塘鎮煉鋼場的領導人馬上向縣級的領導報告，說他們的煉鋼場每天都煉出幾十噸的好鋼。消息一傳出去，就有各地的報館電台派記者來煉鋼場拍照採訪，這樣的好消息轟動全省，塘鎮的煉鋼場頓時成為「土法煉鋼」的樣板，值得別的煉鋼場的人學習。

這個縣份，不但是頭一個煉出鋼來，還能把鐵漿做成「大跃进」三個大鐵字。這樣的「創舉」，大家都認為要慶祝——這是大家實行黨和國家的政策，是共同努力的成果，是塘鎮煉鋼場的自豪和驕傲。

煉鋼爐不能停，要留下大部份人繼續煉鋼，只可讓少數人去遊行慶祝。有人拉來一架板車，把「大跃进」三個又大又重的生鐵字放在板車上，掛上紅旗，插上鮮花，有人敲鑼打鼓，有人推拉板車，在煉鋼場上遊行一圈，才踏上山路，向塘鎮走去。太陽高照，熱氣蒸騰，遊行的人踏着黃土路，板車沉沉的，輾過的黃土路，留下南轅北轍的輪子痕。

遊行隊伍進入塘鎮，在街巷經過時，鎮中的人聽到鑼鼓聲和「毛主席萬歲」、「共產黨萬歲」的口號聲，都紛紛住足觀看，才知道這些煉鋼人馬是用鐵窗鐵鑊燒出了鋼凱旋歸來。圍觀者，有人哈哈大笑，有人冷冷地拍掌，只有一些不懂事的孩子，為了看熱鬧，才跟着遊行隊伍走。

李世民和林芷芬因為出身不好，不獲准參加遊行慶祝，他們留下來在煉鋼爐燒火煉鋼。可是那些從民居得來的鐵窗鐵鍋已經燒完了，因為煉鋼的工作不可以停頓，沒有別的辦法，大家又去別的山頭尋找礦石回來，掉入爐子去燒。

世民抵受着土爐散發出來的熱量，用鐵叉把柴枝木頭送入爐中去。新近砍伐下來的樹木，水份未乾，在爐中燃燒的時候，吱吱響，放出一陣陣白氣，猶如垂死掙扎的野獸。可是爐中火光熊熊，炭火燃燒着濕柴，很快就燒着了，同歸於盡，以身殉國。

李世民有了以前的種種經歷，他再不擔心那些石子燒不出鐵漿來，只要煉鋼場的領導人夠膽向外宣佈，每日能煉出百噸千噸都可以，而且向上頭報得愈多愈好，反正上頭不會派人來調查核對。稍有頭腦的人都心知肚明，若然中國人民煉不出太多太多的鋼來，怎樣在五年十年中「超英趕美」呢？世民只擔心一旦不煉鋼了，要回自己家鄉的公社耕田，就會失去每天兩盅米飯了。

人是血肉之軀，李世民長時間在高溫的煉鋼爐旁邊勞作，他病倒了，發着高火，煉鋼場地沒有醫生，沒有藥物，得不到醫治，他的病不會好。林芷芬在煉鋼場上找到一架破舊的木板車，把世民放在上面，她像牛馬一樣把他拉回塘鎮，讓他在林家住下。林森見他病得如此沉重，即時去藥店請來一位中醫師為他把脈治病。

李世民服食了中醫師的藥，病情好一點，能夠起床走動了。可是不知道是甚麼原因，大病之後又生小病，大半年了，他的身體還是不能復元。這個時候，塘鎮的煉鋼場停止煉鋼了，稍後又聽說，全國各地的「土法煉鋼」場地都不煉鋼了。

大家都疑惑，去年政府大張旗鼓要全民搞「土法煉鋼」，至今不到一年又無聲無息的停止了，為甚麼會這樣？是不是中國人民大搞一年半載就完成任務，鋼鐵的產量就超英趕美了？

第六章

李世民生病在林家療養的時候，他聽到這樣的消息：戶口在城市又有親屬在香港的人可以申請去那裏探親。可是他的戶口在筆架村，他有親人在香港又有甚麼用？為求證這個消息是否屬實，他懷着一點點希望，病情好轉能夠走動了，他就謝過林森芷芬二人，獨自去湛市。

到達成士仁的家，見了這位老朋友，大家談了一下離別後的生活情況，李世民就詢問成先生，他在家鄉的戶口有沒有辦法遷移到湛市來？成士仁說：「如今這裏的市民生活並不好，為何要遷戶口來？」世民說：「聽別人講，戶口在城市的人可以申請去香港探親。」成士仁說：「你有親人在那邊？」

李世民告訴他，他的家鄉一解放，他的叔叔和嬸嬸就去了香港，他們在那裏自由安定，生活得很好。成士仁說：「你在你們的鄉村提申請不可以嚜？」世民說：「那些村裏的幹部，以前同我們有仇怨，土改運動時就想利用鬥爭地主的政策，整死鬥死我們，如今他們有權有勢，怎會讓我申請去香港？所以我想將我的戶口遷到湛市來，再在這裏申請過去。」成士仁說：「就算你的戶口遷到這裏，市政府也不一定批准你去。」世民說：「早前我收到我叔父的信，他在信裏說，在城市讀書的學生，可以以探親為由申請去的。所以我想來這裏投考初中，把我的戶口遷到這裏來。問題是，我輟學了幾年，不知道能不能考得上這裏的初中。」

成士仁看看他，如今他都十七八歲了，又被生活磨練得結實老練，樣子像農夫，哪有中學會錄取他？可是他不想傷害世民的自尊心，這樣說：「這個我都不知道，等成才回來，你問他好哩。」

黃昏，成才回來，世民將他的情況告訴成才，徵求他的意見。成才說：「你來得正好，現時這裏有人開辦一間民辦中學，已經貼出招生廣告了，明日我帶你去那裏看看。」

李世民心中惦念着明天的事，夜裏輾轉反側，睡得並不踏實，半夜醒了幾次，又不好去驚擾成才，靜靜地躺到天亮才起床。他不知道那間新開辦的中學讓不讓他報考，恐怕在成才面前出醜，就對成才說：「以前我來這裏做買賣好多次，熟悉這裏的街道，你告訴我那間新開辦的中學在甚麼地方，我自己去找也可以，不用麻煩你同我去。」

成才說好，拿筆在紙上畫了一幅簡單的街道圖，又注明那間民辦中學的位置，才交給李世民。世民謝過他，就離開成家，走去做他要做的事。

李世民按圖索驥來到他要找的地方，抬頭看看那學校是舊的，門頭上的大字是「××小學」。世民以為找錯了地方，拿出成才畫的草圖對照一下，沒有找錯。他走進去，有個中年人坐在校務處辦事。世民問他們的學校是小學還是中學，他是來報名投考中學的。

那中年人說：「這裏是小學，現時放暑假，我們新開辦的中學借用他們的校園辦事。」

李世民鼓起勇氣說：「我是外地農村人，可不可以報考你們的初中？」

那中年人說可以。他接着又說：「我們學校雖然也接受農村人報考，不過，考生必須回原居地去拿證明，證實你是何處人氏才行。」世民說：「我已經超齡了，有問題嚒？」中年人說：「我們學校是民辦的，只要交學費，年歲大一點都可以。」

李世民遲疑一下，又問他甚麼時候考入學試？現時他回家鄉去拿證明行不行？那中年人遞給他一張報考入學試的單章，叫他抓緊時間回家鄉去拿證明，還來得及參加考入學試。

世民看看手上的單章，還有十幾天才考入學試。他回到成家，把他得到的情況告訴成士仁父子，隨即告別成士仁，回筆架鄉去。他以為村民要取證明就去鄉政府申領。得到回答是：如今村民的戶籍檔案都在縣政府裏，鄉政府不能給社員出證明。

他找錯了門路，沒有辦法，只好去「中藥堂」見他的外婆。贊王氏見他面黃肌瘦，神情落寞，惶惶然如喪家之狗，問他何故如此？世民奔走了一天，這時又餓又渴，他只說他要去縣政府拿證明去湛市投考初中，接着要求他的外婆給他一點食物充饑。

這時已經是黃昏，贊王氏關上店門，叫他等一陣間，隨即入灶間生火煮飯。吃飯的時候，贊王氏說：「這幾年來，你東奔西走，甚麼工作都去做，到如今還是一事無成，一樣貧困。你有沒有想過，就是讓你讀多幾年書又怎樣？」世民說：「這個我知道。若然我能夠去湛市讀書，把我在農村的戶口遷到那裏去，這樣就是不讀書，也是城市人，可以在那裏找工作做，掙錢生活。」贊王氏說：「就算你能將戶口遷到湛市那間民辦中學，誰人給你錢交學費給你飯食？」

李世民說，他和在香港的叔叔聯繫上了，他的家駿叔在信中說，會在香港匯錢供他讀書。課餘時間他去外面找一些散工做，掙一點錢幫補，可以解決學費和生活問題。

翌日早上，世民辭別他的外婆，獨自去縣城。這是他首次去縣城，不熟悉路途，可是翻山越嶺去尋找目的地他做過好多次，這事難不倒他。他只擔心，他的家庭成分是地主，縣城的政府部門是否給他出證明書？如果他拿不到證明文件，湛市的民辦中學就不會讓他投考，他的願望就要落空。

從筆架鎮去縣城。到了半途的曠野中，天空忽然陰沉下來，烏雲蓋日，霹靂的雷聲震天動地，閃電劃破長空，雨點嘩嘩而下。他環顧四周，前沒有村，後沒有店，左面的山坡上，有一棵樹冠如傘的大榕樹，他向那棵大榕樹走去。到了榕樹下，他躲入樹洞中，可以擋風雨，讓他喘息一下。但是在雷聲隆隆聲中，他忽然想起梅愛慈的父親，據說他當年是在榕樹下躲避風雨被雷殛死的。為了不重蹈他的覆轍，他急急離開那棵大榕樹。

雷電交加，雨水傾盆而下，他把笠帽拉得低低，遮擋着雨水向他的口鼻灌。踏着坑坑窪窪的泥濘地，急匆匆不辨方向走。忽然又一聲霹靂，震天動地，仿如從他的頭上劈下，令他心驚膽跳，幾乎暈倒。他回頭一看，那棵大榕樹在雷聲中摧枯拉朽，枝椏折斷，隆隆下落，枝葉滿地。

不知道走了多少時間，暴雨停了，天空放晴了，因為急着趕路，他身體發出的熱量，被雨水淋濕的衫褲很快就乾了。他暗暗慶幸及時離開那棵大榕樹，才沒被雷電劈着，要不然就會和大榕樹同時倒下，斷送了性命。

到達縣城，已近午時了。李世民找到××政府部門，正想走入去，有人在門前阻攔他，質問他是甚麼人，入去做甚麼？世民面紅耳赤，説明來意。那人瞪着他説：現時是中午，裏面的工作同志都食飯午睡去了，下午才恢復辦公事。

這時世民又饑又渴，想在街邊買些東西裹腹。他雖然未來過縣城，但是他的爸爸、叔叔、嬸嬸解放前都在這裏讀書教書，曾經聽他們説過縣城的一般情況，他對這裏的環境也略知一二。

他生性好奇，甚麼事情都想知道，甚麼地方都想去看看。他一想起楊修在縣政府做縣長，若然在街上被他發現認出來，那就不好了。楊修管治這個縣，有權力，縣城各個政府部門的人都敬畏他，要聽命於他，只要他説一聲，那些人就不敢給他這個地主仔出證明遷戶口了！

世民忍受着饑渴，不敢亂走亂動了，站在門外靜靜地等待。時間慢慢過去，西斜的陽光照射過來，他感覺渾身發熱。這時有個老頭挑着木桶，一面走一面叫賣涼粉。世民立刻走過去截停他，買他的涼粉食。涼粉是用一種野生青苗搗爛，把它的汁液放在盆中沉澱凝固，後後切成粒子，加上少許糖水，顏色黑黑，入口時卻清甜好吃，既可充饑又可解渴，價錢又便宜，真是上天送來的良品！

吃了涼粉，又等待個多小時，有人來辦公了。世民跟着他們走入去。他們坐下後，就泡茶飲，擦火柴吸菸，對李世民視若無睹，當他是隱形人。世民心中焦急，卻不敢出聲，等他們喝夠了茶，菸也吸足了，才走到辦公桌前，向他們說明來意。

那方臉的人看看他，這樣說：「你來要證明，是哪個公社的？」世民報上他所屬的鄉村公社。

方臉人從木櫃中拿出戶籍簿查看一下，上面有李世民的姓名。他問：「你是甚麼階級？」

世民遲疑一下，說自己是農民。方臉人皺着頭說：「有這樣的階級嚒？」

世民不敢說有，也不敢說無，只是面紅耳赤的支吾着。他旁邊的長臉人解釋說，「農民」其實是「地主」，地主現時也能入公社做社員了，等如正在勞動改造，改造得好的，也可以慢慢改變他的階級成份，在這個過渡期間稱為「農民」。

長臉人如此解釋，如同替他解圍解困。世民為了博取他們的好感，這樣說：「同志，我不止在生產隊裏勞動，還頭一個響應人民政府的號召，去塘鎮煉鋼場參加煉鋼，直到受熱過度病倒了才停手……」

兩個辦事同志都不說甚麼，方臉人拿出鋼筆在紙上寫證明書，蓋公章。這樣的例行公文，千篇一律，很快就辦妥了。

李世民舒了一口氣，接過證明書看看內容才說：「同志，這個證明就可以把我的戶口遷到湛市去嚒？」

方臉同志說：「這個證明書只是給你拿去湛市的中學考入學試使用的，你考不考得上那間中學現時還不知道。等你拿到錄取通知單了，可以到湛市入學了，再拿那間學校的證明文件回來遷你的戶口。」

李世民明白了，謝了他們，走到街上，已近黃昏。他拿了證明書，急欲回湛市去，就走去縣城外的火車站，查問今天晚上有沒有火車去湛市。車站的售票員說，南下的列車剛剛經過開走了，明天上午才有南下火車去湛市。

改朝換代後，縣城他無親無友，買了明天的火車票，他再無錢去客棧投宿了。呆了一會兒，他看到候車室門外有蓋頂遮頭，心想就在那裏坐到天明吧。可是他只在板凳上坐了一陣子，站頭的服務員就來清場，說車站範圍不讓人坐臥，趕他走。

漫漫長夜，去哪裏度過一宵？他在火車站旁邊徘徊到天黑，到了無人的時候，就在車站門外的石階坐下歇息。他睏倦極了，合上眼皮打盹。不知道過了多久，有人把他弄醒，說火車站不是旅店，不能讓流浪漢在門前歇息，要他即刻離開。

世民望着他說，他無錢住客棧，不得已才在這裏坐一下。那人說，如今好多人都無錢住客棧，若然讓他在火車站過夜，別人都來坐臥，火車站不是變成流浪者之家？他非走不可。

李世民想想也是，他眨眨眼，沒有辦法，只好離開。火車站在縣城郊外，前面是一片玉米地。天上星光點點，玉米株子密集如叢林，這時他又餓又渴，他看看這些剛剛成熟的玉米，有一種誘惑力，猶如磁石吸鐵，吸引着他往玉米地裏走。

霧氣氳氤，夜涼如水，朦朧的月光下，他看看四周無人，就跳人地去，在玉米株節上扭下幾個玉米，剝掉包衣，大口咬嚼。玉米棒子的米粒堅硬，有點甜腥味。他饑腸轆轆，猶如「餓馬食茅」，雖然難啃，也狼吞虎嚥地吃。

吃了三支玉米，胃裏有了點東西，比剛才好過一點了。火車站那邊不讓他停留，他還有甚麼地方可去呢？玉米地是坡地，裏面沒有水，躺在泥地上睡他一覺也可以。

地上的泥土軟綿綿，躺着很舒服，他好快入眠了。不知道過了多少時候，一陣嗚嗚的氣笛聲傳來，他一躍而起，鐵路那邊一列火車轟隆轟隆飛馳而來。他大驚，現時是甚麼時候了？他買的是上午九點的車票，怎麼火車天濛濛亮就到了？他急急離開玉米地，向火車站那邊跑去。他一面跑一面眺望，那兒的確是一列火車，只是車卡不是車廂，車卡中裝着滿滿的煤炭，不是載客的列車。

李世民的心安定了，時候還早，不必奔跑了。他回頭望一下玉米地，那邊有人來地裏勞作了。他暗暗慶幸，好在那列載煤炭的火車驚醒了他，要不然，那幾個人來到玉米地時，發現他偷他們的玉米吃，必然不會放過他，當他是盜賊捉他去審查！若是這樣，恐怕去湛市報考人學試也要擔誤了。

上午九時的火車準時到達火車站，他隨着別人急急走進月台，憑票爬上車廂。他沒有行囊，身上也沒有錢，口袋中只有一張去湛市投考初中的證明書。這張證明書猶如他的護身符，比錢財還寶貴，丟失了就不行，他必須好好保存！

他在想，發明火車的人真是了不起，一個火車頭，拉着十幾卡車廂在鐵軌上走，而且來往的列車都是使用同一鐵軌，只是在火車站停留時才分開，不會在前後站之間互相碰撞，時間怎樣計算得如此準確？據說現時大學裏有鐵路工業課程，畢業後有了專業知識，才可以派到鐵路部門工作。現今世界，科技發達，做甚麼事都要有專業知識，知識分子指導工人工作，鐵路和火車才能建成，怎麼毛主席說知識無用？他看不起知識分子？一切先進的東西都是有科學知識的人發明創造的，卻不歸功於他們，只說是在毛主席和共產黨領導下的光輝成果？

這些問題李世民想不通，也無人會為他解答。火車在原野上轟隆轟隆向前奔馳，山風穿窗而入，他的思緒隨風而散。這些無關他前途禍福的事情，何必費心勞神去想它？

火車到達湛市，離開車站，世民頭一件要做的事，就是要去見他的舅父贊華金，向他要一點錢使用。去到雞嶺人民醫院，已是午時，贊華金吃了中飯回他的居所午睡。世民走到他的居所，向他說明來意，他睡不成午覺了。

贊華金說：「事先我不知道你來這裏投考中學，若然考上了，誰給你錢交學費上學？」世民說：「若是考得上，能夠把我的戶口從家鄉遷到這裏的學校，家駿二叔在信中說，他會從香港寄錢回來給我做費用。遲幾日才考入學試，考不考得上現時還不知道。目前我最需要的，你給我一點錢使用。」

贇華金皺着眉頭說：「讀中學要六年才畢業，你叔能長期寄錢給你嚒？」世民說：「我不打算讀到畢業，只要是能夠將我的戶口遷到這裏的學校，一有機會，我就從這裏申請去香港。」贇華金說：「香港是資本主義，社會黑暗，資本家剝削窮人，你以為去那裏好嚒？」世民說：「我不知道資本主義好不好，若然能夠去到那裏，可以在那邊找工作做，自己掙錢生活，總好過在國內受管制，沒前途……」

李世民想不到對舅舅推心置腹的說話，惹來反效果。舅舅說他對共產黨不滿，鬧情緒，思想不健康，應該受批判。只是念及他們是舅甥關係，才不檢舉他。以後他切莫對外人說這種話，以免惹來更大的麻煩。

世民知道媽媽和舅舅的感情深厚，也愛惜他，只是舅舅如今做了湛市人民醫院的領導，思想變了，站在人民政府的立場說話。因為他們的處境立場不同，思想有異了，以後彼此就有介心。

贇華金說：「若是你能考上初中，戶口遷到這裏來，你住在哪裏？」世民說：「前年我擔眉豆、菸絲來這裏做買賣，認識一個姓成的朋友，他家在寸金橋旁邊，家屋大，人口少，他答應我住在他們家。」贇華金說：「現今世界，還有這樣的好人？」世民說：

「有的。我每次來湛市，都是住在他家。」贊華金說：「你有甚麼好處給他們？」世民說：「我無甚麼好處給他們，他們總是熱情招待我。可能我和他們有緣吧！」

目前李世民不憂慮別的，只擔心自己能不能考上初中。土改運動時，他小學還未畢業，就被逼輟學，這幾年來，他自學到一點知識，語文沒有問題，只是數學和政治課不行。要是因這兩門功課不好考不上，他的心願和多時的努力不是白廢了？

他想起成士仁的兒子成才。現時成才在中學讀書，若然他替他補習數學、政治課那就好哩。問題是，他肯不肯幫忙？

回到寸金河畔成士仁家中，他將他的憂慮告訴成才，希望成才幫忙，為他補習數學。成才說，考初中，只考混算四則數和簡單份數，並不難，他願意教他。至於政治課，只不過是平時那些政治宣傳口號，按照宣傳標語作答便可。

這段時間，學校放暑假，成才在家沒事做，他就為世民補習功課。他們談話的時候，成才驚異世民的人生閱歷，能在苦難的生活中掙扎求存，練就了堅強的求生意志。他和世民的年歲相若，世民當他是知心好友，甚麼事情都對他講，說他有親人在香港，時機一到，他就申請去那邊生活。

過了幾日，考入學試的日子到了，世民早早起床，洗了口面，吃了成太太的鹹菜粥，就離開成家，去那日報名的小學考入學試。到達××小學，那裏清靜無人，不像試場。他抬頭看看，門前貼着一紙通告，內容是說試場在××街的舊軍營中，考生請到那裏去……

李世民一征，心想：當日報名時他們為甚麼不說？為何要去××街的舊軍營應試？現在時間不早了，還能及時到達那裏嗎？他不能多想了，不好遲疑了，立刻離開××小一學，拔足飛奔，拚命在街道上跑。

奔跑到××街的舊軍營時，應考的人都入試場了。世民跑得滿頭大汗，氣喘吁吁，他從口袋中拿出所需的文件和報考時的文件給試場人員核實，在他的指點下，急急走進其中一個試場。

頭一場是考語文。世民拿到試卷一看，作文題目是：一件難忘的事。他感覺這個題目容易作，略一思考，就拿起鋼筆寫起來。他寫文章時得心應手，有條有理，很快就寫成一篇解放軍攻打國軍堡壘的動人故事。寫完了，他從頭到尾看了一遍，沒甚麼錯漏，感覺滿意才交卷。

走出試場，山風從通道吹來，他清醒了。這個考試作文題目是由自選擇題材，他寫了一篇歌頌解放軍的文章，有信心能獲得高分。但是數學和政治科還未考，題目怎樣？懂不懂得做？

考完入學試回到成士仁的家，那些份數題、四則混算題，把他的腦子摘得亂紛紛，不知道答案做得對不對。若然有些做錯了，分數低，會不會被校方錄取？

這個時候，入學試已經考完了，得與失，只能等待校方的通知書了。他在成家時的心情忐忑，坐立不安。成才說，這間民辦中學是新開辦的，不像官辦中學那麼多人競爭，就算入學試的分數不高，也會考得上。

李世民只求考得上湛市的初中，反正他志不在讀書，能把在家鄉的戶口遷來湛市就好了。就算他將來申請去香港不獲批准，有了城市的戶籍，不讀書了也可以在這裏找工作做，可以領取糧票，有了糧票才能生活下去。

為了打發時間、排遣憂愁，他早上離開成家，去外面遊蕩，看看有甚麼可掙錢的門路，若能考上那間中學，留在湛市讀書，也要錢做伙食費。但是他走了很多地方，還是白走，沒有用。某日晚上他回到成家，成太太交給他一封信，他逼不及待拆開信封，是民辦中學的通知書，他被錄取了！

這天夜裏，他興奮到深夜才入睡。他要將這個好消息告訴他的親人，翌日一早他就起床，對成家幾人說他要回家鄉向親人報喜，再去縣城遷戶籍，等到註冊入學時才回來。

回到筆架村，會見闊別多時的親人，說起他這段日子的經歷，大家都悲喜交集，哭一陣笑一陣。贊華娣知道兒子考取了湛市的中學，而遠在香港的家駿又答允匯錢供他讀書，這樣太好了，她的兒子有出頭的機會了！

贊華娣想問題想得深想得遠，她對世民說：「你家駿二叔在外地，不知道他們的生活安不安定、收入好不好，若然他們不能按時寄錢回來，你哪有錢使用？」世民說：「這事我同華金舅講過了，要是中途有問題，他答應會給我一些錢。」贊華娣說：「你舅是好人，他現時的工錢也不多，能給你多少？」世民說：「我想過了，入學之後，我打算在課餘時間找些零散工作做，掙一點錢幫補。」贊華娣說：「你們學校有地方給你住嚒？」世民說：「這間民辦中學也是借一個舊軍營做校園，只有課室，沒有宿舍，學生自己回家住。」贊華娣說：「別人有家屋在湛市，可以回家住，你沒有啊。」世民說：「成士仁的家在寸金河邊，樓上樓下兩層，屋子好大。他講，可以讓我住在他們家裏。」

贊華娣感動得熱淚盈眶，她說成先生一家都是好人，如今這個社會，壞人多好人太少，世民能認識他們有福了。

* * *

李世民想不到去縣城遷他的戶籍如此順利。他拿着民辦中學的錄取通知書，那個政府部門的負責人看看他的文件，沒有問題，就給他寫證明遷戶籍了。

拿到遷戶籍的文件，他如獲至寶，立刻去火車站買票搭火車回湛市。一到達湛市就去民辦中學註冊，辦理入學手續，然後，憑戶籍去政府部門領取糧票、布票，一下子改變了身分，成為湛市的居民。

秋季開學了，世民的心情才平靜下來。他們學校的校長和教員，嚮應人民政府「兩條腿走路」的教育政策，幾個人一起開辦這所中學。因為是民辦的，市政府不出錢支助。他們有知識，能辦學卻缺乏資金，就向有關部門借用這個棄置的軍管作校舍，貼告示招生，終於辦成一所民辦中學。

來投考民辦中學的人，大部分考生都來自四面八方的農村，像李世民一樣的大孩子，他（她）們投考的目的，都是「醉翁之意不在酒」，只是想把在農村公社的戶口遷移到城市來，尋找出路。他們之中有男有女，年紀小的十多歲，大的已二十多歲了。無論他們的年歲大與小，都是讀初中一年級（學校沒有招考高班級學生）。他們所穿着的都是破舊的便服，光着腳板，有些人還蓬頭垢面，走在一起時，猶如一隊雜牌軍。

這個舊軍營改為校園倒不錯，它位於湛市北面的山坡上，裏面一個個舊營房，改成如今的新課室，以前軍人的校場，變成如今的體育場。整個營房，四周有圍牆，自成一國，若不是大門上面有「湛市民辦第一中學」的牌子，別人就不知道裏面是個甚麼場所。

幾名教員都有學問，有的是民國時期的中學老師，有的是失意知識分子，因為沒有工作做，如今在民辦中學教書拿一份微薄工資維持生活。校長姓程，他沒有甚麼知識，只因他是解放軍中的退伍軍人，政治思想正確，又有交際手段，就讓他做校長，主持校政。

程校長以前在解放軍中只是一名小軍官，如今是一間民辦中學的校長，領導全校師生，頗感自豪。每天上早會，他都召集全體師生站在操場上聽他訓話。他帶着濃重鄉音的普通話，一演說就長篇大論，又長又沉悶，一個話題翻來覆去，沒有新意，日日如是，聽得人厭倦昏昏欲睡。上課時間到了，他還是不停口不罷休。演說到最後，他總是加上這樣幾句：毛主席說，你們年輕人是國家未來的主人翁，世界是你們的，也是我們的，歸根結柢是屬於你們的。所以你們要聽毛主席的教導，做他老人家的好學生。

李世民當時就想，毛主席這樣偉大，他的話如聖旨，誰敢不聽他的教導？將來的世界是屬於我們年輕人的？那麼，他帶領共軍和國軍打生打死，在解放戰爭中把對手打敗，趕蔣介石到台灣去，他打來的江山會讓給我們這些年輕人？世民心中的疑問自己解不開，相信也沒有人能夠為他解答。

在家鄉的小學輟學，為了生存，他在社會上掙扎打滾了幾年，如今重回校園，他的身子長高大了，思想也比以前成熟了，心中的疑問也多了。小學的課本少，學習的方法也簡單。初中比小學只高一級，課程卻多得多，除語文和數學，還有動物學、植物學、物理、地理、歷史等等。

李世民沒有甚麼天資，只是生性好奇，甚麼事情都想學習和瞭解。他喜歡語文課，更喜歡歷史課。歷史是講中國朝代的變遷、人事的更替，一個王朝初建立時是好的，人民景仰開國皇帝。到後來衰落腐敗了，民間就有人招兵買馬，揭桿起義造反，推翻前朝建立新王朝——這樣的循環更替，新王朝取代舊王朝，成為基本歷史規律。

但是，有一樣令他大惑不解，每次歷史課到了完結時，老師總是加上這樣的評語：這些封建王朝的皇帝都是奴役搜刮民脂民膏的，是高高在上的統治者，無一個為人民的利益着想。

李世民想：帝王將相是人，平民百姓也是人，為甚麼帝王才是壞人要受責罵？皇帝是國家的最高統治者，毛主席如今是國家最高的領導人，兩者有甚麼分別？

上課的時候，課文怎樣寫，老師就怎樣教。世民看得出，老師講課時都是小心翼翼，不敢多說一句課文以外的話，一上完課就離開課室，彷佛恐怕學生有甚麼疑難要為難他。

世民心中的疑惑，別人心中有沒有？他不知道，也不好去問別人這些問題。既然如今有機會入學讀書了，就要把書讀好，爭取多一點知識，充實自己，哪知道何時又要輟學？離開校園？

這樣過了三四個月，學校的財政就有困難。因為是民辦的，市政府不會伸出援手，一切由校方去解決。增加學費嗎？學生大部份都是農村來的窮家大孩子，他們居住在親友的家中，吃飯都有問題。所以他們就各出其謀，拉關係，有門路的，就離開學校去找工作做，去工廠當學徒，有的女學生輟學嫁給退伍軍人，千方百計去保住城市人的戶籍。

校方收學生的學費本來就不多，學生一流失，學費的收入就更少了，入不敷支是必然的。怎麼辦？難道讓剛成立的學校停辦？程校長和幾個教員辛苦創辦這間學校，為的是求一份職業，無理由就此放棄，白做一場。

湛市的人口多，中學少，很多小學畢業生都不能升讀中學。因此市政府就鼓勵民間辦中學，實施「兩條腿走路」的教育政策。如今這間民辦中學缺乏資金，市政府又不資助，只能從其他途徑扶助它，讓它繼續辦下去。

這時人民政府不再搞「土法煉鋼」了，（煉不出鋼）就要築公路，建工廠，使那些煉鋼不成的人有工做。「湛市工務科」的同志通知程校長，叫他去開會，議定民辦中學的學生，可以輪班去工地勞作，掙工錢為學校作經費。

這些年輕的學生，半工半讀，他們去工地做工，不是為自己掙錢，是為學校掙錢；學生去工地做工沒有工錢，校方要有飯給他們填飽肚子才行。

去工地勞作的學生要食飯，飯菜就需要人煮，每班學生抽出兩個人做炊事員。李世民被他的班主任看中，和其他班幾個人負責煮飯做菜。民辦中學前身是軍營，裏面有灶房，有大鐵鑊，有水井等等。從糧站買來白米，從街市買來菜肉，就可以生火做飯了。

停頓已久的灶房又飄出炊煙，煙雲在煙囱上面繚繞，引人注目。灶房的飯菜煮熟了，飯香四溢，使人垂涎。如今是社會主義了，沒有人剝削人了，人人平等，不理你的飯量大小，市民每人每月都是配給三十斤白米，食不飽，處在半餓半飽的狀態中。

鐵鑊中的白米飯滿滿的，李世民和另一個叫杜木的同學，把熱氣騰騰的米飯剷入木桶中，一人挑飯，一人挑菜，到達工地時，是中午，那些在工地勞作的同學剛好午休吃飯。他們拿着碗頭，爭先恐後走到世民面前，等待分飯。

李世民負責分飯，杜木負責分菜。掌勺者的勺子在他們手中，總算有一丁點權柄，領飯的人都望着他，希望他手重一點，多分一點點。世民不必討好任何人，無論男女都是同學，無必要厚此薄彼，他舀飯入他們的碗中，人人都是同等份量，無人對他有微言。

杜木就不一樣，他掌杓時有輕重之分，對那兩個漂亮的女同學就手重一點，明顯多舀一點菜。可是她們明裏暗裏都不感謝他，吃完就算數。頭幾日，大家都不知道杜木偏私，可是他做得多了，就引起別人的注意。有人看不過眼，提出意見，要批評他。

杜木接受教訓，決定改過，因為他這樣做，那兩位女同學並不領他的情，反而要被別人批評，搞到自己面目無光。好在那位提出意見的人還留有餘地，沒有向程校長反映，要不然，他當爐掌勺的差事也無得做，失去這份好的工作。

第七章

由學生變成伙頭，李世民並不在意，在學校做伙頭雖然沒有工錢拿，有飯菜填飽肚子也是好的。做伙頭有飯吃，不必厚着面皮伸手向他的舅舅要錢，拿了他的錢才有飯吃，猶如啃石頭，心裏很不好過。如今他這樣高大了，再拿舅舅的錢，就成為他的負累了。

在香港的家駿叔叔知道他已經從家鄉遷戶籍到湛市讀書了，很高興，常常有信寄到學校轉給他，也有錢匯給他。叔父在信中說，既然他的戶口遷到學校了，應該以探親為名申請到他那邊去。

李世民當然想去香港，只是不知道怎樣申請、去甚麼地方申請。雙方書信往來好幾次，後來他的嬸嬸時問好寫信給他，關愛之情，躍然紙上，令他感動不已。

世民從未見過時問好嬸嬸，只知道她是民國時期時參半縣長的女兒、家駿叔叔的二房老婆。一解放，他們就從縣城潛逃去廣西省北海市，稍後又去了香港。為了多一點瞭解她，他在去信時向她索取相片。

二十多日後，時問好的信寄來了，世民拆開信封一看，裏面果然有她的相片。他拿着她的相片看了一陣子，才讀她的信。這封信的內容他疑惑不解，他急急瀏覽一下才放回信封。晚上回到成士仁家中，（他寄居成家）他再看她的信。

時問好嬸嬸在信中說，她想了一個讓他申請去香港的方法，他按照她的方法去做會成功。她說，她在香港出生長大，抗日戰爭初期她在廣州嫁給李家騏（世民的父親），是世民的庶母。抗戰勝利後她回香港生活，她在香港有房屋產業。如今她生病，她的房產無親人承受，要世民申請過去接受她的財產。否則，她的財產就要給港英政府接收云云。

李世民知道這是無中生有的事，他的爸爸李家騏根本就沒有二房老婆，他哪來「庶母」？可是嬸嬸既然這樣說，他就要放在心上，等待以後見機行事。

冬天來了，校方接不到工程，沒有工作給學生做，他的灶房差事也要停頓了。校方缺乏經費才去接市政府的工程給學生做，一旦沒有學生的工錢收入，學校不是要停辦？如果學校因經費問題關門停辦了，他沒有書讀又無工作做，怎麼辦？

這種情況令世民憂心忡忡，寢食不安。前一陣子，他挑飯去工地的時候，山坡上的煉鋼場地沒有人了，煉鋼的土爐子因煉不出鋼停火了，已被棄置了。

當初豪氣沖天的「煉鋼大軍」都回到他們原來的工作單位了，市政府要重新安排他們就業，學生的工地工作要讓給這些煉鋼不成的人去做吧？

學校的灶房停頓了，世民沒有伙頭做，飯也沒得吃了。正在苦惱徬徨無計的時候，他按嬸嬸時問好在信中所說，有親屬在香港的學生，可以在寒假或暑假申請雙程證去香港探親，現時寒假即將到來，世民要把握時機，立刻去申請。

她的來信中，還附上一封名叫三姐寫的信，世民去申請時，可以帶此信去給有關部門的官員看。

起初世民不知道三姐是何人，為甚麼要携同她的信去申請？他趁無人在身邊時，打開三姐的信讀——

世民少爺：我叫三姐，是你細媽家裏的女傭。你細媽早前生病，中西醫生都看過了，總是醫不好，如今她的病情更甚。你細媽的病情沉重到不能執筆了，才叫我寫這封信給你……你細媽無親屬在香港，她的房屋財產只留給你，你接到信後，速速申請來香港接受她的財產……

這封署名「三姐」寫的信，其筆跡與時問好嬸嬸的字無異，明顯是她寫的。嬸嬸為甚麼這樣做？她是有知識、閱歷深的人，她囑咐他這樣做，自然有她的理由，他應該按照她的指示去做。

問題是，湛市的政府部門好多，去哪個部門申請？世民想起他的舅舅，他對湛市的事情熟悉，他可能知道。但是他是人民醫院的領導，是共產黨員，他曾經對世民說過，香港是英國人管治，是資本主義，是個壞的地方，要是讓他知道了，他會不會阻撓他申請？若然他阻止，事情不是被他搞禍了？！

這件事不能讓舅舅知道。那麼，問誰呢？成士仁是他的忘年交，彼此甚麼事情都談，成先生又見多識廣，為何不同他商量？晚上回到成家，他就將心中的疑難告訴成士仁。

成士仁說：「你叔你嬸在香港生活多年，若是那裏不好，他們會叫你申請過去嚒？」世民說：「香港是資本主義……」成士仁說：「資本主義是自由社會，人可以自由行動，自由讀書，自由做生意，不似如今的社會主義中國，甚麼事情都要受政府干預控制，你想在哪樣的社會生活？」世民說：「想在自由社會。」

成士仁恐怕他猶豫不決，這樣說：「如今有些人無親友在香港，都冒險偷渡跑到那邊去，你叔你嬸在那邊，可以申請去，不是很好嚒？」世民說：「成先生，你真是好人，甚麼事情都肯教我。可是我不知道去哪個政府機關申請。」成士仁說：「這個我也說不準，你去市政大樓查問好哩。」

市政大樓是新的建築物，高大宏偉，門前的石階有人守衛。李世民望而生畏，停步不前。他舒了一口氣，心想：此前做了這麼多功夫，如今到了這裏，還能退縮嗎？他鼓起勇氣，踏上石階往大門走去。

那守門人見他身子瘦小，皮膚黝黑，樣貌像鄉村小子，大聲質問他入去做甚麼。世民說：「我入去申請去香港領我媽的財產，可以嚒？」

守門人站在一邊，讓他入去。

李世民踏着光潔的雲石地板，環顧一下，見右面有人在辦公，就走到櫃枱前，向其中一位女子說明來意。那女子年青漂亮，神態平和。她說，申請去香港不是她的部門管。世民說，我應該去哪個部門申請？女子說，市公安局其中一個部門。世民說，請你告訴我市公安局的地點。

世民首次遇到這樣斯文有禮的女幹部，他心存感激，向她躬身辭謝。他心中緊記她說的地點，去尋找公安局。

半個小時候，來到目的地。他想不到公安局沒有警衛森嚴的情況，平靜得如一所民房。他走進去，廳堂有人在辦公。他走到辦公枱前，向一位中年官員説明來意。

那中年官員方臉短髮，五短身材，表面看是個嚴苛之人。他望着世民說：「你是哪個地區哪個街坊的？」世民說：「我的戶口不在街坊，在民辦中學。」中年官員說：「拿證明來。」世民說：「沒有證明。」中年官員說：「沒有證明，誰知道你是不是本市居民？」世民說：「要甚麼證明呢？」中年官員說：「你的戶籍在民辦中學，就回學校叫你們校長寫。」

街上北風呼呼，天空陰沉，寒氣襲人。李世民忐忑不安，蹣跚地走着。回到學校，直入校長室，向程校長説明此來何事。程校長以不屑的口吻說：「香港是腐朽的資本主義社會，你去那裏做甚麼？」世民說：「去那邊領我媽的房產。」

程校長望着世民，改變話題：「你是梅必然的孫子？」

李世民有點愕然，心想：梅必然是民國時期的鄉長，程校長怎會知道梅必然這個人：他說：「梅必然姓梅，我姓李，我怎會是他的孫子？」

程校長一時答不上話，又轉了話題：「你的家庭成分是地主，你從家鄉遷戶口來這裏，目的是申請去香港！」世民說：「我遷戶口來學校，是讀書，符合人民政的政策。如今我申請去香港領我媽的財產也合乎政策。」程校長說：「誰知道你去了那邊回不回來？要是不回來，不是白放你走？」

時問好嬸嬸在香港生活多年，知道港英政府的政策，她在給他的信中說，拿單程證的中國人不能入境香港，拿雙程證的反而可以，而且一入了境就能領取香港身分證，成為香港永久居民。他說：「我是申請雙程證去的，不可以不回來。」

程校長說：「你是地主仔，你以為市公安局會批准你去？」世民說：「批不批准是我的事，不用你操心。」程校長冷笑說：「不用我操心？那你又要我寫證明？」世民說：「我去過公安局了，局裏的同志要我回來叫你寫。」程校長說：「我為甚麼要給你寫？」世民說：「因為我是你的學生，我的戶口在學校裏，你要為我寫。」

程校長有顧慮，不肯寫。世民說：「公安局的同志要我回來叫你寫，你可以不寫嚒！」程校長說：「我不知道怎樣寫。」世民說：「公安同志說，你只寫我是民辦一中的學生，證明我的戶口在這間學校就行了。」

這時程校長沒有甚麼好說了，他拿出紙筆坐着寫，李世民站在他旁邊等待。大約半句鐘，他寫好了，黑着臉交給世民。世民拿着證明書看看，沒有甚麼錯漏，躬身向他辭謝。

離開校長室，放學的鈴聲呤呤響，學生從課室走出來。這時已近黃昏，世民曉得再去公安局太晚了，那裏要停止辦公了，就回他寄居的成家去。見了成士仁，就將他白天四處奔走的情況相告，又把程校長寫的證明書給他看。

成士仁一看，就看出了破綻，說這張證明書不妥。世民說：「他用學校的信箋寫的，下面又有他的簽名，有甚麼不妥？」成士仁說：「他不蓋學校的印章，這是公文，沒蓋印章無效。」

李世民暗暗敬佩成先生的明察秋毫，他說：「那我明天早上去學校喊他蓋。」成士仁說：「打鐵趁熱，你即刻去，到了明天，怕他會有變卦。」

一語驚醒，世民忘了饑餓，立即離開成家，回學校去。程校長見了他，問他何事再來。世民說：「你為我寫的證明，可是沒蓋印章，公安同志說沒蓋學校的印章不行。」

程校長以為真是公安局的官員說的，只好拿出印泥盒子和印章，在證明書上蓋上紅色的印鑑。

復回到寸金河畔的成家，天黑了，成太太端出飯菜，大家圍着桌子吃飯。世民早已饑腸轆轆，吃了兩碗飯還未飽，卻不好意思再吃了。如今的市民每人每月只配給三十斤白米，一日兩餐就不夠吃，他再多吃一點，怎對得起成家幾人？他居住在成家，成先生不收他的房租，他還可以為自己吃飽不理人家嗎？

李世民不懷疑成先生對他的真誠和愛護，吃完飯，他把署名「三姐」兩封前後寄來的信給成先生看。成先生看兩封信的內容大致相同，後一封只是催足世民趕快申請去香港取他細媽的財產而已。他看了兩封信後面的署名，前一封的署名是「三姐」，後一封的署名是「王姐」。

成先生看出了破綻，就問世民前後兩封信有甚麼地方不對。世民說：「兩封信我都看過，沒有甚麼問題。」經成先生的指出，他驚異成先生心細如髮，甚麼事情都逃不過他的眼睛。成先生說：「這是很大的錯誤，照你看，應該怎樣補救？」

世民想了想，拿筆在署名「三姐」的「三」字中間加上一豎，使「三」字變成「王」字。成先生說他頭腦靈活，做得好，拿這兩封信去申請沒有問題了。

這段時間，世民沒有伙頭做，沒回學校上課，又不向校方告假，時間和心力都放在這件不知能否如願的事情上。翌日一早他就起床，離開成家去公安局。那位中年官員剛上班，他就將程校長寫的證明書和別的文件交給他。

李世民想討好這位中年官員，就問他貴姓。中年官員說他姓習。習同志問世民的姓名、年齡、籍貫等資料，世民逐一報上。習同志寫好了，將文件放在枱上對世民說：「你回去等候審批。」世民說：「我的申請，批不批准？」習同志說：「現時不能答你。」世民說：「等到幾時才知道？」習同志說：「一個星期後你來這裏看消息。」

交了申請文件之後，世民十分焦慮，他的申請獲不獲得批准？是習同志審批還是他要交給他的上司審批？表面看習同志是好人，若是他有權力審批，成功機會會高一些；若然他還有上司，權力在他的上司手中，那就難說了。解放初期的政府官員，據說都清廉，不貪污受賄；就是他們貪污，他都沒錢財行賄啊。

這時世民的心情，猶如被拘押的疑犯，他在官司中是成是敗，目前還不知道，要等待法庭的判決。如今是新中國，人民的言行都受監視，人們做了某種不合乎政策的事，會被紀錄下來，以後一有政治運動，就會新帳舊帳一齊算。世民的家庭成分是地主，他這次申請去香港，能批准他去就好，要不然，他的人生就會留下「歷史污點」。「地主」這頂帽子仿如金鐘罩般沉重，已經壓得他抬不起頭做人了，若然再加上這次的「歷史污點」，以後他的日子怎樣過？！

頭幾日，世民足不出戶，躲在成家的閣樓看書看連環圖打發時間。他不上學又不告假，校方會不會因此開除他的學籍？他幾經辛苦絞盡腦汁才能把在家鄉的戶口遷移到民辦中學來，如果校方趕他出校，他在學校的戶口也除掉嗎？

想到這裏，他心急死了，無法安心看書了。晚上成先生回家，他就將心中的憂慮告訴他。成先生說：「照你現時的情況，只有批准你去香港才有出路，你明天就去公安局查問哩。」世民說：「公安局的習同志說，要我一個星期後才去聽消息。」成先生說：「若是那位習同志負責審批，你的條件又足，可能會早一些知道。」

世民想，成先生講得有道理，反正他在成家猶如在監獄中等待上刑場，倒不如出外走走，鬆馳一下緊縮的神經也好。翌日早上，他就去公安局。

從成家去公安局這條路，他往來走過好多次，很熟悉，不必半個小時就到達目的地。走入公安局，有人問他來甚麼事？世民說，他要見習同志。那人說，習同志在外面有事要辦理，未回來。世民說，他幾時回來？那人說，中午吧。世民說，我可以在這裏等他嗎？那人說，你出去，遲些再來。

走到街上，不知道去何處好，他在街巷中徘徊打發時間。走得久了，感覺疲累，回到公安局門外等待。那裏有人入，有人出，他都不認識，只當他們是時間的過客。

中午前一刻，習同志回來了，世民一看見他，仿如久旱逢甘雨，跟着他入去。習同志在辦公桌前一坐下，世民就上前問他：「習同志，我的申請批准了嚒？」

習同志認得世民，告訴他，說已經批准了。這是天大的喜訊，這個好消息，仿如皇恩大赦，他得救了！

習同志對他講，說春節快到了，好多人都要回家鄉過年，交通繁忙，必須提早購買去廣州的車票。習同志又補充說：「若是有座位的車票都賣光了，你是年青人，又沒甚麼行李，就是坐在地板上的票，你都要買，要不然，你就要過了春節才去得成，到了那時，就遲了。」

李世民頻頻點頭說知道了。他想：習同志不但這樣快批准他的申請，還教他應該怎樣做，對他實在太好了。這時世民又高興又感激，卻不曉得如何多謝他。

習同志見他是個未見過世面的小子，並不介意他的無禮，將早已辦好的出入境「通行證」交給他。世民接過去香港的「通行證」，如獲至寶，他躬身向習同志辭別。

離開公安局，他想起習同志的話，即刻走去湛市長途汽車站。汽車站售票處人頭湧湧，人聲嘈雜，這些人擠在一起，都是購買長途汽車票的。李世民身子瘦小，他從人群推搡下，擠到售票的窗口，掏錢買車票。他這次的運氣好，買到三日後去廣州的車票。

拿到「通行證」，又買到了車票，他惶恐不安的心才靜下來。這次去香港，出了國門，不知何年何日才回來，他懷念家鄉的親人，想即時回家鄉會見他們。但是成士仁夫婦對他如子侄，有情有義，他必須先回成家去，將這個好消息告訴他們，讓他們替他高興。

成士仁說：「照你這樣講，習同志是好人，他有心放你走，你行運哩。」世民說：「你們也是好人，若然不是你們收留我，幫助我，我不會這樣好運。我真不知道要怎樣謝你們哩。」成太太說：「你去了香港安定了，莫忘記我們就好哩。」世民說：「你們對我這樣好，我一世都會懷念你們。」成太太說：「要是我們成才有機會去香港呢？」世民說：「我一定會盡力幫助他。」成太太說：「這就不枉我們對你相好一場哩。」世民說：「我到了那邊，會寫信給你們。如果我找到工做，掙到錢，也會寄一些給你們。」

李世民說，時間緊逼，他要回家鄉會見他的親人。成士仁說，事不遲疑，應該馬上回去。見了你的親人，快快出來。

離開成家，已近黃昏，世民急急上路。走了幾個小時山路，回到筆架村時，已經深夜，因為天氣寒冷，村子裏的人早已關門歇息了。世民在狗吠聲中走到家門停下，輕輕敲門。

木門打開，露面的是他媽媽。贊華娣見兒子歸來，已預料到他必然有要緊事才星夜趕路回來，只是不知道他甚麼急事而已。她說，外面冷，快入屋。

開門聲，說話聲，把各人都驚醒了。等大家圍在一起時，世民才小聲說，他已經獲湛市公安批准去香港了，因為他過兩天就要起程，時間緊逼，他一拿到湛市公安局發的「通行證」，即刻趕回來和他們見面。

一家老小聽到世民的報告，真是喜從天降，十分高興，就是瞓倦，都不上床睡覺了。世民說，他從早上到現時，因為急着做要做的事，整整一日未進食，肚子餓了。

李駱氏說，公社的領導人想領功，誇大田地增產，收割的稻穀都被政府以低價收購去了，社員沒大鑊飯食，連稻穀也沒得分，只分到一些雜糧、番薯。沒有辦法，只能煮番薯給他食。世民說，大家都困難，有番薯食也算好了。

世慶年紀小，不懂事，瞓倦得上床睡覺了。油燈下，大家圍坐在一起，一面食番薯一面談話。李家馱接過世民的「通行證」看看，這樣說：「你拿到的是雙程證，去了香港不是要回來！」世民說：「不是。嬸嬸寄給我的信中講得清楚，拿單程證的人香港那邊不准入鏡；拿雙程證的人才准入境。不過，一入了香港境內，就可以領取香港政府發的身分證，成為香港永久居民，不用回國了。」

贇華娣還是有顧慮，她說：「姓楊那幫人會不會過那邊捉你！」世民說：「香港屬英國的，邊界有軍人把守，他們不能過去，不怕他。」贇華娣說：「這樣我就放心哩。不過，你去了那邊，無論我們家發生甚麼事，你都不可回來，就是我死了，你都莫理我，我死入陰間也不會怪你。若然你接到我的信要你回來，也是被姓楊那幫人逼着我寫的，你莫上當。你一回來，他們就捉你，扣着你的證件，那時你就不能回香港去哩。」

媽媽如此為他的安全、不理自己的安危，世民萬分感動，他的眼淚奪眶而出，涕淚交流。哭了一陣才說：「媽，你講的我會記着，你放心。」

贇華娣這時才知道世民是個有智謀的孩子，他去年夏天去塘鎮參加煉鋼，稍後又去湛市考上初中讀書，如今也想到辦法去香港，一年多時間他的人生道路就有這樣大的轉變——她是想像不到的。她說：「你去香港，有沒有同你華金舅商量過？」世民說：「他是共產黨員，又是醫院的領導，思想前進，他說香港是資本主義不好，若然被他知道了，我怕他會阻攔我，不讓我去，那就不好了。」

贇華娣同意兒子的做法，她說：「既然是這樣，以後他知道了也怪不得你。」頓了一下，她又說：「你不讓他知道，你哪有路費去香港？」

世民說，成士仁夫婦對他甚好，事事為他設想，已經借給他旅費了，他到香港後才匯款還給他。贊華娣說：「他們對你這樣好，是你的恩人，以後你有能力就要好好報答他們。」世民說：「我不會忘恩負義，他們的兒子若有機會去香港，我已經答應幫助他。」

雄雞喔喔的啼叫聲，打破了冬夜的沉靜。

世民說，他不想村中人知道他深更半夜回來，也不想人家知道他以後的去向，說他趁天未亮就要離家回湛市去，打點一切，準備起程去香港。

贊華娣說：「你這樣做好，大家遲早要離別，現時人家還在睡覺，無人知道你曾經回來，在黑夜離開村子也好。」

話雖如此，兒子此去，不知道何年何日才能再見，一時感觸，流下淚來。大家哭了一陣，世民曉得天快亮了，不好再拖延時間了，就出門。他的奶奶跟着他出到門口，捉着他的手說：「世民，你一到那邊，就寫信回來啊。」

世民在殘星曉月下握着老人的手，說他知道了。他從小跟着奶奶同床睡，奶奶去外面的番薯地守夜，他也跟她去草寮中睡；奶奶晚上在油燈下紡棉線，他也坐在她旁邊看着她工作到深夜；奶奶去菜園澆水種菜，他也跟着她。他們祖孫形影不離，親愛之情，使他永遠難忘。如今他要遠走他鄉異地，此去前路茫茫，奶奶又年老了，以後還能相見嗎？

冬天的晨曦中，寒風習習，他的媽媽、叔叔、弟弟都出門送行。他一邊走一邊回頭望，到了村外的稻田邊，彼此都隱沒在朦朧的清晨霧氣中，他才邁開腳步向前走。

走到天亮，太陽出來了，到了一處山崗，世民才停下來。他對着北面，向塘鎮那邊遙望，不禁自言自語：林芷芬，大家相好一場，因為時間緊逼，我不能去你家向你辭別，我這樣走了，連一封信都來不及寫給你，實在對不起你。你的美貌，你的情愛，會留在我心中，我永遠都懷念你。將來若有機會再見啊！

他又想起梅愛慈，他是他在村中的知心朋友，土改運動時，他家沒有糧食，幾乎餓死，梅愛慈同情他，教他捉田雞、裝鳥、挖蛇洞捉蛇，拿這些野生動物殺了裹腹，才救了一家人的性命。如今他為了自由和生存，遠走他鄉異地，也無時間和他說一聲再見，就離開村子走了。

世民像被人追捕的逃兵，兩日一夜不停地奔走，回到湛市成家，他已經疲憊不堪，一屁股坐下才對成太太說，他明日天亮之前就去長途汽車站搭車上路，若然他不知醒來，就麻煩她叫他起床。成太太說：「我會替你打點，你放心睡。」

上到樓上，他收拾他需要的東西，又拿出一雙舊瓦盆，把別人寄給他的信扎和文件，放入瓦盆中，擦火柴燃燒。在民辦中學讀書的時候，他寫情信給林芷芬，林芷芬也寫情信寄來學校給他，她的信寫得情意綿綿，他當寶貝一樣收藏着，如今他要離開湛市了，留下它恐怕不好，也忍痛放入瓦盆燃燒。那些寫滿黑字的紙張在火焰中往下陷，一陣子就成了灰，青煙向上穿過天窗，隨風飛逝，轉眼就消失於天地之間。

他做了他必須做的事，才上床睡。因為太疲勞了，他的頭一落到枕頭上就沉沉入睡了。不知道過了多少時候，聽到成太太在床前的叫喚聲，他才在夢中醒來。

洗了口面，成太太讓他食粥，又給他三隻熟雞蛋，讓他在路途上食。世民感激零涕，對成士仁夫婦說，他們對他像親生兒子一樣好，他永遠都懷念他們，他向他們灑淚告別。

走到街上，寒風凜烈，街燈放出幽幽的黃光。他肩上掛着一個小網兜，兩件單衣在小網兜裏晃動。如此輕身上路，沒有負累，但此去不知道前路怎樣，心情還是沉重的。

將近汽車站，天還未亮，早已有人在那裏走動了。他恐怕遲到車子開走了，就急急走入露天停車坪。那些乘客，有的拖男帶女，有的携着大包小包行李，圍在汽車旁邊，等待上車。他想起公安局那位好心的習同志對他說過，如今年關在即，大家都要搭車搭船回家過年，交通繁忙，一切都要及早辦理，以免錯失時機。

李世民琢磨着習同志的話，隱藏着一種玄機，似乎暗示他愈早離開此地愈好，免得節外生枝，過不了邊防海關，那就不好了。

有人在露天停車坪走來走去，似乎在尋找甚麼。有人拿着一根扭曲的鐵枝，插入車頭，盤着馬步，用力搖動幾下，車頭的機器就呼呼震動起來了。司機爬上車，打開車門，那些在等待的乘客就爭先恐後爬上車廂去。司機見他們像衝鋒陷陣一般亂走亂撞，大聲說：「你們都買了票，人人都有位坐，急甚麼？！」

世民想，都有車票了，可以上車了，先上後上都是一齊到達目的地，何必爭一時之快？但是別人的想法與他不同，人家拖男帶女，携着大包小包行李，怎不心急？他們彷彿聽不到司機的斥責，還是你推我撞爭着上車。司機更氣怒了，又大聲說：「你們要文明一些，要守秩序，若是把車子弄壞開不動了，你們又沒有別的車搭，就要留在這裏過年！」

李世民想：他們回家鄉過年，滯留在這裏沒甚麼大不了，我是趕着上路，速速離開此地遠走他鄉，若是因此事故延誤了時間過不了邊防海關，那就不好了！

幸而所有乘客都上車坐好了，車子並沒被他們弄壞，可按原定時間開行了。

這時天還未光亮，車子亮着車頭燈，沿着街道行駛了一陣子就離開市區了。到了郊外，清晨的霧氣沉沉，猶如輕紗一樣籠罩着大地，公路邊的樹木、田野，在車子前進中像往後推移、遠去，漸漸隱沒在霧霧中。

李世民透過車窗的玻璃向後回望，城市與他愈離愈遠了，這時他有些眷戀，這個城市曾經是他的落腳處，是他人生的驛站，現時從這個中轉站奔赴另一陌生的地方。他暗暗地說：湛市呵，別了、別了，以後還能回到你的懷抱嗎？

*　　　*　　　*

車子繼續向前呼呼行駛，大約過了半個時辰，前面是一條寬闊河流，它猶如大蜩蛇擋住車子的去路。世民向窗外看，大河上沒有橋樑，車子怎樣過去？等了一陣子，在霧靄中有渡船慢慢駛過來。泊岸了，有車子從渡船中呼呼爬上來開走了，這邊的車輛才駛入去。他們的車子進入渡船中，司機叫大家下車，工作人員解纜，渡船才慢慢向對岸駛去。

李世民只知道人畜貨物可以乘船渡江，不知道龐大的汽車也能駛入船中渡江。他站在船邊，望着滔滔流動的江水，渡船橫江向前行，船尾滾起了白白的浪花。

渡船過江泊岸了，車子從渡船中爬上岸邊停下，乘客就跟着上岸，再爬上車廂去。這時太陽升起了，陽光驅散了霧靄，車子就輾着黃土公路向前奔馳。車子搖搖晃晃，翻山越嶺，到了斜坡的時候，車子就如老牛一樣吃力向上攀爬。

李世民在車座上，時而向外眺望，時而想心事，時而合上眼皮瞌睡。傍晚時分，他們的車子到了一個叫江門小城停下，司機說，已經到了終點站，要乘客都落車。

李世民一怔，前幾日去長途汽車站買票時，他對售票員說得清楚，他買的是去廣州的車票，怎麼司機說江門是終點站？難道那位售票員當時工作忙搞錯了？還是有心騙他的錢？心中有了種種疑問，他從口袋中掏出車票看看，車票上註明是由湛市至廣州，那個售票員沒有搞錯。那麼，是他今天早上上錯車了？但是他的車票號碼和他的座位相同，他是對號入座的，不可能上錯車。

車上的乘客一個跟一個落車了，只有他惶惑不安，不知道怎樣好。他上前向司機說：「我買的是去廣州車票，怎麼你話江門是終點站？有冇搞錯？」司機說：「冇搞錯。」世民急着說：「咁你又話這裏是終點站？」

司機解釋，他們的旅程是「水陸聯運」，車子走這一半是陸路，大家下車再去江邊搭船去廣州是水路，今天晚上在船中度過一宵，明天早上他們的船就到廣州泊岸了。

李世民這才鬆了一口氣，隨着別人落車。這時，時候還早，未到登船時間，有人走去飯店吃飯，有人去街市購物。世民初到這裏，人生路不熟，為了保險，他先去江邊尋找他要乘搭的船。

江面並不寬，江邊是長長的堤壩，堤岸的碼頭停泊着各種船隻，黃昏下，有人在走動，有人在搬運貨物。世民在堤岸上行走，探頭張望，找到他晚上所乘的船了，才放心去食晚飯。

世民身上的錢不多，不敢去高檔的飯店吃飯，也不敢入市中行走。他在江邊的街上東張西望，見前面有個小飯店，才走入去，在靠窗口小方桌坐下。裏面的顧客不多，樓面冷清，他望望牆上貼着紙條，上面寫着飯菜名稱和價錢。在幾樣飯菜中，他點了一款最便宜的眉豆飯。伙計問他要不要魚肉之類。世民面紅耳赤，不便說自己吃不起魚和肉，撒謊說他是素食者。

這天晚上是農曆大除夕，外面爆竹噼噼啪啪響，震動他的心。有家室在此地的人，都回家團聚，和親人圍坐在一起歡歡喜喜吃年夜飯了，只有像他們這些在旅中的人才在他鄉異地的小飯店中吃晚飯。

世民吃着盤中的眉豆飯，回憶起解放前他們家中過年的情況。大除夕這天，奶奶、媽媽在家中劏雞殺鴨，大家拜祖先，燒炮仗，吃飯的時候，枱上有魚有肉有酒，一家人歡天喜地吃菜飲酒，菜香酒香，大快朵頤，熱鬧又過癮。解放後，他們家被劃為地主，所有財物都被別人拿去了，一家人被掃地出門，平時無飯食，到了歲晚新年，奶奶、媽媽都想辦法弄來半斤豬肉，一條魚，煮飯一家人一齊食。

此刻，他吃飯時面對窗口，凝望窗外除夕的夜空，思潮起伏，懷念家鄉的親人，可以想像，家中的親人必然也懷念着他。

吃了飯，離開小飯店，時候不早了，他踏着炮竹的殘骸，走過街道，去到江邊碼頭，踏上小輪船，拿出票子給船員看。船員指點他走到艙中，找到座位，就在床舖上坐下來。坐下之後，他的心定了，心想：甚麼時候開船都不必擔心了。

他的舖位在艙尾，左面的床位是個老頭，鬚髮皆白，方面孔，面頰因缺牙齒而凹陷，說話慢條斯理，相貌慈祥。

世民恍惚見過這樣的老人，他在思索，阿，對了，眼前的老頭與他早已亡故的祖父好相似，難道他是祖父的化身？世民和他談話，才知道他姓房，廣州人，現時回省城過年。

李世民未去過廣州，不知道這個大城市的情況，他對房老頭說，他只是在廣州過境，想知道火車站在甚麼地方。房老頭說，這隻船明天早上在珠江長堤泊碼頭，上岸走路半個小時就可到達火車站了。

房老頭問他搭火車去哪裏？世民說去深圳。房老頭說，在深圳過關去香港？

世民想，去深圳的人都是從那裏過香港？他與房老頭是初次見面，不知道他是甚麼樣的人，世途險惡，人心難測，還是有所保留才好。他只說去深圳探親，否認過邊防海關去香港。

房老頭恍惚看透了他的心思，這樣說：「去香港也不是甚麼壞事，何必隱瞞？廣州市就有很多學生趁暑假寒假過去，個個都是一去不回。我看你也是這樣吧？」

這時世民知道瞞不過他了，紅着臉承認。房老頭說：「人各有志，有人拚死偷渡去香港，有人從香港回來參加祖國建設。」世民說：「依你看，誰做得對？」房老頭說：「世事無所謂對不對，各人的看法不同而已。有人覺得在國內生活不好，才拚命偷渡去那邊，有人不願在資本主義地方生活，就回國內來。論行為，當然是回國的好。」世民說：「偷渡當然不好哩。」房老頭說：「不能一概而論。有些滿腔熱情從海外回來參加祖國建設的人，很快就後悔回來哩。」

世民感覺房老頭有見解，又敢大膽說話，不怕別人聽了檢舉他嗎？世民又想：他不怕我怕，不好同他談論這些問題了。

沉默了一陣子，房老頭說：「你甚麼親人在香港？」世民半真半假說：「我二叔二嬸。他們解放前就在那邊哩。」房老頭說：「他們在那邊做甚麼工作？」世民說：「做生意。」房老頭說：「你去了那邊不回來囉？」世民說：「我是拿雙程通行證過去的，要回來。」房老頭說：「偷渡過去的都不用回來，你是有通行證過去的，當然可以留下哩。」世民說：「我不知道怎樣好，我叔我嬸要我怎樣做就怎樣做。」房老頭說：「我看他們不會讓你回來。」

這時陸續有人登船，在他們面前走來走去尋找床位。世民不說話，默默地坐着。船艙狹窄、昏暗，他不想別人看清楚他的面目，就躺在床鋪裏閉目養神。房老頭說：「你好瞓嚒？」世民說是。房老頭說：「這隻船在江中駛一夜才到省城，大把時間讓你睡，起身傾偈解悶哩。」

為了表示禮貌，世民坐起來。房老頭說：「你不喜歡同我做朋友？」世民說：「喜歡。我奶奶教我：在家靠父母，出外靠朋友。」房老頭說：「我的歲數這樣大，做得你爺了，你不介意？」世民說：「我當你是老師好哩。」房老頭說：「孺子可教也。」世民說：「當我是你兒子教？」房老頭說：「不是『兒子』，是『孺子』。孺子者，後生小子也。」

世民想：這老頭子必然讀過很多古書，一出口就是之、乎、者、也。可是如今是新中國，舊的東西都是封建，要打倒，他不怕嗎？同他談話做朋友會不會惹麻煩？

然而，世民生性好奇，又想去瞭解他，這樣說：「我讀書少，不懂古文，不知道古文好不好，只知道它是封建的東西，要打倒它。」房老頭說：「毛主席也讀了好多古書古文，他才這樣有學問。」世民說：「你怎麼知道？」房老頭說：「我讀過他的文章和詩詞，他的詩詞都像古代詩人詞人作的。」

毛主席像神一樣被人崇拜，他的學問高深莫測，世民不敢談論他。他改變話題：「你會作詩嚒？」房老頭說：「我讀過不少唐詩宋詞，只識欣賞，不會作。」世民說：「房先生，你很有知識學問哩。」房老頭說：「不敢當。我年老了，閱歷多，曉得的事情自然多。」世民說：「你一定讀過好多書。」房老頭說：「清末時讀私塾，到了民國才讀新制學校。」世民說：「在甚麼地方讀？」房老頭說：「我在省城長大，也在省城讀書。」世民說：「你的生活經驗豐富哩。」房老頭說：「我一生經歷清朝、民國，少年時親眼看到黃花崗革命軍起義，又親眼看見共軍解放省城……」

這時乘客都登船了，開船時間到了，船員就解纜開船。外面漆黑一片，甚麼景物都看不見，只聽到船板碰着江水的嘩嘩聲。

李世民不想打擾別人，躺在床舖中睡覺。他睏倦極了，很快就呼呼入眠。船在江中行駛，微微晃動，他仿如處身於搖籃之中。他做着零零碎碎的夢，夢境有時虛無謊誕，有時接近現實，有時驚心動魄。後來他夢見他到了深圳邊防關口，眼見就要過海關了，筆架村的楊海和楊木仔向他走來，舉槍向着他說：「你想逃生，無咁容易！你再不站住，就一槍打死你！」他想：逃走也死，不逃也死，若能衝過前面的關卡，還有生存的機會，幾大都要走。他一拔足奔跑，他的背後就響起嘭嘭的槍聲，子彈從他的腰背射入，他像狗食屎一樣向前僕倒了……

這時他渾身發熱，滿頭冒汗，喘着粗氣，一手揭開身上的毛氈，坐起來，心胸還在卜卜跳動，原來剛才是一場惡夢！他感覺船仍在前行，波濤卻大了，船艙有東西在響動。燈光昏暗，他轉過頭，鄰床的房老頭靠在床沿默默地吸紙煙。

世民小聲問：「房先生，現時是甚麼時候了？船到了甚麼地方？」房老頭噴着煙說：「快天亮了，這個時候船應該到白鵝潭哩。」世民說：「白鵝潭在甚麼地方？」房老頭說：「接近省城了。」世民說：「我想去甲板上看看，可以嚒？」房老頭說：「可以。不過，要小心，勿搔擾了別人。」世民說：「知道哩。唔該你。」

李世民着上布鞋子，輕輕走過船艙的通道，爬上甲板，已經有人在上面走動了。寒風習習，江中波濤翻滾，小輪船搖搖晃晃，他走上前去，靠着船沿觀望。晨光曦微，江面上幽暗，船尾螺旋槳滾起的漩渦，猶如翻捲的濁酒。

這次是他出生以來最遠程的旅行，乘了長途汽車又乘小輪船。他知道他的爸爸年青時來省城讀大學，是否也是從這條路線來的？若然是，他就是沿着先人的走過的道路走。不過，他的父親年輕時是來省城求學，而他只是個漂泊的過客，停留一下又要繼續他未完的旅程。如今他離別家鄉，猶如爬出籠牢的囚徒，遠行是潛逃，是亡命。他的心情沉重，處處要提防陷阱，一不小心就中招。

天濛濛亮了，省城的樓房清晰可見了，向前望去，江面上高高架着一道橋樑，那就是聞名已久的海珠橋吧？小輪船慢慢向前行，江的兩岸都有樓房，珠江像一道鴻溝，把這個城市分為兩半。

小輪船快到長堤的碼頭了，世民急急爬下艙房，走到他的舖位去，告訴房老頭，要同他一齊上船。房老頭說：莫急，讓人家先上，何必爭一時之快？

世民想：你家在省城，猶如飛鳥歸巢，一回到家見到親人就高枕無憂了。而我到了廣州只是過客，下一程都不知道怎樣走，怎可以不急？

房老頭說：「我知道你心急，但是做事心急會撞板。讓人家先上，我們後上，上了岸，別人都散去了，我才指點你去火車站。」

世民看得出，房老頭年紀老大了，行動不靈活，恐怕被人擠逼落江水去。不過，他初到這個陌生城市，東南西北都分不清，有房老頭這位生長在省城的熱心老人同行也好。

上了岸，天已經大亮了。房老頭說：「後生仔，你我有緣，才能在船上度過一夜，後會有期哩。」

一架腳踏三輪車在他們面前停下，房老頭爬上去、坐下。世民以為他一人坐車回家，就向他揮手道別。房老頭在車上說：「我們還未分別，你也上來，讓我送你一程。」

一老一少坐在三輪車上，車夫躬着背，吃力地踏着輪子向前去。大年初一的清晨街道上行人車輛稀少，空氣清新，迎着晨風，世民感覺精神舒坦。車子轉彎抹角，穿街過巷，不足半小時就到達火車站了。

李世民跳下車，向老人致謝道別。房老頭對他說：「現時時候還早，這附近有小食店，你去食了早點，再去買火車票未遲。」

世民哦哦的應着，望着老人坐在三輪車上遠去了，他感覺孤單失落，走進火車站。

* * *

火車轟隆轟隆向前奔，火車頭上噴出一陣陣黑煙，隨風向後飄。這班從廣州站開出的列車是「慢車」，它的「慢」，不是速度慢，它和「快車」的車頭一樣，因為當時的鐵路是單軌行車，來往的列車都在同一軌道上行駛，到了中途站時才有分開的軌道，讓來往的列車有個避車處，不會對頭碰撞。

李世民早上在火車站買票時，看看壁板上的開車時間表，這列「慢車」比下一班「快車」較早開出，而且慢車票價比快車票價便宜得多，他又心急搭車，就購買先開出的「慢車」票。他們這班列車到了中途站時，停在旁邊另一條路軌上，讓後來的「快車」一列又一列的過去，他們這班列車才開動。

世民不知道列車的班次安排為何會如此，初時他以為先開出的列車會先到達目的地，現時火車在半途停站時間太久，他才知道他乘的列車先發後到，眼睜睜看着後來的列車停了上落客又開走。那些列車，有載客的，有載貨的，載貨物的列車不停站，鳴着氣笛飛馳而去。

這時他坐在車廂中，除了焦急，除了等待，還有甚麼辦法呢？他看看車廂中的人，有的在談話，有的在靜靜等待。別人去哪裏？他們懷着的是甚麼心情？世民不知道。這列火車的終點站是深圳，他們都是去那裏嗎？深圳只是個小市鎮，怎麼會有這樣多人去那裏？難道他們都是過邊界海關去香港？如果天天都有這麼多人過去，港英政府來者不拒嗎？就算香港那邊肯讓這麼多人入境，中國政府會放大量人民過去嗎？深圳是中英邊境，是不是這些乘客到了深圳之後，伺機偷渡過去？

車廂中人多，男女老少都有，世民不想讓別人知道他是過邊境關卡去香港，他只靜靜地坐着想心事，不同別人談話，以免惹來不必要的麻煩。他雖然年青，卻吃過不少苦頭，有人生閱歷。他知道世上甚麼樣人都有，人心難測，若遇上一些積極分子和便衣公安，那就不好了。

現時他還在中國境內，尚未過邊防海關，若是在半途出了甚麼亂子，他多時的計劃和努力就要功敗垂成，去不了香港。這個時候，或者有人在暗中追查他。一想起昨夜在船艙中夢見被楊海、楊木仔追殺，他就心驚肉跳，坐立不安！

火車向前行駛，每到車站都有人下車，幾乎無人上車。到達終點站時，車廂中的人更少了。這時世民才知道，來深圳的乘客是不多的。

下了車，已是午時過後了。這日是大年初一，天空陰暗，世民走出火車站，完全失去方向感，無法辨別何處是東何處是西。好在深圳當時（20世紀50年代）只是個小鎮，樓房疏落矮小，行人車輛稀少，他站在街頭觀望一下，發現不遠處的牆頭上有「羅湖口岸」的紅字，才定下心，向那邊走去。

街道上有邊防軍行走，世民恐怕被他們盤問，不敢看他們，不徐不疾向前走。進入邊境海關，他見別人怎樣做他就怎樣做，不敢亂走亂動，不敢和別人談話。有人拿着證明文件，走到關卡前讓海關人員看。海關同志看看文件，問幾句話，就在他的證件上蓋了印，讓他過去了。

李世民想：這樣容易過關，太好了。裏面的關卡有三個，他走到其中一個，交上自己的證件。那把關同志看看他的證件，又看看他，不但不給他蓋印，還盤問他：「你甚麼親人在香港？」

世民有點心怯，留神回答：「我叔叔、嬸嬸。」把關同志說：「你去香港做甚麼？」世民答：「去那邊探望他們。」頓了一下，他又補充說：「去領他們的財產。」把關同志說：「你叔叔、嬸嬸有沒有子女？」

世民說有。把關同志說：「你叔叔、嬸嬸的財產為甚麼不給他們的子女要給你？」

李世民一怔，當初他申請去香港的理由是領取他庶母的財產，這時又說去那邊領他叔叔、嬸嬸的財產，他的說話不是前後矛盾？他改口說：「我不是去領我叔叔嬸嬸的財產，是去領我庶母的財產。」把關同志說：「甚麼庶母？」世民說：「庶母即是我細媽。」把關同志說：「你爸也在香港？」世民說：「不在。他早就死了……」

把關同志大聲說：「你的話前言不對後語，矛盾重重，不可信！」

李世民被帶到一間小密室中，那位把關同志並不審問他，砰一聲關上門就離去了。他大驚，胸口卜卜地跳動，腦海一片空白。過了一陣子，他才恢復思想。他的過境通行證被那把關同志扣住了，是不是要把他解回湛市去？還是押他去勞改場勞改？

小密室裏空蕩蕩，甚麼東西都沒有，他背靠着牆壁，才不暈倒。這時他猶如被擒獲的逃犯，要打要殺？他不知道。這樣的困境，只能聽天由命了。

早前他的嬸嬸給他的信說，他一獲批准去香港，就要即刻寫信告訴她。但是他在公安局拿到「通行證」只三天就起程了，這樣的情況，他相信他的信未到人先到了，寄信給她有甚麼用？如今被困在海關的小密室中，無法通消息，就是死了，他在香港和在家鄉的親人都不知道了！

他不是犯了甚麼大罪，不會被處死，可是目前的困境比死還難受。人一死，就無知無覺了，以後發生的事情完全不知道了，再沒有苦惱了。他轉念又想，現時他還年輕，曾經歷了不少苦難，吃了不少苦頭，許多艱難困苦都挺過去了，人的生命只有一次，多麼寶貴，他當然不願意死。

小密室裏寂靜無聲，他只聽到自己的心臟卜卜跳動。如此密封的小室，會不會沒了氧氣使他窒息？他不敢去推門，或許去推門也推不開，弄得不好，海關同志還以為他企圖逃跑……

門突然打開了，他一驚，抬頭看看，是剛才那個審查他的把關同志。他叫世民出去，讓他回到剛才那個關卡。

把關同志不追究他先前的問題了，只問他身上有多少錢。世民想：難道這傢伙要索錢才讓他過關？現時他身上只有十多元人民幣，這樣少的錢，他會放他過關嗎？他把口袋中的鈔票都拿出來放在他面前的櫃枱上。

把關同志對他說，人民幣不准帶出口，去香港的人只能兑換給他三元港幣，多出來的人民幣要寄回國內給親友。他又叫世民拿回他放在枱上的鈔票，去後面的小銀行辦理寄錢回家的事。

李世民這時才如釋重負舒了一口氣，把關同志既然讓他去兑換港幣了，明顯是准許他出境了！他依照海關人員的指示，去後面的小銀行換錢。當時的兑換率是一元人民幣兑四角二分七厘港幣，銀行職員拿去他七元多人民幣，才給他三元港幣。

他想：剩下的十元人民幣寄給誰好呢？他來深圳的旅費是成士仁借給他的，如今用了一半，餘下的當然應該寄還給他了。他在銀行取了匯款表格，寫上湛市成士仁的住址，匯款若干，又在表格下面寫上感謝成士仁的附言，才投寄。

拿了匯錢收據，回到剛才的關卡。那位把關同志看看沒有問題了，才從枱底拿出世民的證件放在枱上，在他的「通行證」上蓋印。蓋印時他的手重重戳下，發出悶雷似的響聲，震動着世民的心。是去是留，能否出境，取決於這次印鑑的響與不響。他的心臟縱使被震破了，能夠通過這道關卡就好。

過了關卡，世民的頭腦仍然亂紛紛，耳朵轟轟響。外面的天空陰沉，寒風凜烈。他沒有手錶，不知道此刻是甚麼時候了。他想：我剛才的答話前言不對後語，自相矛盾，他才把我困在小密室這麼久，若然我犯了甚麼嚴重條例，他會放我出境嗎？

但是理他是甚麼原因呢，能夠通過這道仿如天羅地網的關卡就好了。他是合法出境的，不會過了關卡還有人留難他吧？

天空低低的，像巨大的鐵鏤籠罩着大地。街道上有荷槍的邊防軍在行走，他們帽舌下的目光射來射去。李世民不敢正眼看他們，不徐不疾向前走。

到達一間像拱門的小屋，牆壁上的木牌寫着「往香港」三個字，字下面有箭嘴指示方向。李世民跟着別人向前走了十幾步，到了一座木橋的橋頭。橋頭上有兩個荷槍實彈的解放軍站崗，注視着木橋上的過客。

木橋下面的小河，在陰沉的天空下，猶如黑洞，深不見底。這條小河，分隔着中國大陸和英國人管治的香港，五星紅旗下的人民不能擅自逾越。木橋的另一頭，同樣有兩個人站崗，他們的制服畢挺，腰間的皮帶插着手槍，頭上的帽子鑲着英國皇冠的徽號。

李世民踏着猶如枕木的橋板，懷着惶恐又驚喜的心情，走向另一個新的世界……

第八章

李玉竹清楚記得，那年她的外公陸老板知道她媽媽的死訊，即刻放下染布坊的工作，帶着她急急走去山頭為她的媽媽送葬。那時她的年紀小，不懂事，大人要她怎樣做她就怎樣做。她的媽媽陸桂花的屍體下葬前一刻，她的奶奶李駱氏對她說：「你媽被姓楊那幫人迫到吊頸死了，如今你外公帶你到來，能夠見你媽最後一面也算不虧了。你已經為你媽哭了喪，送了葬，就不好再在這裏逗留了，快些同你外公回染布坊。以後無論我們家中發生甚麼事，你都不可回來，記着了？」

這是生離死別，以後她再沒有媽媽了，悲痛的事情她永遠都會記着。自那時起，她在筆架鎮的染布坊住下，和她外公陸老板（陸石鵬）相依為命，一起生活。

陸老板開這個小小的染布坊，自己落手落腳染布晾布，不僱用伙計幫手。抗日戰爭初期雖然買了十多畝水田出租給別人耕種，因為年歲不好，連年打仗，收不到租穀，他一氣之下，又將那十多畝水田賣掉了——這樣對他來說是大好事，要不然，解放後他就是地主，要被貧僱農清算鬥爭了。

陸老板賣掉那十多畝水田，拿了錢繼續經營他的染布坊，替別人染衣布掙錢過日子。他早年喪妻，沒有兒子，女兒陸桂花在土改運動中又被迫死了，外孫女玉竹來投靠他，他就當她是小女兒一樣養育和愛護，希望她長大了，嫁得一頭好人家，生活得好，他老來也得到一點安慰。

解放後，以前讓他染布的人多半成了地主，家財田地都被貧僱農沒收去了，再沒有棉布給他漂染了，因此他的工作並不繁忙，沒有玉竹幫手他也應付得來。

玉竹的家庭成分是地主，她的爸爸（李家駿）一解放就逃亡他鄉異地，媽媽又被迫得上吊死了，這個小孤女，生不逢時，自小沒有書讀，沒有文化知識，將來怎能嫁好的丈夫？現時染布坊的生意清淡，沒有玉竹幫手也可以，陸老板就讓她去筆架鎮小學讀書。

陸老板帶她去小學報名的時候，負責收生的高老師問他：「她是你甚麼人？」陸老板說：「孫女。」高老師說：「她的姓名呢？」

陸老板想：玉竹的家庭成分是地主，她姓李，要替她改名換姓，我姓陸，就改她隨我姓好了。他說：「她叫陸福。」高老師說：「你們是甚麼成分？」陸老板說：「我開一間小染布坊，自己落手落腳做，是工人階級，你說是不是？」

這樣一問，難倒高老師了。高老師知道農村有地主、富農、中農、貧僱農等階級，城市有民族資產階級、小資產階級、工人階級。陸老板（陸石鵬）開小染布坊，自己勞作，算是甚麼階級呢？

他想不通，按下階級一欄不寫。

李玉竹必須記住，她被她的外公改名換姓了，從此她要棄掉原本的姓名，新的姓名叫做陸福。

陸福的身子比和她同齡的孩子高大，她讀一年級，和別的同學站在一起時，猶如鶴立雞群，高別人一頭。她高鼻樑，大眼睛，皮膚白淨，卻少說話，神情有點羞怯。

她的年歲比同班同學大一點，小小年紀就經歷了土改運動時的苦難，思想比別的同學成熟得多。她想起在家鄉的世浩、世慶無飯食，沒書讀，上課時就留心聽老師講解課文，勤力做好功課，想多學一點知識。

筆架鎮小學是民國時期開辦的，歷史較久，校譽卓著。解放後，以前的校長、教員變換了，課本不同了，教育方法也變換了。如今學生的學業成績好，不算甚麼，重要的是出身好，思想進步，要聽毛主席的教導，做他老人家的好學生。家庭成分好的好學生，可以參加學校的「少年先鋒隊」，頸項上繫着紅領巾，走路時仰首挺胸，稚氣的小臉上露出的是自豪感。

陸福是陸老板的孫女，家庭成分曖昧，性情含蓄，她不能參加「少先隊」。但是她要和別的同學一起參加各種活動，一起唱歌。她的嗓音甜甜的，和別的同學站在一起，伸長脖子唱：東方紅，太陽升，中國出了個毛澤東，他是人民的大救星……唱完東方紅，接着又唱：五星紅旗，迎風飄揚，勝利歌聲，多麼響亮，歌唱我們的祖國，從此走向繁榮富強……

歌聲雄亮，節奏昂揚，震天動地，鼓舞人心。這些歌曲，大家天天都唱，懂得歌詞意義的人唱，不懂得的人也唱。誰唱得響亮，誰唱得七情上面，誰就引人注目，贏得稱讚。

起初陸福認識的字不多，不懂得這些歌詞的意義，人唱她也唱，感覺很好玩，唱得響亮，唱得表情十足，嗓子好，歌聲動聽，讓人欣羨。

她唱歌唱得好，也用心聽課，勤於學習，測驗考試都獲得高分數。她的興趣是多方面的，甚麼事情都想學。她想到自己的年歲這樣大了才讀小學一年級，面子過不去，心中慚愧，她要加倍努力，在最短的時間學習完一年級的課程，接着學二年級的，預計下年度越級讀三年級。

到了年終學期考試的時候，全級幾十人、各科她都拿滿分，名列前茅。她找機會單獨對她的班主任高老師說，她覺得一年級的課本太淺，二年級的課本她也看過了，並不難，她想跳級讀三年級，希望高老師給她機會嘗試。

高老師考慮一下，這樣說：「你只讀了一年級上學期，就要跳級，若然讓你讀三年級，又跟不上，別人有話說，你會被人恥笑，我的面子也不好過。」陸福說：「一二年級的課本都好淺，若是我同別人一樣，一年升一級，是浪費我的時間，對我不好哩。」

高老師沉吟着說：「為了不擔風險，下學期讓你插班二年級，讀完一學期二年級，若是你的考試成績好，再升讀三年級，表面一級一級上，實際上是跳級了。」

自她懂事以來，無人對她如此溫情教導過，高老師不但對她好，還為她的學業前途着想。她感激地說:「高老師，你要我怎樣做，我聽你的話做。」

陸福的頭腦靈活，接受能力強，又努力學習思考，每次測驗考試都拿滿分，她要求跳級，並不負高老師所望。別的同學循序漸進，四年才讀完初小，她只讀了兩年就考上高小了。

她的學級升得快，她的骨骼像她的爸爸媽媽，身子也長得快，年紀小，身體卻高大，是個美麗的少女了。鄉鎮的學校，學生穿家常便服上學，衣着與一般鄉間大孩子無異，一離開學校，人家不知道她是不是學生，以為她是平常的少女。有些男子見她的樣貌漂亮，跟着她，偷偷地看她。

她爭取時間努力讀書，學業成績好，老師准許她跳級，別人要六年時間才讀完小學六年級，她四年就達到了。她很高興，她的外祖父陸老板也高興。

歲月不饒人，時間催人老，陸老板的腰背愈來愈彎了，站立的時候，仿如向別人作九十度鞠躬，走路的時候，整個上身向前伸，視線向地，頭顱接近物件時才驚覺。他年老體衰，沒氣力漂染布了，染布坊半停頓了，有人拿衣布來給他染，他勉強為之，也失了以往的水準，染得不滿意了。他漂染衣布幾十年，手藝好，染得好，無人不讚，如今年紀老大行動不便了，猶如武林高手自廢武功，不禁感到悲哀。陸福出門上學了，他獨自坐在椅子上，面對着染布池，拿着竹煙筒慢慢地吸，呼出的煙雲在空氣中迴蕩。他沉默的神情像在咀嚼着甚麼，也像在回憶往事。

他滿頭白髮，兩眼無神，面頰因牙齒脱光而凹陷，呼吸時鬍鬚微微顫動。陸福見他如此衰老了，擔心他會隨時倒下，無人知道。她說：「阿爺（公），我不想返學了。」老人說：「還有幾個月你就高小畢業了，為何不返學？」陸福說：「我返學了無人照顧你。」老人說：「都幾十年了，我幾時要人照顧？」陸福說：「如今不同哩。」老人說：「有甚麼不同？」陸福說：「如今你老了……」老人說:「你怕我會死？還未死得。我要睇到你畢業，要睇到你出嫁，飲你跪着給我敬喜茶。」

陸福的面孔頓時紅了，表情羞愧。她說：「誰說我會嫁？」

老人說：「男大當婚，女大當嫁。如今你都長大了，也要有個婆家。」陸福說：「染布坊就是我的家。」老人說：「這個染布坊都幾十年了，破舊了，如今無人接手，我一死，就散了，無人理你，你跟誰過啊？你很難才脱離你們李家，來同我過日子，你不嫁，難道你想走回頭路，回筆架村去？」

陸福小時候眼見她的親人被貧僱農抄家、清算鬥爭、家散人亡，心中猶有餘悸。她說：「我不要回那個鬼地方。」陸老板說：「你不願回去，就要嫁人，找個婆家過新生活。」陸福說：「你疼我，我不要離開你。」陸老板說：「我老了，總有一日會死，離開人世，離開你。如今你都長大了，趁我在生，為你找一個合適的男子嫁了，有個歸宿，我才死得眼閉。」陸福說：「你認為好的人我未必中意。這件事，你莫為我操心啊。」陸老板說：「如今我只有你這個孫女，能不為你操心嚒？」陸福說：「我都長大了，又識字識墨，我會為自己打算了。」

陸老板說不過她，回到起初的話題，說她高小即將畢業了，現時上學好好讀書考試，拿到畢業證書再說。

陸福說：「高小畢業有甚麼用？你已經老了，不能為人家染布掙錢了，無能力供我升中學了，我又沒甚麼技能，以後怎樣生活呢！」陸老板說：「高小畢業沒有用？好多人家的子女連小學都無得讀，別人不說，你弟弟世慶如今也十多歲了，還沒有機會上學。他是男仔，不識字不好啊。」陸福說：「當初就應該讓他來染布坊同你過，他是男仔，應該讓他讀書識字。」

陸老板嘆着氣說：「你年紀小，不知道姓楊那幫人立心要整死你們，不讓你們李家的子孫有出頭之日。世慶是男仔，他們怎會放他走？若是他們知道你聰明，會讀書，也不會放你走哩。」

陸福沒有甚麼好說了，繼續上學讀書。

* * *

讀高年級的大孩子，他們畢業後，只有少數人能夠去縣城升讀初中，大部份都要回各自的村莊種田。他們都十幾歲了，發育成年青人了，對異性產生興趣了，眼見畢業後就要離開學校，各散東西，有些男生就向某女生示好，想追求她。

陸福的樣貌漂亮，成績優異，不止學校的男子討好她，鎮上的男子也想追求她。但是她都不理睬他們，一放學，就急急離開學校，回染布坊去陪伴陸老板。

學校一位姓蔡的教員，很多女學生都愛慕他，想親近他，但是他不為所動，他心中只有陸福。在學校，他恐怕別人說他搞師生戀，不便特別親近她，只好寫情信，暗中交給她。起初陸福不知道他在信中說甚麼，回到染布坊就在房裏拆開信封看，才知道蔡老師對她的心事。看了他幾封信後，內容大同小異，都是些庸常的情詞情語，以後收到他的信都不看了。

陸老板知道此事，很高興，他對陸福說：「你們學校的蔡老師睇中你，你行運哩。」陸福說：「不說這個，我不中意他。」

陸老板摸不透她的心，這樣說：「不想嫁他？別的女子想都想不到哩。他是老師，食政府糧，有前途，跟他過日子有甚麼不好？」陸福說：「我想過了，做教書的可以養活我，但是知識分子沒有權力，他保護不到我。」

陸老板想不到她有這種想法，這樣說：「做幹部的有權力，人家會娶你嚒？」陸福說：「大幹部不要我，小幹部要。」陸老板說：「村幹部？鄉長？」

陸福說，現時退伍軍人最好，他們做過解放軍，為共產黨立過汗馬功勞，退伍後，政府安排他們工作，別人不敢整他。陸老板說，你認識這樣的軍人？陸福說，我還年青，我在等候機會。陸老板說，你後生，可以等，我老了，無時間等哩，我見不到你有個好歸宿，死都不安心。

陸福見老人很傷感，這樣說：「要是在短時間內等不到機會，我就嫁到外地去，遠離這裏。」陸老板說：「我明白你的心理。但嫁去外地也要有人穿針引線做媒哩。」

陸福說，她的女同學有個哥哥在中山縣做事，年紀不小了，正想找個女子結婚。她已經和他通過信了，也看過他的相片了，她認為可以接受，若然老人同意，他會回來同大家見面。

陸老板想起當年他和李國興夫婦合謀，瞞着李家駿把陸桂花硬嫁給他，李家駿在不情不願的情況下和她拜堂成婚，卻害苦了他們。他感慨地說：「舊社會，婚姻之事，父母作主。如今社會不同了，你見了面認為他好，你就同他結婚。」

陸福高小畢業了，陸老板老了，沒能力供她去縣城升讀中學，她只好在染布坊陪伴老人過日子。夏末秋初某日，她的女同學連英和一位中年男子來到染布坊。

陸福見過這位中年男子的相片，只是眼前人比相片中的人蒼老多了。她不必連英介紹，也知道此人是連英的大哥連橫了。

連英是她的同學，也是她的好朋友，她知道陸福的祖父年紀老大了，她急於找對象，讓老人見到她有了歸宿，才死得安心。而連英的大哥連橫已屆中年，也急着要娶妻，只是不知道陸福嫌不嫌他的年紀大一點？而且他在中山縣城工作，若是結了婚，她願不願意隨他去那裏生活？

陸福的想法是，她只想嫁個誠實可靠又能保護她的丈夫，隨他去得愈遠愈好。她說：「女子嫁人，隨夫生活，就是他去到天涯海角，也要跟他去。」連英說：「你們初次見面，不知道你中不中意他。」陸福說：「現時見他，人比相片蒼老，相片是不是他以前拍的？」連英說：「他的年紀大過你好多，不相襯，但是成熟的男人厚重可靠哩。」

連橫見到陸福又年輕又漂亮，心中高興。但是他想到自己的弱點，不免感覺不好意思，坐立不安。直到陸福給他倒了一碗茶，心情才寬鬆一點，他慌忙站起來，欠身向她道謝。他不敢樂觀，因為他遠道而來，她給他奉茶是出於一種禮貌吧？表面功夫她做了，她的內心怎樣？對他的印象好還是壞？

連橫喝着茶，偷偷看陸福，觀察她有甚麼反應。陸福是少女，不便多說話，只默默地坐着，看他說甚麼。

連橫再粗魯，在這個時刻也不好試探她對他的觀感，為了打破悶局，他從口袋中拿出一包「紅燈牌」香煙，請陸老板抽。陸老板擺擺手，婉拒他：「我只吸水煙筒，不吸煙仔（香煙），留給你吸。」

連橫看他的態度冷冷的，他的心也涼了。他想，過不了老人這一關，怎麼能過他孫女這一關？若是老人對他有好感，他還有一點希望啊。

連英看到幾人無話說，大家都尷尬，她不想她的大哥難堪，站起來說：「大哥，大家見過面了，讓人家考慮考慮，我們先回家等消息。」

告辭的時候，陸福不出聲，陸老板也不留客。連橫大為失望，面紅耳赤離開染布坊，以為今後也無機會重臨此地了。連英看得出她大哥灰心失望，不說甚麼，默默地離開染布坊。

但是連英知道陸福的擇偶條件不在他有沒有文化知識、年紀大小，若然她嫌連橫的條件不好，為甚麼年輕漂亮的蔡老師不能打動她的芳心？陸福對她說過，她不想嫁給本鄉人，她的意願到他鄉異地，就是她不喜歡的男人，她都願意跟他遠走高飛。既然連橫和她結婚之後，就同她一起去中山縣生活，因此，她的大哥還有希望。

回到連家，連英對她大哥說：「陸老板對你的印象似乎不好，不過，陸福是我的好朋友，我了解她。你先在家裏住下，等我再約她見面，問清楚她的意見再講。」

* * *

連橫兄妹兩人一走，陸老板就問他的孫女：「你對連橫的印象怎樣？」陸福說：「不錯。」陸老板說：「他的年歲太大，可以做你爸了。我真不明白你，學校的蔡老師有文化又年青，別的女仔他不鍾意，只想追求你，你就是不理睬他。連橫有甚麼好？你居然說他不錯，是甚麼道理？」陸福說：「講優點，蔡老師當然好過他，但是蔡老師是本鄉人，我不想嫁給他。」陸老板說：「連橫也是本鄉人啊。」陸福說：「他雖是本鄉人氏，但他在中山縣城做事，他的戶口在那裏，我一同他結婚，他就帶我走……」

陸老板還是不明白她的心意，他說：「你為何要離鄉別井？嫌我老了無用了？」陸福說：「你是我外公，又養大我，供我讀書，我本來不想離開你。我這樣做，是為我弟弟世慶有個出路。」陸老板說：「你帶他走？」陸福說：「現時不能，等他長大一點或者會。」陸老板知道她的意思了，嘆着氣說：「難為你哩。」

翌日早上，陸福去「供銷社」買白米，在街上遇到連英。連英說：「怎樣？我大哥不合你意？」陸福說：「他年歲是大一些，我不在乎。」連英說：「你外公的意見呢？」陸福說：「我說服他哩。你回去告訴你大哥，叫她醒目一些。」

連橫兄妹二人再次來到染布坊。這回他們知道陸福的心意了，有了勇氣和信心，就預先做足功夫，想到好辦法，在家中捉了兩隻肥雞，在「供銷社」買了茶葉、燒酒等東西，裝在籃子裏，連橫又想起陸老板喜歡吸水煙筒，又買了兩包熟菸絲給他。

客人來了，陸福出來迎接，讓他們坐下。陸老板說：「你們拿這麼多禮物來，我受不起哩。」連橫說：「現時物資短缺，就是有錢都買不到好的東西，將就將就哩。」陸老板說：「如今是人民公社了，人民出產的東西都要讓政府收購，由政府統購統銷，限量配給。舊社會人民可以自由買賣，豐儉由人，有錢甚麼東西都買得到……」

陸福恐怕老人說多了不好，插話道：「如今解放了，大家要過新生活哩。」陸老板說：「新生活？要人民勒緊褲頭捱餓是新生活！」

陸福答不上話了。連橫解釋，說解放不久，國家百廢待興，政府要加緊建設，人民暫時節約少吃少用一點是應該的。等國家建設好社會主義了，繁榮富強了，人民就有幸福快樂的好日子過了。接着他又抓緊機會，切入正題：「陸老伯，我這次來，向你提親的，希望你老人家答應。」陸老板說：「舊社會的婚姻是由父母作主，答不答應在我。如今是新中國新社會了，婚姻自主，不能由我話事了。這事不知道我孫女怎樣。」

連橫望望陸福，這樣說：「我們以前通過信，她也看過我的照片，她在信中叫我回來同大家見面，若雙方沒有問題，她願意。」

陸老板問陸福：「是這樣嚒？你願意嚒？」陸福紅着臉，低下頭。陸老板說：「陸福，你說話哩。」陸福說：「若是你准許，我就願意。」

連橫一直就是要陸福這句話。他說：「陸老伯，她都答應了，希望你老人家成全我們。」陸老板說：「既然她願意了，我還有甚麼好講呢？」

連橫懸着的心放下了，他向陸老板躬身說：「陸老伯，多謝你！你要甚麼聘禮？」陸老板說：「我甚麼聘禮都不要，只要你以後對她好，大家食一餐飯就好。」連橫說：「日子呢？」陸老板說：「由你父母定。」連橫說：「我父母都過世了。除了連英，家中還有一個小弟。」陸老板說：「你居長，都由你拿主意了？」

連橫說，他在中山縣城有工作要做，愈早成婚愈好。如今是新社會，不搞封建迷信了，不必擇甚麼好日子，也不可鋪張浪費，明日大家就在染布坊食一餐飯當是結婚喜酒就好了。陸老板說，他和中藥堂的贊王氏是親戚，是好朋友，叫陸福去請她來飲喜酒。

陸老板恐怕惹來麻煩，並不通知筆架村李家各人，陸福的婚事不張揚，默默地進行。翌日一早，連橫和他的弟妹三人來到染布坊，辦理成婚之事。

這時陸老板年老體衰，不能漂染布了，染布坊已停止運作了，染池乾涸，各種染布的器具堆在牆角裏，晾布的竹架上掛了蜘蛛網，是一個已被棄置的工場，顯得頹敗寒磣。

連橫和他的弟妹幾人即刻動手執拾清理，打掃房間廳堂，洗滌場地。一切都整理好了，連橫、陸福換上新衣服，整姿容，連英幫手做各種雜務。到了午時，陸老板坐在廳堂中，贊王氏坐在他旁邊，新郎新娘雙雙跪在他面前，敬上蓮子紅棗甜茶。

陸老板對連橫說：「我養大陸福，供書教學，她學校的蔡老師看中她，追求她，她都不接受，就是願意嫁給你，是不是姻緣天註定？你有福哩。如今我將她交給你，以後你要好好對待她……」

老人心有感觸，渾濁的眼睛溢出兩顆淚珠，聲音哽咽，說不下去了。

連橫說：「我是粗人，你孫女又後生又靚，她肯跟我，是我的福氣，若然我不好好對她，我還是人嚒？我對得起你們嚒？」陸老板說：「天地都聽到了，在座的人都聽到了，我就飲你這杯茶。」

過了一陣子，酒菜上枱了，一張八仙抬，陸老板坐上位，贊王氏是貴賓，坐右邊，連橫和陸福坐左邊，連英和她的弟弟坐下位。斟酒的時候，陸老板在枱上放兩個杯子，親自斟滿酒。陸福不明白老人的意思，問他為何要用兩隻杯子飲酒？陸老板說：「這個位本來不是我坐的，是你們李家人坐的，如今他們不在場，這杯酒是我敬他們的。」頓了一下，他又說：「你媽生你養你，她被人鬥爭迫死了，不在世了，你亦應該敬她一杯酒，她泉下有知，也會保佑你今後平安幸福。」

陸福不飲酒，她在她的杯子中斟酒，放在八仙枱的上角，心中默念：媽，你女兒我今日出嫁，你來飲杯酒啊。她念及母親的慘死，不禁悲從中來，眼圈一紅，淚如泉湧，滾在衣襟上。

連橫想起自己父母的養育之恩，也拿來一隻杯子斟酒，放在他身旁的枱角上，叨念他父母的亡魂來參與他們的婚宴。

外面的天空陰沉，屋中又悶又熱，大家默默地飲酒食菜。陸老板的酒量淺，拿着杯子，慢慢地喝，因為牙齒脱光了，無法嚼肉，只吃豆腐和河魚，吃了幾口，突然感覺眼前一黑，天旋地轉，身子搖晃一下，昏倒地上。

大家被這突然而來的事驚嚇，都放下碗箸，走去扶老人。但是他的雙眼反白，口吐白泡，沒有反應了。大家面面相覷，忙了手腳，不知道如何好。陸福攬着老人，呼喚他，搖晃他，都沒有用。

筆架鎮沒有醫院，沒有醫生，陸老板何故突然死亡，無人曉得，只是估摸他老了，像燈盞一樣，油盡火就滅。

陸福心亂如麻，只是哭。連橫説：「你公飲了我們的結婚甜茶，飲了我們的喜酒，他死得安心了。人死不能復生，你哭也無用。事到如今，唯有辦他的後事哩。」陸福抹着眼淚説：「好在如今有你商量，要不是，我真不知道怎樣好哩。」

連橫説，他身上還有一百多塊錢，本來是想給陸福的，如今事急馬行田，先拿出來買棺材埋葬老人。陸福説：「阿公生前對我講過，他有錢放在床底的木箱中，需要時可以拿出來使用，如今正用得着囉。」

陸福走入老人的睡房，翻箱倒櫃，裏面真的有銀子，有人民幣。銀子她暗暗收藏起來，只拿出鈔票使用。有了錢，她的心定了，就回到廳堂中。贇王氏和陸福為陸老板着壽衣、鞋子，大家對躺臥在草席上的屍體「發喪」。

在婚宴中拜謝過陸老板，連横已經是陸福的夫婿了，也同她一齊大哭。他與陸老板只是初相識，沒有深厚感情，不太傷心，只是乾哀號，聲音大淚水少。連英是女孩子，感情豐富，容易傷心，哭時聲淚俱下，和陸福一樣傷心。

陸福的婚事在染布坊悄悄進行，可以不讓別人知道，而陸老板的喪事無法秘密舉行。陸家一「發喪」，消息就傳出去，很快就傳遍了筆架鎮。

贇王氏本來是來飲喜酒的貴賓，陸老板死在婚宴中，她變成來來染布坊弔唁。贇、陸、李三家原來是老朋友，又是親戚，他們某一家有事，會互相幫忙，互相慰問。土改運動時李家被定為地主，成為另類，打入另冊，贇、陸兩家怕惹麻煩，有事不便告訴李家。

贇王氏在陸老板的屍體旁邊哭了一陣，才抹掉眼淚問陸幅有沒有錢為死者辦後事。陸福說：「阿公在生時有錢讓我保管，殮葬他的費用無問題。」

贇王氏想了想，這樣說：「要不要去你們李家報喪？」陸福說：「阿公生前講過，以免惹麻煩，他的事情不好告訴我家各人。」贇王氏說：「既然你外公有言在先，那就算數。」頓了一下，她又說：「現時是大熱天時，屍體不好在家中久留，要快些僱仵作去買棺材，找墳地。你一個女仔不曉事，要我幫手是不是！」陸福淚眼汪汪，點點頭。

贊王氏從陸福手上拿了錢，就着手去做事。

翌日早上，仵作分頭工作，有人去山上覓墳地挖墳坑，有人和贊王氏去鎮北那邊購買棺材抬回染布坊。接着把陸老板的屍體入棺，蓋上棺蓋，用繩索綑綁好，穿上竹桿，四個仵作抬棺材離開染布坊，向山上進發。

如今是新中國，新思想，人死出殯不搞封建迷信了，沒有道士唸經超渡亡魂，孝子也不捧神主牌扛引魂幡，抬棺柩上山時猶如人們去山上勞作一樣平靜。四個仵作，兩人在前，兩人在後，棺柩沉甸甸，竹桿壓在他們的肩膀上，四人八腿，邁着八字步，吃力地抬着棺柩向前走。

送殯的人群，只有陸福最傷心，她默默地流着淚。外公生前和她一起生活，祖孫兩人相依為命，如今外公死了，永遠都見不到他了，叫她怎樣不哀傷？

陸老板在筆架鎮開染布坊幾十年，人緣又好，也有人來送他最後一程。不過，這些人和陸老板沒有深厚感情，而且他已享高壽，是「笑喪」了，不必哭哭啼啼了。

天空湛藍無雲，陽光猛烈，地上熱氣蒸騰，抬棺柩的仵作汗流浹背，氣喘如牛。到達墳穴時，他們把棺材放在黃土上，站着喘氣。送殯的人早已離隊，剩下來的是陸福、連橫、連英和贊王氏，他們曬得面紅耳赤，站着等待仵作工作。

仵作拿毛巾抹掉頭面上的汗珠，歇息一下，就合力用繩索把棺柩吊入早已挖好的墓穴去。棺柩放平穩了，才叫孝子撒土。陸福在旁邊抓起一把黃土撒入墓穴，贊王氏、連横、連英就跟着撒土。

仵作說：「你們撒了土，不可拍手，若然要乾淨、就抹在衫褲上。好啦，現時都轉頭過去，不可看，等我們剷土埋了棺，才可回頭看。」

陸福不曉得這是甚麼道理，照仵作的話做。聽到泥土撞擊棺材的響聲，她的心彷彿被人拍打着，悸動又哀傷。她回過頭來，仵作揮鋤動鏟，把泥土剷入墳坑，不必一刻鐘，墓穴就填滿了黃土。土改運動時，她媽媽的屍體被埋葬，那時她還是個小女孩，外公帶她及時去到山上，她撫着媽媽的屍體痛哭。如今她又目睹她的外公被埋葬，這兩個人都是她至親至愛的人，從此陰陽相隔，永遠都見不到他們了。她想到外公對她的種種好處，悲傷再度襲來，又哀哀地痛哭，淚流滿面。

仵作看慣了死別的哀傷，聽慣了失去親人的痛哭，他們的心早已麻木、不當一回事了。他們埋葬死人，挖墳起骸骨，只是一種職業，是尋常掙飯食的勞作，他們駕輕就熟做完份內的工作，拿了工錢走人，讓你這些死了至親的人哭個夠。

墓穴上堆成一個圓圓的墳頭，陽光照射下，猶如一個烘熟了的大麵包。陸福擦火柴燃點香燭，插在墳頭上，撒了紙錢，跪下叩拜了，才和贊王氏、連横、連英一起下山。

第九章

楊帆忽然想起一件事，去年李世民來公社大隊向他申請去塘鎮參加煉鋼，因為搞「土法煉鋼」是政府的大躍進政策，他就准許他去。他去了，至今一年多了，卻不見他回來。

他想：世民這小子現時還在塘鎮煉鋼場煉鋼？不可能。因為「土法煉鋼」煉不出鋼鐵來，（有些煉鋼場拿好鐵燒成廢鐵）全國的土法煉鋼場都停頓了，塘鎮的煉鋼場當然也停頓了。

他不回來，哪裏去了？必須去追查，不能讓他遠走高飛！

楊帆是公社生產大隊的黨支書，是筆架村的最高領導人，他有權力，也有責任去追查李世民。他決定了，就親自出馬。那天晚上，生產隊的人都從野外回家了，他就走去李家破舊的小屋。李駱氏見他到來，猜到又有甚麼事情發生了，就強顏歡笑招呼他。

楊帆說，他今次來，是追查李世民的，他哪裏去了？贊華娣早有心理準備，並不怕他。她說：「我們世民響應人民政府的號召，去塘鎮參加煉鋼了。」楊帆說：「如今都不煉鋼了，人人都回公社搞生產了，只有他不回來，逃亡了？」贊華娣說：「我只知道他去年去塘鎮參加煉鋼，不知道他為何不回來。」楊帆說：「他是你兒子，怎會不知道！」

贊華娣心知肚明世民已經去了香港，好在臨別時，他三更半夜回家見面，天還未亮又離去了，村中無人知道他曾經回過家，因此她振振有詞說：「如今他都十七八歲了，有手有腳，會思想，會活動，我又不是跟着他，他哪裏去了，我們不知道。」楊帆說：「你們這些地主，很狡猾，我不相信。」

贊華娣有點氣惱，但還是心平氣和說：「你不講，我還不知道所有的煉鋼場都停止煉鋼哩。他不回來，我還擔心過你。當初我不想讓他去塘鎮煉鋼，他就去大隊向你申請。想不到你會准許他去。若是他出了甚麼事，有個三長兩短，你也有責任。」

楊帆想：世民這小子死了倒好，若是他藉口去塘鎮煉鋼逃走了，那就如放鳥出籠，海闊天空任他飛了。他說：「那時他向我申請的理由是，他說塘鎮的土法煉鋼技術先進，他要去那裏學習，然後把他學到的技術帶回我們鄉裏來。當時我不知道他一去不回，欺騙了我，我真後悔准許他去！」

早幾日，贊華娣去筆架鎮娘家，贊王氏告訴她，說世民已經順利到達香港，寄信回「中藥堂」向她報平安。贊華娣十分高興，即刻看世民寄回來的信。信中雖然寥寥數十字，但是言詞懇切，真情躍然紙上，她感動得熱淚盈眶。目前楊帆在她面前作威作福，卻不知道世民離開國土，去了另一個他們管不到的地方了。她說：「世民現時失蹤了，我好擔心，你去找他回來給我啊。」

*　　　　*　　　　*

楊帆像警探查案一樣，順藤摸瓜，首先去塘鎮。他到達場地時，那裏的煉鋼場和各地的煉鋼場一樣，早就停頓，土爐子有的崩塌了，有的被野狗佔領，變成牠們的安樂窩。

他有點失望，對着猶如廢墟的煉鋼場地發呆。過了一陣子，他想起李家和塘鎮的林家是親戚，去林家探查，或許還有線索可尋。

向人家查問到林家的住址，走進去，向林芷芬說明自己的身分。林芷芬見來者不善，反問他：「李世民犯了甚麼事你要追查他？」楊帆說：「去年夏天他來這裏參加煉鋼，煉鋼場已經停頓不煉鋼了，到現時還不見他回我們公社。我調查過了，李世民在你們家居住，我想見見他。」林芷芬說：「他煉鋼時生病了，我讓他在我們家醫理。後來他的病好了，就從他的縣城遷戶口去湛市的中學讀書。」楊帆說：「他在哪間中學讀書？」林芷芬說：「聽他講，是湛市的民辦中學。」

林芷芬如實回答，隨即又後悔了，因為她不知道世民已經離開國土去了香港。若然楊帆去湛市捉拿他，怎麼辦？世民是她所愛的人，她這樣做不是害了他？但是話已出口，猶如撥出去的水，收不回來了！

楊帆有了這個線索，他又去湛市的民辦中學，找到了程校長，向他說明自己的身分和來意。程校長讓他坐下，告訴他李世民已經去了香港。楊帆說：「香港是個甚麼地方？」程校長說：「是英國人管治的大城市。」楊帆說：「他是怎樣去的？」程校長說：「是申請去的。」楊帆說：「你批准他去的？」程校長說：「我沒這樣大的權力。」楊帆說：「那麼，是誰批准他去的？」程校長說：「是湛市公安局。」楊帆說：「他是地主仔，公安局的同志為甚麼批准他去？」

程校長見他只是個鄉村公社的小幹部，竟然如此囂張，問這樣問那樣，大聲說：「你想知道，就去公安局查問！」

楊帆曉得湛市公安局是個很有權力的政府機關，不敢去那裏查問，他只好離開湛市民辦中學，黯然而歸。

香港到底是個怎樣的地方，他不了解。他只知道，他的叔叔楊晉林於抗戰初期，曾經在那裏做航運生意，自然熟悉那個城市的情況。他一回到筆架村，就去楊晉林的家，向他的叔叔求教。楊晉林那時在香港做走私勾當，賺了不少錢，又因他的小輪船被日本軍艦擊沉而破產，所以他對香港的印象甚為深刻。他說，香港是英國的殖民地，市內很多樓房都是西洋式建築，華洋雜處，中西合壁，是個很特別的城市。那時中國人可以自由做買賣，自由出入，現時變成怎樣，他不知道了。

楊帆對以前的事不大在意，他所關心的是目前的事。為了解開心中的疑慮，他隨即去縣城，問楊修能不能派人去香港把李世民捉回來。楊修說不可以。楊帆不解其意，說：你是縣長，有權力，為甚麼不可以？

楊修對他堂兄的愚昧無知感到啼笑皆非，他說，香港現時還是英國人管治，中港兩地有邊界，兩邊都有軍人把守，國內人民無通行證不能過邊防關卡，人民政府也不准軍警越界過去捉人。

楊帆說：「都是我們對他監管得不緊，讓李家又逃跑一人！」楊修說：「若不是李家駒做了軍官，怕他三分，我就不會叫你們暫時放鬆他們。」楊帆說：「我以為如今的世界是我們楊家的，想不到他們李家又出了個大人物。」

楊修嘆着氣說：「早幾年，被李家駿逃走了，如今世民這小子又有辦法去香港，李家的子孫真是不可輕視，不管制他們不行！」

*　　　　*　　　　*

某日黃昏，生產隊收工了，那些男男女女扛着鋤頭、挑着籮筐，各自回家去了。李家馱獨自走去他家的「自留地」（公社留給每家一塊地）繼續勞作。

他家的「自留地」在山邊，原來是一塊貧瘠的瘦土，由於他勤加除草施肥，挑水灌溉，時日久了，瘦土變成肥地，玉米枝就生長得又壯又高，遠遠望去，如一片叢林。如今玉米株上掛着一棒棒玉米，成熟了，可以採摘了。

西邊天上的夕陽又紅又大，紅光灑在玉米株上，猶如紅彤彤的楓樹林。李家馱拿着籃子，蹲在裏面靜靜地摘玉米。玉米飽滿結實，拿在手中，沉沉的，他滿心歡喜。

天熱無風，玉米株忽然沙沙響，似乎有甚麼動物走入來。李家馱轉頭一看，是個女人。他一驚，站起來想說話，她即刻按住他，叫他不要怕。

不怕？她是阿嬌，是楊海的老婆，她為何獨自走到他家的「自留地」來？有人看見她進來嗎？若是被楊海知道了怎麼辦？一連串的疑問使他惶惑不安。

阿嬌說：「我不請自來，驚嚇你哩。」

李家駛似笑非笑，神情愕然，問她何事而來。阿嬌說：「我來同你談談心事。」李家駛更加惶惑，這樣說：「你是楊海的老婆、民兵營長的愛人，莫講這種話，被他知道，不得了啊！」

阿嬌乾笑一聲，說：「愛人？你以為我愛楊海嚜！」李家駛說：「你不愛他又嫁他！」阿嬌說：「那是時勢所迫，是為我兩個兒子能活命才改嫁給他。」

阿嬌原是陳福祥的妻子，土改運動時，他被劃為官僚地主，在筆架鎮受貧僱農清算鬥爭，然後被槍斃了。陳村的人還想整死他的遺孀和兩個幼小的兒子。阿嬌為了生存下去，才帶着兩個兒子來筆架村嫁給民兵營長楊海。

李家駛想到自家的命運與她相同，起了憐憫之心。但是，如今她是楊海的老婆了，此時此地和她在一起，實在犯不着。他說：「你快些離開這裏回你家，若是楊海找到這裏來，那就不好了！」

阿嬌哼了一聲說：「他生病了，不能起床，請他來都不能來。」李家駛說：「他有病不能起床，你更加要回去照顧他。」阿嬌說：「他死就死，我不理他。」李家駛說：「你們到底是夫妻，對他這樣狠心！」阿嬌說：「當初我嫁給他只為我們母子活命，對他沒有感情；沒有感情的結合，是有名無實的夫妻。」李家駛說：「一夜夫妻百日恩，你們一齊過活都幾年了，怎麼沒有感情？」阿嬌說：「他要的是我的身子，我只當他是我前夫陳福祥的鬼魂。如今我兩個兒子都長大了，沒有我和他，他們也可以自立生活了，就是我現時死了，也無甚麼牽掛了。」

李家馱還是希望她快些離去，這樣說：「無論怎樣，楊海都養大你兩個兒子了，都對得起你們了。」阿嬌說：「你不知道，他一直都當我兒子是牛是馬，要他們去做辛苦工，若不聽他的話，就拳打腳踢，打到他兩人面青口腫。有一次還拉他去白沙河浸水，想淹死他，若不是我及時趕到喝停，命都沒有了。」

阿嬌說到傷心處，嗚嗚地哭了。這時李家馱更加恐慌，他說：「你快些回去，你兒子擔心你，他們會來找你。」阿嬌說：「你放心，楊海一病，我就支使他們去我娘家了。」

李家馱和她獨處玉米地中，彷彿芒草刺背，無法安寧。他說：「你的心事講完了，回去哩。」阿嬌說：「回去？我跟蹤你多時，都無法同你在一齊，現時有機會單獨同你相處了，我不會就白白離去。」李家馱說：「你還想怎樣？」

阿嬌靠近他，投入他的懷裏。他大驚，推開她說：「你這樣做，若被人家知道，我就死無葬身之地了！」

阿嬌見他害怕得發抖，這樣說：「你還想聽我講心事嚒？」李家馱說：「有話就講，千萬莫這樣。」

她坐直身體，望着他說：「你老婆林鳳是怎樣死的？」李家馱說：「土改運動時她被迫吊頸死的。」阿嬌說：「她是吊頸，尚未死。」

李家馱讓她搞糊塗了，當年林鳳是他從屋樑上解她下來的，那時她的身體還未僵硬，卻沒有氣息了，楊海那幫人勒令他把死者拉出去，他和他的大嫂哭都不准哭，就把林鳳抬去山上埋葬了。他說：「林鳳都埋葬幾年了，你怎麼說她還未死？」

阿嬌說，當年林鳳上吊時，楊海入監禁她的牢房，看到她吊在屋樑上，他不動聲色，把她放下，以為她斷氣了，就除下她的褲子X她。當他在她身上呼呼喘氣時，她翻生了，睜開眼。楊海大驚，雙手死命捏她的頸，把她捏到氣絕身亡，然後替她穿上褲子，再把她吊上屋樑，才離開牢房，才大呼林鳳畏罪吊頸死了。

李家駄半信半疑，他說：「有這樣的事？你怎麼知道的？那時你還未嫁給楊海……」阿嬌說：「我雖然不喜歡楊海，不得已和他同床共枕幾年，我就像美女間諜一樣，套他心中的秘密。他是個急色鬼，我一吊他胃口，他就甚麼事都講給我知。」

林鳳貌美賢淑，李家駄深深愛着她。她吊頸死的時候，腹中已懷着他的孩子了，她一死，一屍兩命；死了賢妻，又失去腹中的兒子，當時他悲憤不已，恨不得去殺掉楊海那幫人！

阿嬌見他沉默哀傷，又說：「你知道楊海壞到連林鳳的屍體都要姦嚜？當初林鳳嫁給你，他早就被她的美貌吸引得神魂顛倒，只是無機會下手而已。土改運動清算鬥爭她時；又被楊燕子除去她的褲，把她吊起來羞辱她，後來她媽媽香苦艾見到了，睇不過眼，就扯下牆頭上的五星旗，為她遮羞……」

李家駄悲傷又憤怒，他說：「好啦，莫講啦！」

阿嬌似乎意猶未盡，接着說：「你知道楊海為何這樣喜愛我嚒？因為我的樣貌和林鳳相似，他就當我是林鳳一樣操……」

李家馱擺擺手說：「求你哩，莫講啦。」阿嬌說：「我知道，如今講這些舊事會令你傷心難受。可是我不講出來，林鳳就死得不明不白。她太可憐啊。」

阿嬌說到這裏，又跌入他的懷中，輕輕地哭泣。李家馱曉得她是為林鳳悲，也是為她自己悲，她的親夫陳福祥土改運動時被槍斃了，她為時勢所迫才改嫁給楊海，讓他狎弄，難怪楊海如今臥病在床她都不理他了。

李家馱輕輕拍着她的肩背，當是安慰她。她飲泣了一陣子，坐直身子，除去上衣，將乳房貼着他的面孔。李家馱驚異又惶恐，輕輕推開她，叫她莫這樣。她說：「我知道自己是爛女人，本來不應該給你。可是林鳳死了這樣久，沒女人給你睡，太可憐了。我看得出，有時你遇到我，總是偷偷看我，那時我就想給你了，讓楊海戴綠帽，洩我心頭之恨。現時他病到爬不起床，我才有機會來這裏會你。」李家馱說：「楊海現時有權有勢，若然被他知道，我就死定了！」阿嬌說：「這事只有你知我知，無人會知，怕甚麼？」

李家馱還是慌亂得很，不敢看她，她又圓又白的乳房引不起他的興奮。她說：「你是地主，以後都沒有女人肯嫁你哩。我曉得，男人沒有女人是好苦的，如今我送上門了，你還不要？」

阿嬌又除掉褲子，赤身露體攬着他，撫摸他，親他的面孔。他像木偶一樣坐着，不敢動彈。她想：難道男人沒親近女人久了，對女人的身體失去興趣了？若是這樣，我更加要回復他男人的性慾。

她伸手去解他的褲帶，撫摸他的下體。她的手溫暖，手指像爬蟲，在他的下體蠕動。他感覺癢癢的，有點興奮，血液上湧，心靈顫動，不由自主張開兩臂攬抱她。過了片刻，他從暈眩中清醒，想到她是楊海的老婆，身心頓時冷了，雞巴又像烏蠅一樣縮了頭。

阿嬌估摸到他的心理了，這樣說：「楊海曾經姦殺你老婆，現時他的老婆送到上門，你還不敢操，你還是男人嚒？！」

李家馱受了她的刺激，壯了膽，情慾在他身上重燃。他顧不得那麼多了，把她推倒泥地上，除去自己的褲子，騎在她身上做一次久違了的馬上英雄。

殘陽如血，玉米株染成一片紅，兩人彷彿處身於紅錦帳中，翻雲覆雨，如魚得水，外面的殘酷世界，險惡的人心，甚麼階級鬥爭，甚麼恩怨情仇，甚麼亂搞男女關係，甚麼奸夫淫婦，都被洶湧澎湃的愛慾浪濤淹沒了。

*　　　　　　*　　　　　　*

楊海真的生病，不是病到爬不起床，阿嬌在玉米地和李家馱攬抱在一起風流快活時，他爬起床，像嬰兒學走路，一瘸一拐慢慢走。他患的是嚴重的風濕痛風症，一發起病來，腿腳的關節就痛得無法活動，一步一艱難。他求醫，服了鎮痛藥物時好了一點，藥力過了，又痛起來。這種病他屢醫不好，藥石無靈，痛的時候他求生不得求死不能，受盡病魔折磨。

這天很晚了，家中只有他一人，他肚餓了，沒東西吃，不得已，只好爬起床去灶間生火做飯。忙了一陣子，飯菜煮好了，正想吃飯時，阿嬌從門口入屋了。他望着她說：「你這個時候才回來，哪裏去了？」

阿嬌訛稱，她聽到別人說，有一種草藥可以醫治關節痛風病，她去野外尋找，晚了才回來。楊海說：「找到了嚒！」阿嬌說：「山上田邊都找遍了，都找不到。」

楊海以為她真的為他的病操心，為他尋找草藥，頗為感動。他說：「辛苦你哩，這個時候，你都肚餓了，來食飯。」

阿嬌假惺惺說：「你有病痛，怎麼不等我回來煮飯？」楊海說：「天都黑了，又不知道你幾時回來，捱着痛也要起來煮飯。」阿嬌說：「難為你哩。」楊海說：「你在外面爬山踏水為我找草藥，我煮飯大家食，不應該嚒？」

食飯的時候，楊海說：「是甚麼草藥找來找去都找不到？」阿嬌說：「靈芝草。」

鄉間傳說，靈芝草有如仙丹妙藥，能醫百病，乃至能起死回生。但是無人見過，不知道是甚麼樣子。楊海說：「山間河邊的草藥千百種，就是你見到，也不曉得哪種是靈芝草哩。」阿嬌說：「聽講，有緣人遇到了，它就會點頭。」楊海說：「草又不是人，怎會點頭呢？」阿嬌說：「靈芝草有靈性，它少之又少……」楊海說：「難怪靈芝草這樣難找得到哩。」

吃完飯，楊海問她：「陳福、陳祥哪裏去了？」阿嬌說：「我老母年老多病，恐怕在世時日無多了，今早他們去探望外婆了。」楊海說：「這兩個油瓶仔，他們外婆有病就去看她，我有病就不理我，我養大他們是白養哩！」

阿嬌冷笑道：「他們在公社耕田掙工分，給你分到糧食，是你養大他們？若不是有我在，他們早就被你整死了！」

楊海心知自己怎樣狠毒對待陳福、陳祥，因為他們是官僚地主陳福祥和阿嬌生的兒子，是階級敵人的種，最好就是整死他們，只是礙於阿嬌的情面，不好整死他們而已。

過了一陣子，楊海問；「他兩個幾時回來？」阿嬌說：「或者回來，或者以後都不回來。」楊海說：「他們不回來，去哪裏？」阿嬌說：「他們都十幾歲了，會思想，有手有腳，我不知道他們要去哪裏。」楊海說：「他們想逃亡？」阿嬌說：「逃亡又怎樣！」楊海說：「若是逃亡，我就派民兵去追捕他們！」

阿嬌瞪着他說：「老娘警告你，要是你派人去捉他們，我不逃走也會投可吊頸！」

楊海頓時軟化了，他不想因這件事激怒她。陳福、陳祥又不是他的親生兒子，他們走了死了都不要緊，只要保住阿嬌這個美麗的妻子就好了。他說：「他兩個回來最好，不回來就算數。只要你安心同我過日子就好。」

阿嬌是為她兩個兒子能活命才忍辱偷生的，若然失去兒子她也不想活了。她說：「陳福、陳祥這幾年在你家也受夠了，他們不想再同你過了，你就放過他們啊。」楊海說：「我答應你。你還去為我找靈芝草嘛？」

阿嬌想了想，違心說：「為了醫好你的病，以後我會去找。」

楊海說：「希望你能夠找到。」阿嬌說：「你放心，總會有一日找得到。」

*　　　　　　*　　　　　　*

楊海的痛風病時好時壞，轉天氣的時候，他痛得更加難受。好的時候，他帶民兵操練，執行各種任務，一痛起來，就無法活動，呆在家中或臥床歇息。他聽別人說，有一種××牌子的藥油，可以治好痛風病，他就想辦法去買回來，按照瓶子上的說明書塗抹。可是抹的時候好一點，卻不能根治，過不多久又發病。

他很苦惱，窮鄉僻壤的農村沒有醫院，沒有好的醫生，他的病屢醫不好。有人向他提議，說李駱氏能醫治奇難雜症，不妨請她醫治，或許有效。但是這幾年來，他鬥爭整治李家各人，害到他們家散人亡，怎好意思去求她治病？

楊海再三考慮，叫阿嬌去。但是阿嬌心中同情李家，不滿楊家，楊海是生是死，她不放在心上，如今她在意的是她的兒子陳福、陳祥。她悻悻然說：「你平時整她鬥她，有病有痛時就想到她？我不好意思去！」

沒有辦法，楊海派民兵排長楊木仔去。楊木仔去到李家，贇華娣一見到他就氣惱。她說：「你又來抄家還是拉人！」楊木仔說：「兩樣都不是，是要你家婆去為我們營長醫病。」贇華娣說：「我奶奶不是醫師，她不去。」楊木仔說：「她不是醫師，大家都知道她曉得醫病。她不去就拉她去！」

贇華娣望着他，冷笑說：「求人醫病當是捉罪犯？共產黨有這樣的政策？就算她肯去我都不讓她去！」

楊木仔碰了釘子，又氣又恨。他是貧僱農，又是民兵排長，在李家各人面前作威作福慣了，怎忍得下這口氣？他說：「如今解放了，不是富有人家作主了，你們是地主，被管制，被專政，我要怎樣就怎樣！」

贇華娣受他的氣早已受夠了，再也忍受不下去了，她說：「舊社會黑暗，做官的亦要講道理，講王法。新中國的人民就可以亂來？要拉要殺由你？」

楊木仔還要死撐，將他學到的一點點「政治理論」搬出來：「共產黨只對人民要講法，對你們這些階級敵人就要鬥爭，就要專政。你不服，就要用暴力對你！」

贇華娣豁出去了，她說：「用暴力？要打還是要殺？這幾年來，甚麼暴力我都捱過了，膽量練大了，皮肉也練硬了，再不怕了，你要怎樣就怎樣！」

楊木仔軟化了，無言對答了，又見不到李駱氏，悻悻然離開李家。到了楊海面前，就加鹽加醋向他彙報，說贇華娣如何囂張，怎樣抗辯，不讓李駱氏來為他治病。

這幾日，楊海舊病復發，痛楚得要死。他說：「求人醫病就要好聲好氣，你用鬥爭的方法去對她，她當然不服你。如今你把事情搞成這樣，李駱氏不來醫我，就是你犯錯。現時你再去求她，或者還有轉彎的餘地。」

楊木仔沉默不語，低下頭，他再下流賤格，都不願意去了。生病痛楚的不是他，為甚麼還要改變態度低聲下氣去求人？

楊海心情惡劣，卻不失理智，他想：楊木仔不願再去，阿嬌不肯去，怎樣好？他想起他的嬸嬸香苦艾。香苦艾面慈心軟，她從不參與鬥爭李家的人，讓她去請李駱氏最好，只是不知道她肯不肯去做這件差事？

香苦艾在楊海的要求下，答應他去做這件事。但是她知道贊華娣憎恨老楊家的人，她不會讓她的奶奶去為楊海治病。翌日早上，她在李家小屋門前徘徊，看到贊華娣、李家馱、李世浩扛着鋤頭籮筐出工去了，李世慶上山放牛了，她才走進李家小屋。香苦艾就跟李駱氏打招呼，將她的來意告訴她。

李駱氏說：「我不是醫師，怎敢去醫他？」香苦艾說：「你不是醫師，但你的醫病本事比很多醫師都好，又肯真心醫人。」李駱氏說：「我只曉得艾灼針灸，這是三腳貓功夫，算得甚麼本事？」香苦艾說：「大家都知道，你就是用文火針灸醫好很多人，所以我才來請你去醫他。」

李駱氏知道兒子、孫子、媳婦都憎恨老楊家各人，不會讓她去為楊海治病。但她面慈心軟，禁不起香苦艾的苦苦請求，推辭不了，後來還是答允她。

李駱氏走進楊家，他們祖輩遺留下來的古老大宅更加殘舊蒼桑，發出嗆人的霉味。如今他們有權有勢了，怎麼不修葺翻新一下？楊修是當今縣長（縣委書記）他們的家屋如此殘破，他不感覺失面子嗎？是不是他為官清廉所致？

楊海見到李駱氏來，心中起了一點點歉意。土改運動時，他發動村民一次又一次清算鬥爭她，吊她打她，她都不記仇，如今還肯來為他治病，不是大好人怎會這樣做？他讓李駱氏坐下，說些虛情假意的客套話。

李駱氏說：「大家同祖同宗，食同一口井水，低頭不見抬頭見，怎樣講都有一些感情，以前的事就當沒發生過，希望你們以後放我們一條生路，讓我一家人生活下去就好。」

楊海聽得出她話中的意思，恐怕她不盡心為他治病，就胡亂敷衍她，說些言不由衷的話。

李駱氏說：「別的事不講哩。我有言在先，我不是醫師，本來不敢來醫你，只是你二嬸苦苦央求我，我只好走一次，醫不醫得好你的病，我不敢講，你聽到了？」

香苦艾在一旁說：「你盡力醫他，醫得好，是他的福氣；醫不好，我們也不能怨你。」李駱氏說：「有你這句話，我就醫他。」

屋中悶熱，楊海赤裸上身，一件鬆跨跨的短褲頭遮蔽下體。他躺在床上，面向屋瓦，胸口的肋骨疏密有致，骨肉分明。李駱氏半坐半站在他的床邊，將豆子一樣粗細的艾茸放在他腿腳的穴位上，用香火點燃艾茸。艾茸火光熊熊，慢慢燃燒，青煙裊裊，發出一種獨有的幽香。

楊海忍受看艾火燒灼的疼痛，呼吸一陣緩一陣急，他合上眼皮，不看她。李駱氏看看他的皮肉微微顫動，不知道他的皮囊裏着的是一顆甚麼樣的心。有人罵壞人是蛇蝎心腸，是黑心鬼，楊海是惡毒的壞人，他的心是黑的嗎？

艾灼穴位猶如下棋，按照人的軀體手腳的穴位灼完一個再灼下一個。李駱氏駕輕就熟，工作沒有甚麼困難。她用艾灼針灸方法治好不少同類型的病人，卻不知道甚麼原因會治好。楊海的痛風病會不會被她治好？目前她還不知道。

午時，李家馱、世浩和贇華娣從田裏回到家中，世慶從外面回來了，她問世慶奶奶哪裏去了？世慶說，奶奶跟香苦艾去楊家為楊海治病了。贇華娣甚為氣惱，她三番四次對奶奶說，姓楊的是仇家，不可為他們治病。如今她又去了，必須立即去阻止她！

贇華娣還未踏出家門，李駱氏就入屋了。贇華娣正在氣頭上，顧不了尊卑，大聲說：「你怎麼去為楊海醫病？！」李駱氏說：「他二嬸來求我，不好推辭，只好去了。」贇華娣說：「就是去了，也不要真的醫他！」李駱氏說：「醫人就要盡心盡力，怎可以亂來？」贇華娣說：「對他這種惡棍，就要亂燒亂刺，搞到他半生半死才好！」李駱氏說：「醫者父母心，對好人惡人都一樣。」

贇華娣嘆着氣說：「你醫好這條毒蛇，他遲早會來咬我們。」李駱氏說：「我這樣想：他的痛風病久醫不治，別人醫不好他，我醫好他，他會乃念我對他的好處，以後不會傷害我們哩。」贇華娣說：「你是好人，只會往好處想，不往壞處想。世上甚麼人都有，有些人食過你一粥一飯，都記在心裏，一有機會就會報答你；有些人利用完你，就食碗面反碗底，恩將仇報。你不想想，我們以前對姓楊的有甚麼不好，處處忍讓他們，讓他們佔便宜。一解放，楊修做縣長，老楊家的人都雞犬升仙，都做了幹部。共產黨的政策是清算鬥爭地主分田地，他們就乘機整治我們，搞到我們家散人亡。以後還不知道他們要怎樣傷害我們啊。」

李駱氏沉默一陣子才說：「楊修做了縣長，我們李家也出了個軍官，他們也要忌我們三分。」贊華娣說：「那日家駒坐軍車回來，他們也怕。可是家駒到底做了高級軍官還是小軍官，他不肯講，他回到哪個軍部去，大家都不知道。看情形，姓楊的又要管制我們哩。」

李家馱開腔了，他說：「大嫂（贊華娣）的憂慮不無道理，楊帆見世民去塘鎮參加煉鋼不回來，就來追查。好在世民去了香港，若不是，頭一個就要管制他，整死他！」

第十章

全民煉鋼失敗了。到了冬天，全國都不煉鋼了，煉鋼大軍退下火線各自回家。大煉鋼的時候，大家都不耕種，讓田園荒蕪，沒有穀麥收成，人民沒有糧食，都成了饑民。

這是誰的錯失？人民政府説是「自然災害」。

饑荒之事，各個朝代都有發生，不是新中國才出現。饑餓的人會變通。沒有米糧吃雜糧；沒有爪菜吃野菜；沒有番薯吃薯葉；沒草葉吃草根；沒有香蕉吃蕉樹；沒有樹葉吃樹皮……

土改運動時，李家的財產被沒收，家中的牲口和糧食都被貧僱農拿去分了，那時不是天災，只有李家的人沒米糧吃，他們食野菜草葉裹腹。如今是「自然災害」歲月，大家都像他們當年一樣，吃野菜草葉之類活命。

不過，情況並不相同，那時只有李家人去野外尋找食物，如今村莊裏的人都去山上田邊尋找能充饑的東西，饑民多了，人多爭食處境就比他們當年困難得多了。

人們沒有糧食填飽肚子，缺乏營養，個個都面黃肌瘦，有的皮肉浮腫，老弱的人餓得奄奄一息，到了死亡邊緣。有人不願坐以待斃，各出其謀，大膽的去偷去搶，善良的去城市乞討。城市中有些人見到這些皮黃骨瘦的鄉村人，起了同情之心。但是他們的米糧是由政府配給，每人每月只配給三十斤米，他們都不夠食，半饑半飽度日，也沒食物可以作施捨。

「三年困難時期」，在筆架中，李家的生活比別人更加困難，處境更加險惡，為了生存，甚麼險惡的事情他們都去做。三年困難期間的頭一年冬季某日早上，李家馱、李世浩叔侄二人，冒着寒風去野外尋找野菜，兩人尋尋覓覓，在小溪邊發現一個像紙盒子的東西。李世浩好奇心起，蹲下去一看，盒子上貼着「反攻大陸」的紙條。李家馱驚惶失措，叫世浩莫停留，快些離開。

李世浩不曉得「反攻大陸」是甚麼意思，他想到的是盒子裏面有沒有可食的東西，他甚麼都不顧了，即刻扯開防水包裝的油紙，裏面竟然是油光噴香的麵餅！這時他饑寒交逼，拿了麵餅就吃。李家馱斥喝他不可吃，他充耳不聞，大口大口地咬嚼。

李世浩吃了兩個麵餅才說：「不可食？麵餅有毒？」李家馱說：「這些麵餅比毒藥還要可怕，快些走，被人看見不得了啊！」世浩說：「我又不是偷來搶來的，怕甚麼！」李家馱說：「莫多講，快離開，回家才告訴你。」

離開？這樣天上掉下來的麵餅都不要？你不吃我吃，你不要我要！世浩不理叔叔的斥喝，將那些麵餅抓起來，放入籃子裏，用野菜蓋着，沒有甚麼破綻了，才拿裝着野菜的籃子離開小溪邊。

回到家中，李世浩歡天喜地對奶奶、媽媽說，他有麵餅，大家一齊吃。李駱氏問他麵餅哪裏得來的？世浩說：「在溪邊撿到的。」李駱氏說：「這樣的饑荒時期，怎會有人放麵餅在溪邊？」世浩說：「可能天帝可憐我們，從天上掉下來給我的。不理他，有得食就食！」

李世慶饑腸轆轆，一見到這樣好的麵餅就流口水，他不理三七二十一，拿起麵餅就往口裏送。

李家馱也饑餓極了，他想：既然都撿回來了，吃了再說。

一家五人正在吃麵餅時，有人進來了。大家抬頭一看，是楊海和另外兩個民兵。楊海說：「你們今早不出工，原來都在家裏食餅！麵餅哪裏得來的？」

李駱氏察顏觀色，知道事情不好了，她說：「拾到的。」楊海說：「在哪裏拾到？」李駱氏說：「溪邊。」楊海說：「哪裏溪邊！」

李駱氏說不出。李家馱接着說：「長嶺下面的溪邊。」楊海說：「哪個撿到的？」

李駱氏搶着說：「今早我去長嶺割野菜時拾到的。」楊海說：「如今饑荒，大家都無飯食，有誰會留下麵餅在溪邊！」李駱氏說：「誰人留下的我不知道。」楊海說：「不知道？這麼多麵餅你們只食了半盒，剩下的我要拿回大隊去調查！」

李世浩見自己撿回來的麵餅被他們拿去了，十分氣惱，卻不敢出聲，只在心中咒罵楊海是土匪，是人渣，拿去他拾到的麵餅！

楊海離去了，李家馱苦着臉說：「麵餅盒上面有『反攻大陸』

的傳單，可能是台灣國軍駕飛機回來空投的。好在他們沒看到這個傳單……」

土改運動時，贊華娣也在山上撿到一張「殺朱拔毛」的傳單，李家馱叫她放入灶膛燒毀了，才避過一場災難。因此她急着問麵餅盒上的傳單哪裏去了？李家馱説，有了上次的教訓，他在溪水中毀滅了。

村民都饑餓，一聽到野外有麵餅撿，甚麼工作都不做了，紛紛到山間田野去尋找。一時山坡上田地間都是人，他們像尋寶一樣，不放過任何地方。到了午時，有人在叢林中拾到麵餅和傳單。雖然公社領導有命令，任何人撿到食物都不能據為己有，要拿回公社調查處理，但是那些撿到盒子的人饑腸轆轆，顧不得那麼多了，拆開盒子就拿麵餅吃。有人見到這樣好吃的東西，也去抓來吃。等到民兵知道來制止時，麵餅幾乎吃光了。

村民尋找到的麵餅並不多，而「反攻大陸」、「中國人民團結起來推翻暴政」的傳單就撿到不少。這種反動之事，明顯是美蔣特務做，必須去追查！

最先撿到麵餅的是李家的人，他們撿到麵餅自然也撿到傳單，他們沒有向公社舉報，偷偷拿麵餅回去一家人吃，如此罪行，不能放過他們！非審問他們交代不可！

楊帆是公社大隊黨支部書記，在筆架村中最有權力，他下令把李家的人都押到大隊來，（以前的農會所）由他審查。為了震懾李家馱，他大聲説：「你二哥二嫂早幾年逃到哪裏去了？」

李家駄說不知道。楊帆說：「你講假話！我早前去湛市調查過，知道你二哥二嫂從香港寄錢回民辦中學供李世民讀書，不久他又去了香港，他們是不是在那邊做美蔣特務？這些麵餅和反動傳單是不是他們回來散發的！」李家駄說：「他們沒有這樣大的本事。」楊帆說：「他們沒有，蔣介石和國民黨有，一定是台灣特務派他們回來做的！」李家臥說：「咁我就不知道哩。」

楊帆站起來，拍着枱說：「不知道？我問你，公社這樣多人，為何你們最先拾到麵餅？」李家駄說：「我餓到睡不着覺，天濛濛光就起床去外面找野菜，所以最先拾到。」楊帆說：「拾到了為何不拿來大隊報告！」李家駄說：「我們見到咁好食的麵餅，肚又餓，忍不住就食。」

楊帆瞪着眼說：「麵餅好食，反動傳單也好食嚒？交出來！」李家駄說：「我沒見到甚麼傳單。」楊帆說：「別人拾到麵餅，紙盒上都有反動傳單，你拾到的就冇有？」

李家駄堅持說沒有。楊帆轉頭問群眾相不相信？群眾的話聲嗡嗡響，都說不相信。楊帆說：「地主都狡猾，群眾的話最可信。坦白從寬，抗拒從嚴。你不招認，就要鬥爭你！」

李家駄被迫到死角，再無法辯白，只好承認把餅盒上面的傳單掉入溪水中毀滅了。

楊帆哼了一聲說：「你把反動傳單消滅，是因為你心中有鬼。是甚麼原因，你講！」李家駄說：「若是我留着傳單，恐怕惹來麻煩。」楊帆說：「你怕，就擺明你是國民黨潛伏在公社的特務。」

國民黨特務的罪名是死罪！李家馱在心裏說：都是台灣那邊不好，他們知道國內現時鬧饑荒，就派飛機過來空投食物，搞心理戰。若不是我們餓到頭腦發昏，就不會食這些有傳單的麵餅哩！

李世浩見他的叔叔被楊帆審問到面青唇白，無法答辯，猶如餓狗被人趕到堀頭巷，危急又倉惶。那些麵餅是他餓極了拆開來食的，他害怕就要審問他，驚慌到面青唇白，身子顫抖。

楊帆扭過頭對他說：「李世浩，你為何要食台灣特務撒下的麵餅？你講！」

李世浩渾身顫抖，這樣說：「不是我食，是他（家馱）食。」楊帆說：「反動傳單哪裏去了！」世浩說：「是他（家馱）撕爛，掉入溪水沖走了。」

經楊帆的初次審問，李家馱有美蔣特務嫌疑，沒有證據說明他是潛伏在公社的特務。楊帆拘留他，關在一間房子裏，等待上頭來處理他。

楊帆當然想上頭判他是美蔣特務，若然他的罪名成立，槍斃他最好，李家又少了一人。翌日早上，上頭派兩個公安同志來偵查，沒有證據入他是特務罪。但是死罪可免，活罪難饒，因為他撿到敵機空投的食物和反動傳單不舉報，判他入勞改場勞動改造。

公安同志的判決，楊帆也滿意，因為勞改場無異大監獄，在裏面的犯人有士兵看守，有幹部監管，犯人不能自由活動，不怕李家馱逃走這樣仿如借刀殺人，比在村中管制他還要好。

筆架村中，李家馱並非頭一個判處勞改，（頭一個是壞分子楊杰）起解那天早上，他被繩索捆綁着，楊帆有意羞辱他，叫押解他的民兵牽着繩子的另一端，像趕牲口一樣趕着他在村巷中走。

村民走到村巷中看熱鬧，李家的人也出來為他送行。李駱氏見兒子被麻繩綑綁着蹣跚地走，想起解放前他被國民政府判處充軍的情況，與目前一樣悲哀。這次他只因饑餓吃了兩個來歷不明的麵餅，竟然犯了大罪，要捉他去勞改。他此去，何年何日才可以釋放回來？

李世浩暗暗慶幸自己沒被判處勞改，心中卻很難過。前日早上在小溪邊發現麵餅的是他，拆開紙盒吃麵餅也是他，因為他害怕，居然把罪責推到叔叔身上，而叔叔也承擔罪責，他才能倖免於難，避過勞改的災禍。

楊海的老婆阿嬌也在人群中觀看，當她的目光和李家馱的目光接觸時，他們兩人的感覺比身體觸電更震撼！她為了向楊海報復，也可憐李家馱，才背着楊海去玉米地和叢林中和他偷歡。這種男女之事，一而再，再而三，做得多了，就引起楊海的懷疑，暗暗注意他們的行蹤。

有一日，楊海詐稱他的痛風病復發，不能外出做事，要留在家中歇息。阿嬌以為楊海的話是真的，就趁李家馱在地上勞作時，向他打眼色，收工後在老地方幽會。當時李家馱有點擔心，恐怕「上得山多終遇虎」——會被別人發現。但是阿嬌的美貌，豐滿柔軟的身子，她對他的熱情纏綿，像磁石一樣吸引着他，令他擺脱不了她。到了黃昏生產隊收工了，他藉口去自己「自留地」幹活，又到那個幽會的叢林中去。

阿嬌比他早到。他對她說，他有點擔心，害怕和她偷歡有朝一日會曝光。她說：「就是被他（楊海）知道，我都不怕他。」李家駄說：「他有把柄讓你拿着，或許你不怕。像我這樣的人，若然被他知道了，我就死定哩。」阿嬌說：「我有本事頂住他，也有本事為你頂住他！」

李家駄還是不放心，他說：「公社這樣多男人，你為何只睇中我？」她說：「我同你講過，你是地主，不會有女人嫁你了，我可憐你，才將身子給你。」他說：「你已經給我好幾次了，多謝你，以後不可這樣下去哩。」她說：「我給了你，才知道你和別的男人不同，你次次都可讓我快活。」

李家駄想：人的樣貌有美有醜，性情有善有惡，而身體的結構人人都一樣。他說：「有甚麼不同？」她說：「我的前夫被槍斃了，我和兩個兒子無法生活下去，不得已才改嫁給楊海。我看不起他，更不喜歡他，他夜晚騎在我身上，我只當是被鬼壓。而你騎在我身上，我會感覺你像我的前夫，使我快活得欲仙欲死。」他說：「既然是這樣，就再做一次好哩。」

太陽下山了，叢林幽暗，樹影人影交纏，他們像蛇一樣絞扭在一起。草地軟綿綿，有泥土香，唧唧的蟲聲仿如催眠曲。她的樣貌和他的亡妻林鳳相似。他恍惚同死去多年的嬌妻攬在一起了。他們合上眼皮，甚麼都不看，現實世界中甚麼鬥爭、饑荒、恐懼、憂傷都忘掉了，進入一種如飄浮在空中的幻境。

樹林那邊傳來沙沙的響聲，樹枝搖晃，李家馱睜開眼一看，有人向他們這邊走來。他大驚，推開她，翻身站起，從草叢中撿起褲子穿上，拔足逃跑。那人説：「我都看到了，你走都遲了！」

阿嬌聽到是楊海的口音，反而不驚，她翻身站起，赤身露體對楊海説：「是我勾引他，迫他同我做，若然你要讓大家都知道是他給你綠帽戴，你就大聲喊捉姦夫淫婦啊！」

楊海一怔，站定了，心想：我是貧僱農，是民兵營長，他地主，他受我管制，我要他是人就是人，要他是狗就是狗。如今我老婆給他操了，若把這件醜事張揚出去，我還有面目見人嗎？我這個民兵營長還好當嗎？他説：「快些着衫褲跟我回去，還站在這裏做甚麼？！」

回到家中，楊海氣憤難平，大聲罵阿嬌是淫婦，是姣婆。阿嬌説：「我不淫不姣。」楊海説：「有我操你還不夠，又去勾佬。你勾引別人我還咽得下這口氣，你為何偏偏要給他騎！」阿嬌説：「他有知識，又是好人，我不給他給誰？」楊海説：「你是我愛人了，只有我可以操你，甚麼人都不可以！」阿嬌説：「愛人？你以為我愛你嚒？」楊海説：「你不愛我又嫁給我？」阿嬌説：「那是逼不得已的。」楊海説：「哪個迫你？」阿嬌説：「時勢環境迫我。」楊海説：「既然是這樣，你就要好好同我過。若是你以後不同他做那種事了，我就不將你們的醜事講出去。」阿嬌説：「你夠膽講！」楊海説：「若是你不收手，我就逼着要講。」

阿嬌哼了一聲，大聲説：「你要講就講，勿以為我會怕你。話你知，我同李家馱歡好，是同情他可憐他，也是替他向你報復。」楊海說：「你有這樣大的本事？」阿嬌說：「鬥人整人的本事我沒有，但是你有把柄在我手中。」楊海說：「我做錯了甚麼？」

阿嬌說出楊侮於土改運動時，將在監房上吊的林鳳解下來姦屍。原來當時林鳳還未死，在他狂野的動作中甦醒了。他得嘗所願後，就捏死她，再把她吊上屋樑去，當她是吊頸身亡的。

楊海說：「林鳳早就死了，又無人看到我做……」阿嬌說：「這事是你親口講給我聽的，你不怕我講出去？」

楊海瞪大眼睛看她，無言以對。她說：「你姦了李家馱的老婆，還捏死她，如今他睡你老婆，一報還一報，好啊！」

楊海對她又恨又愛，恨她與李家馱通姦，又愛她的美貌。無論如何，他都要遷就她，不願失去她。

如今李家馱要去勞改場勞改，不能在村中和阿嬌見面通姦了，總算除去這個冤家了！

*　　*　　*

新中國的勞改場遍佈大江南北，李家馱服刑的勞改場在粵桂兩省接壤處，地處海邊，一塊小陸地向海邊伸延，像個小半島。這裏以前也有漁民和小量農人居住，當地人民政府看中這個地方，就把那些漁人農民遷移到別處去，將這個地方建成勞改場。

李家馱一押入勞改場，就被編入一個十多人的種田小隊。無論這些勞改犯是青年老年人，都像囚徒一樣穿上灰色的方領口罩衫。他們在田裏勞作時，有隊長在田頭或山坡上行走監視，誰有不合規矩的行為，隊長就大聲斥責。

勞改犯，來自不同地方，有地主、壞分子、右派、民國期的鄉長保長等等。李家駄年青時曾經當兵打仗，而且長時期在家鄉耕田，辛勞慣了，如今到勞改場幹活，做他的老本行，不當種田是一種苦役。

成立人民公社的時候，搞甚麼「深耕淺種」、「密集插秧」，使稻穀不增加反而大大減少。稍後又搞大躍進，搞全民「土法煉鋼」，社員不種田，大家都去山上大煉鋼，讓田地荒廢，沒有穀麥可收，成了荒年，人們都成了饑民。

李家駄的家庭成分是地主，是專政對眾，在這個饑荒之年，他在村中的生活就更加困難。所以他被押入勞改場服刑，並不感覺艱苦和悲哀。在勞改場中，被人監視，沒有自由，一切都與外面隔絕，白天下田勞作，但是收工回到營房，也能領一份摻菜葉的米粥，能在半饑半飽的情況下過日子，不會餓死。

勞改場是個勞動改造的場所，其實是個巨大監獄，四周有鐵柵鐵絲網圍困，大門前邊和四周的崗樓上日夜都有士兵把守，晚上亮起燈照射，勞改犯沒有准許的不能接近警戒線，真的是天羅地網，插翼難飛！

據一些老勞改犯說，這個勞改場一解放就開辦，初進來的人，猶如開荒牛，他們在烈日下，寒風中，扛着鋤頭、釘耙、籮筐，開墾田地，挖渠引水灌溉，把一個荒涼的地方改變成能生產莊稼的田園。周圍幾十里長的鐵柵鐵絲網也是他們在士兵的監視下築成的，直到那些層層疊疊帶刺的鐵絲網把他們牢牢困住了，成了網中人才讓他們在裏面勞作走動。

李家馱後來聽到這樣的真人真事，勞改犯在築鐵絲網的時候，有個姓郭的囚徒戲稱他們在「作繭自縛」，被他們的王隊長聽到了，就審問他的話是甚麼意思。郭囚徒害怕了，說蠶蛾吐絲給人民織絲布，直到肚裏的蠶絲吐盡了才死去，牠對人民的貢獻很大。他拿這事作比喻，說他要出盡最後一分力量為人民服務。

王隊長是個大魯粗，不懂得「作繭自縛」這四字成語，郭囚徒以為他這樣胡亂解釋可以過關了，不料王隊長向他的上司科長報告，科長聽了大怒，把郭囚徒傳去批判一頓後才說：「你要吐絲作繭自縛嗎？好，就讓你像蠶蛾一樣在這裏勞改到死！」

郭囚徒原本只被判處勞改五年，如今十年過去了，他仍然在場中接受勞改改造。科長是不是要他勞改到死？現時無人說得準。

在這漫長的歲月中，有些勞動改造得好的人釋放出去了，有些犯人或「莫須有」的罪人進來，有些累死病死的人，他們的屍體一把火燒掉了，有親人來領死者的骨灰回家鄉去，沒有親人的，就叫其他勞改犯拿到外面的山坡上挖坑埋葬。

但是，死的人少，獲釋的人也少，押解入來的人卻愈來愈多。勞改犯一天天增加了，就要增加幹部監管他們，場裏要蓋搭屋子給他們居住，要給他們糧食，這個與外面世隔絕的小天地，猶如國中之國，裏面的政委是小皇帝，一統江山，治理這個小天下。

勞動改造的人多，監管的幹部少，監管者不在的時候，囚徒會悄悄談話，說出自己的心事。有一個勞改犯的服刑期即將屆滿，因為他口多，說了「反動話」，被同房的人檢舉，加刑一倍，而那個檢舉者帶罪立功，刑滿釋放了。

某日落大雨，李家馱和另一個叫文章的勞改犯被派去田裏放水，他們頭戴笠帽，身披黑色膠雨衣，扛着鋤頭向土堤行走。雨聲嘩嘩響，兩人談話別人聽不到。文章說：「勞改場真是共產黨的天才發明，中國這麼多人有罪，若是讓他們坐牢，起多多監獄都不夠用。有了勞改場，犯罪者可以在裏頭種田，生產稻穀，除了少量給犯人作口糧，大部份穀麥都上繳給國家，一舉兩得，西方國家的官員哪裏想得出？」

李家馱不答話，心想：文章的話是不是反動言論？若是舉報他會不會帶罪立功？但是這樣做是出賣難友，能夠利己損人嗎？他做不到這種問心有愧的事。

文章不知道他在想甚麼，這樣說：「你不出聲，對我的話有意見？」

李家馱問非所答：「不怕我檢舉你？」文章故作鎮靜說：「你認為對你有利就檢舉去。」李家馱說：「老兄，這種話你最好莫對別人講，免得政委要加你刑期。」

文章就是喜歡說話，講了些「反動話」才被打成右派，判他勞改。他說：「我這個人，就是心直口快，有話就講有屁就放，真是禍從口出。」李家馱說：「口白的人沒機心。可是如今世界不同了，心中有話要想清楚才好講。」文章說：「你認為我剛才的話講得對不對？」李家厥說：「如今世界沒甚麼對不對，他們掌權，他們說你不對你就不對，你有口難言，沒得辯白。老兄，還是多做工少說話，乖乖接受勞動改造好些。」

文章想起勞改場牆頭的標語：「勞動改造，前途光明。」若然他照着做，就有前途嗎？

李家馱世代務農，耕田慣了，如今在勞改場耕種，不以為苦，隊長要他做甚麼工作他做甚麼工作，像牛馬一樣聽便喚。別人在談話，他當沒聽到一樣，不搭腔，不參與意見，以免惹來更大的麻煩。他的家鄉有老母、嫂嫂和侄兒，他們是孤兒寡婦，沒有他在家中照顧，他們的生活就會更加難過。

在勞改場中的勞改犯，都是地、富、反、壞、右黑五類。李家駛的家庭成分是地主，是黑五類之首，是階級敵人，是被專政者，他不好好勞動改造就是死路一條。他下定決心好好服刑，希望刑期滿了，能獲釋回家鄉去。

第十一章

「三年自然災害」的末一年，某日午時，有個叫九仔的孩子上山尋找野果充饑，在叢林中發現一具屍體，他驚惶失措，拔足奔跑回村裏，向生產大隊黨支書報告。楊帆馬上召喚兩個民兵，叫九仔帶路，去到叢林伏屍的地點。

屍體仰臥在雜草叢生的地上，上衣撕破了，褲子扔在一旁，口中塞着布條，面上頸上有傷痕，傷口上的蒼蠅在吸吮血跡，死狀恐怖。楊帆上前一看，就認出是阿嬌的屍體。他彎腰拿起草地上的褲子，遮蓋她的下體，免得她丟人現眼。

楊帆伸手去她的鼻子試探一下，已無氣息，又摸摸她的身體，感覺還有一點點軟性，未僵硬，顯然她死去並不久。他滿腹疑團：她是怎樣死的？誰打殺她？為甚麼要殺害她？她的上衣撕破了，坦胸露腹，褲子也除掉了，下陰血肉模糊，是不是她遭人先姦後殺？

一連串問題在他腦海中打轉，搞到他一時手足無措，不知道如何處理。阿嬌是他的弟婦，他必須認真徹查這件事，看誰是兇手！

過了一陣子，楊海到來了。他一看到死者是他老婆，驚得發呆，頭腦一片空白，幾乎暈倒。他跪在死者身旁，托起她的腳腿，替她穿褲子時，發現她的陰部插着一根短樹枝，短樹枝染滿了血。他傷心極了，失聲痛哭。

楊帆說：「人都死了，哭沒有用了，你說怎麼辦？」

楊海淚眼汪汪，不說話。他的父親楊晉山以前在家中暴斃他不哭，她的生母吊頸死了他不哭，別人死了他不當一回事，如今阿嬌死了，他才真情慟哭。

楊帆說：「哭沒有用，化悲憤為力量，要兇手血債血償！」

一言驚醒他，他拭着淚說：「要不要向公社書記報告？」楊帆說：「向他報告，他知道發生這件事。但死的不是他的親人，他未必落力去追查兇手。」楊海說：「咁就去縣政府向楊修報告。」

楊帆說，現時饑荒，餓死人，搶食打死人之事時常發生，縣政府的幹部接到這樣的報告很多，他們疲於奔命，查無可查，無法破案，最後不了了之。向縣政府報告等如沒報，不如自己去追查，還可能追查出兇手。

他們議定，先收屍，買棺材埋葬死者，追查兇手稍後再做。但是阿嬌死在山上，好不好抬回家中停屍拜祭再出殯？

楊帆說，死在外面的人，屍體不好抬回家了。而且這樣的饑荒之年，物資缺乏，人命爛賤，很多人死了連棺材都沒有，餓死的就地挖個坑掩埋就了事，如今有本事弄到棺材埋葬她，也算對得起她了。當然，能捉到兇手為她報仇最好。

楊海說：「這個年頭，人無飯食，狗亦餓得半死。你帶人去買棺材辦後事，我在這裏守屍，免得她被野狗咬食。」

楊帆和民兵一離開，他就撫屍痛哭，聲音哽咽說：阿嬌啊，你死得好慘，是誰人姦殺你，你報夢給我，我會為你報仇！我在等你報夢啊，嗚嗚嗚……丟那媽，是哪個姦你殺你？是地主、富農還是壞分子？他們真是狼心狗肺啊，好惡毒啊。

狼心狗肺？惡毒？土改運動時，我楊海不是先姦後殺了林鳳？林鳳是李家馱的老婆，那時她年輕貌美，一見到她我就神魂顛倒，等候機會操她。後來我娶了阿嬌你，你比林鳳更漂亮，是村裏最靚的女人。我楊海是甚麼人？能得到你這樣有知識又貌美如花的女人，哪個不羨慕？但是村裏這樣多男人你都睇不上眼，只給李家馱睡，給我綠帽戴，我恨他！如今你死了，你又滑嫩又柔軟的身子就要埋入泥土了，要腐爛了，以後我都沒有你了……

樹林那邊傳來沙沙聲，楊海猶如從夢中驚醒，他抬頭一看，是幾隻黑狗，牠們瘦骨如柴，目光呆滯，向着屍體走來。楊海翻身站起，拿起長槍向狗群揮舞。但牠們饑餓極了，見到前面的屍體，不後退而前進。楊海恐怕牠們強行噬屍，拿槍桿去驅逐。牠們齜牙咧齒，狺狺而吠，圍着他團團轉。楊海急了，用槍桿子出政權的方法，向其中一隻狗擊打。那黑狗捱了一槍桿，痛得發瘋，齜牙裂目汪汪吠叫，別的黑狗也擺出同樣的架勢，同仇敵愾向楊海圍攻。

楊海以一敵眾，打退這個，那個又向他進攻，他東奔西突，揮舞槍桿，誓死要保護妻子的屍體。但是那些野狗饑餓極了，不吃到屍體不罷休，拚命與楊海搏鬥。他見形勢不妙了，就改變戰略，用槍向野狗射擊。他的槍法不錯，又是近距離發彈，他開了四槍，三狗倒地，其中一狗射中頭顱，兩狗子彈穿肚腹。其餘的狗聽到砰砰的槍聲，又見其同黨頭破血流倒地，才夾着尾巴逃走。

楊海暗暗慶幸自己是民兵營長，出外行走時隨身攜帶步槍，要不然，他不但保不住其妻的屍體，恐怕自己也會被群狗撕裂，葬身狗肚！

他擔心野狗會再來，提高警覺，不敢離開阿嬌的屍體半步。如今他成了她的守護者，他要保住她的屍體完整入棺。她死不眼目，眼睛瞪着。他用手指撥她的眼皮，撥了幾下她的眼皮才閉合。蒼蠅飛來飛去，一落到屍體頭面的傷痕上，他就揮手去驅趕，不讓這些啖肉嗜血的小東西去侵食她。

老楊家的人知道阿嬌被人殺害了，都先後到她伏屍的叢林來。香苦艾從楊海屋中拿來乾淨的衫褲，為死者除去破爛污跡斑斑的衫褲，換上乾淨的。因為她死狀恐怖，又用草紙遮蓋她的面孔。

將近黃昏，仵作抬棺材來了，因為大陽快要落山了，大家就分頭工作，有人把屍體入棺，有人在叢林外面的山坡上挖墳穴，有人把棺柩抬到墳地去。

如今是饑荒時期，也是革命鬥爭的時代，死人沒甚麼大不了，不搞祭奠儀式了。不過，香苦艾是舊社會走過來的老婦人，尊重傳統禮儀，土墳一做好，她就打火燃點香燭插在墳頭上，又在墳前放上飯團和蕃茄祭奠死者。

夕陽西沉，晚霞反照，山野、墳頭染成一片紅色。烏鴉在樹上呀呀啼叫，聲音如泣如訴，催人淚下。

楊燕子說，現時是困難時期，生人都沒有東西吃，為甚麼要拿飯團和蕃茄拜祭死人？她的母親香苦艾說，人無論老少，先死的為大，生者應該敬重死者。現時雖是困難時期，食物比甚麼都寶貴，但是生者一捱過荒年，又有飯有肉吃了，而在荒年死去的人，永遠都吃不到東西了。所以她寧願餓着肚皮不吃飯團和蕃茄，也要拿來祭奠阿嬌。

楊燕子說：「阿嬌以前是陳福祥的老婆，是地主婆，他們壓迫剝削人民，自己穿得好食得好，如今讓她做個餓鬼，整她一下也好。」

她這樣說也這樣做，走去墳前拿飯團吃。她不但自己吃祭奠品，還拿一隻蕃茄遞給楊海，叫他吃。楊海接過蕃茄，氣上心頭，對着她擲過去，砰一聲開了花，紅紅的汁液黏滿她的面孔，樣子彷如吸血殭屍。

楊燕子用手抹掉面上的紅汁液，眨眨眼說：「你不食就不食，為甚麼擲我！」楊海說：「我擲死你，讓你做個飽鬼！」

香苦艾瞪了他們一眼，不勸架，不說話，她跌坐地上，用手扒開墳頭的黃土，把飯團和蕃茄埋在泥土裏。做完她要做的事，站起來，含着奪眶而出的淚水，離開墳地，踽踽獨行於山野上，瘦小的身影很快就隱沒在晚霞中。

翌日早上，楊海走去阿嬌伏屍的叢林，想尋找她被人姦殺的線索，當他經過阿嬌的新墳時，看見墳頭的黃土扒開了，露出的豁口空蕩蕩，昨天晚上香苦艾埋入土裏的飯團和蕃茄不見了！

這種與鬼爭食的事，是野獸做的還是人做的？楊海細細觀察，沒有獸類留下來的蹄印，不是饑民挖起來食了是甚麼？他有點悲哀，撥泥土填回墳頭上的豁口，才噙淚離開。

他走入樹林中轉悠一下，在草叢中發現一把鐮刀。他拿起來看看，認得是自家的，明顯是阿嬌用它割野菜遺留下來的。當時她手上有鐮刀，會不會和侵犯她的人搏鬥過？

楊海繼續找尋，沒發現甚麼可疑的東西。他想，阿嬌是個弱質女子，意圖侵犯她的人是有備而來的男人，她手上有鐮刀也無濟於事，一下子那人就會制服她了。

他有過這樣的經驗：抗戰時，他和楊帆在「抗日救國兵團」開小差，黃昏時逃跑到一片大豆地旁邊，當時有個女子在地裏摘豆莢。他見到她年青貌美，色心頓起，猛然走入大豆地，把她推倒。她猝不及防，驚恐萬分，無力反抗，連呼叫也不會，就被他扯下衫褲強暴了。他完事了，穿上褲子，又讓他的哥哥楊帆強暴她。他們滿足了獸慾，才撇下她逃走。

如今是荒年，農民紛紛離開公社，上山下地尋找食物，他們看見一個漂亮女人在樹林中割野菜摘野果，起了淫心強暴她，殺害她就逃走，哪知道是何人做的？去哪裏捉他？

悲傷、仇恨、失落糾纏着他，回到家中，頹然跌坐在凳子上，他的肚子餓了也提不起精神去弄東西吃。早前兩個「油瓶仔」離家出走了，如今阿嬌又死了，四口之家，只剩下他一人，屋子冷冷清清，沒有生氣了。

楊海一結婚就知道，阿嬌不喜歡他，看不起他，只因她的前夫陳福祥被槍斃了，她為了他們的兒子能活下去，才委屈自己，帶着陳福、陳祥嫁給她，雖然如此，他卻深深愛着她，每天吃着她親手煮的飯，着她親手洗淨的衫褲，好歹也是一場夫妻。

阿嬌為了打擊他，背着他和李家馱在野地上偷歡，他雖然惱怒，也放過她，心中默默忍受着，不將她的醜事張揚出去。李家馱早前判入勞改場勞改了，阿嬌死了，種種不可告人的事情將會煙消雲散，沒有人知道了吧？

*　　　*　　　*

阿嬌死得不明不白，死得冤枉，到底是誰對她下這樣的毒手？是筆架村人做的還是外地人做的？別的婦女去外面割野菜摘果不遇害，只有阿嬌才遭姦殺！是不是地主、壞分子要打擊他、要他嚐嚐喪妻之痛？

李家是地主，他們跟老楊家的人有仇恨，但是李世民去了香港，李家馱關入勞改場，李世浩、李世慶是年輕小子，不可能是他們做的。理髮匠楊杰是壞分子，不過他是出名的「雞佬」，只對男人有興趣對女人沒有。楊得天是地主，如今的地主沒有女人願意嫁給他，至今他還是王老五，一個打着光棍的三十歲男人，怎能壓得住情慾？在村巷中，楊得天偶然遇到阿嬌，就被她的美貌吸引，偷偷看她，找機會接近她。如今阿嬌被姦殺了，他最有嫌疑！

楊得天被傳喚到生產大隊辦事處，楊海親自審問他：「昨日早上你不到生產隊出工，哪裏去了？」楊得天說：「我日日食野菜葛根，腿腳浮腫，無氣力出工，在家裏歇息。」楊海說：「你講大話！」楊得天說：「我不騙你。」

楊海像被人刺了一下，跳起來說：「不騙我？我問過你弟弟楊定天了，他說你昨日早上去筆架鎮買鹽。你兩兄弟一人講一樣，哪個真？」

楊得天一怔，一時答不上話。昨日阿嬌被姦殺，公社裏鬧得沸沸揚揚，風聲鶴唳，人人自危。他恐怕一時不慎惹禍上身，他不說去筆架鎮買鹽，卻說自己呆在家中歇息，真的是「聰明反被聰明誤」了！

他辯白說：「我做的事我清楚，定天不知道。」楊海說：「他是你弟弟，兩人同食同住，肯定知道你的行動！」

楊海走到後面房子，把楊定天叫出來。楊家兄弟相見，你看看我，我望望你，目瞪口呆，手足無措，不知道怎樣好。

楊海見到他們的惶恐表情，問楊定天：「你講，昨日早上你哥去了哪裏！」楊定天直言：「他去筆架鎮買鹽。」

楊海扭過頭問楊得天：「他講的是不是？」

楊得天被迫到死角了，沒有別的辦法，只好承認自己是去筆架鎮買鹽。楊海說：「剛才你為何說你的腿腳浮腫，走路艱難在家裏歇息？」楊得天說：「我怕會犯嫌疑，才說呆在家裏。」楊海說：「你前言不對後語，口供有矛盾，我看你是殺了人！」

楊得天大驚，因為他沒有殺人，連忙否認。楊海說：「坦白從寬，抗拒從嚴……」

楊得天知道，殺了人無論是「坦白」還是「抗拒」都是死罪，他大聲說：「我無殺人！」楊海說：「你不招供，就讓群眾公審你、鬥爭你！」楊得天說：「我無殺到人，無供可招。」

楊得天還想辯白，但是楊海沒進一步審問他，也不私下對他用刑，只監禁着他，不准他回家。

筆架村很久沒開過鬥爭大會了，如今又要鬥爭地主，有熱鬧好看了，大家早早就到會場上。楊得天雙手反綁，跪在八仙枱上，神情惶恐，面色灰暗，因為饑荒沒糧食，營養不良，瘦得皮包骨。

鬥爭大會由楊海主持，他說明楊得天是殺人嫌疑犯，振振有詞，恍惚忘記了亡妻之痛。李花狗帶頭喊口號，如今他是個二十出頭的青年了，聲音雄亮，他喊一句，群眾就跟着他喊，響亮的口號聲如雷鳴，震動屋瓦。

楊得天聽到「打倒強姦殺人犯！」的口號時，心臟跳動，身子搖晃。姦人妻女最無恥可惡，被亂棍打死也無人會同情，先姦後殺就罪加一等，死有餘辜。若然他做過這種事，他心甘情願伏法，死而無怨。但他真的沒有做過這種事啊！

「坦白從寬，抗拒從嚴！」若真的姦人殺人，你坦白也好，抗拒也好，一樣要處死。他是奉公守法的善良人，沒有膽量做這種事，坦白甚麼？

「不認罪就死路一條！」要是認罪，他就是講假話；屈打成招是講假話。他寧願受苦刑，遭受屈打，也不願被推上鬥爭台，讓群眾批鬥。但是他所處的時代，人們沒有公堂（法庭）審訊，只有

「階級鬥爭」的場所，只有鬥爭台，有甚麼辦法呢？

口號聲一個接一個，指責辱罵聲嗡嗡響，楊得天感覺頭顱恍惚被一下一下地敲擊。但他沒有做過虧心事，別人鬥爭他，是強加給他的罪名，他強忍着不白之冤，腰板挺直，仰着頭，樣子彷如引頸待斬。

群眾中有人不滿他這個樣子，走上前去打他一巴掌，按一下他的頭顱，瞪着他說：「你不認罪，還這樣囂張，打死你！」

楊得天本來不想說話了，還是忍不住說：「我沒姦殺過人，無罪可認。」那人說：「你們這些地主，死到臨頭還是囂張頑抗，該不該打？」

這是個鬥爭的時代，是個打殺的時代，人們一聽到「打」，就有興頭，都想上前去打。在一片嗡嗡聲中，有個老頭從外面走入來，大聲叫停手。大家轉頭一看，是白髮蒼蒼的楊盛公。他顫巍巍地說：「說他殺人，也要有證據，你們只是公審鬥爭他就行了？」

楊海站出來說：「他昨日早上沒去生產隊出工，我問他哪裏去了，他說他餓得半死無氣力做工，在家裏歇息。可是他的弟弟說他去筆架鎮買鹽，他們的口供有矛盾，明顯是他在樹林中見到阿嬌起淫心，姦殺了她。」

楊盛公哼了一聲才說：「單憑這點就說他殺人？」楊海說：「他不殺人，怎麼不直說他去筆架鎮買鹽，要說他在家裏歇息！」楊盛公說：「他的確是去筆架鎮買鹽。」

楊海問老人怎麼知道。楊盛公說：「昨日早上我也去趁墟，到了村口就碰見他，大家同路，就一齊去，在鎮上他買了鹽，我買了油，我兩個就一齊回來，在路上他沒有入樹林，哪裏去殺人！」

楊盛公是貧農，輩份又最高，在筆架村中德高望重，他無必要承擔風險為地主作假證供——大家都相信他。

第十二章

李家駄在勞改場中小心謹慎，循規蹈矩接受幹部的管教，好好勞動改造，到了刑滿之日，終於獲得勞改場的科長簽發釋放文件，可以離開勞改場了。

他的囚友文章因為口多，愛發語論，一次次加長刑期，不知道要何年何月才可以獲釋。李家駄最後一日在勞改場時，和文章一齊在田裏除草，他望望四周無人才對文章說：「明日我的刑期屆滿，不知道能不能釋放。」文章說：「你一向聽話聽教，乖乖勞動改造，可以哩。」李家駄說：「你別的表現都好，就是口疏愛說話累事，你想出去，以後就莫亂說。」

文章嘆着氣說：「我家沒有親人了，就是回家去也是在公社耕田，和在勞改場中種田沒有太大分別。」李家駄說：「我的情況和你不同，我家有老母、嫂嫂和幾個侄仔，他們沒有我在家的日子不知道怎樣過——這就是我要好好勞動改造的原因。」停了一下，他又說：「若是我明日可以釋放，現時就當同你道別哩。」

翌日，李家駄從劉科長手中接過釋放文件，就向他敬禮道謝。他非常高興，回到營房宿舍收拾好自己的東西，就向勞改場的出口那邊走去。他一邊走一邊想心事，越過勞改場管制範圍也不醒悟。崗樓上的哨兵大聲斥問他到哪裏去？李家馱回答他今日刑滿獲得釋放了。

哨兵走出崗樓，大聲說：證明！李家馱從口袋中拿出證明文件給他看。哨兵看了文件不出聲，他以為沒事了，就向前走。哨兵發火了，大聲說：「誰讓你走？這裏還是管制區，你還是勞改犯，要向本人報告！」

李家馱回過頭，立正向哨兵說：「報告長官，我今日刑滿離場，請放行！」

五年前，他是坐汽車被押到這裏來的，車輪滾滾，車子沿着黃土公路向前奔，不覺得路程遠。如今徒步回家鄉，翻山越嶺，過河川，走平原，就感覺路長漫漫，恍惚永遠也走不完。百餘公里路，說長不長，說短也不短，他中途不歇息，從早走到夜，草鞋踏破，汗水流乾，半夜才回到故鄉。

刑滿回家，是要向公社生產大報告的，但是三更半夜了，他又饑餓又疲累，顧不得那麼多了，回家再說。

踏入家門，同親人見面，仿如隔世，不禁抱頭痛哭。李駱氏見兒子土頭灰臉，疲態畢露，曉得他在路上走得辛苦，讓他坐下，自己走入灶房生火煮粥。

油燈下，大家講述離別後的情況。歲月催人，生活迫人，如今母親更加衰老了。世浩長成高大的青年了，世慶是個懂事的大孩子了，自己何嘗不老？

食了粥，李家馱疲勞極了，從水缸打水洗了口面，就上床睡覺。翌日他去生產大隊報告。楊帆語帶譏諷說：「勞改好受吧！」李家馱說：「在勞改場耕田，在公社也是耕田，兩地都一樣。」楊帆說：「在勞改場有勞教人員監視你，管制你，不同啊。」李家馱說：「在公社裏，你們不是管制我？」

楊帆想：他勞改了幾年，還是說話有刺，改造不好。他大聲說：「你們是地主，當然要受管制！」

地主要受管制李家馱知道，土改運動時他們被管制得最嚴，吃飯入茅廁幾乎都要被查問。後來好一點，可能是人民政府的政策寬鬆了，也可能是他的堂兄李家駒做了軍官，老楊家的人有所顧忌，才不管得他們太死。但是這種寬鬆情況並不長久，彷彿陰雨綿綿的天氣突然放晴，轉眼之間天空又暗沉，見不到藍天白雲了。

他被困在勞改場中幾年，沒有電台廣播聽，沒有報刊看，不能與外面的親友互通音訊，親友不能入勞改場探望他，裏面的小天地與外面的大川世界完全隔絕，勞改犯仿如原始森林中的野人，只會活動，不知道神州大地現時變成甚麼樣子了。

如今刑滿回家，隨即又要去公社生產隊勞作了。融入社員隊伍中，才知道「大躍進」的瘋狂搞作早已煞車，「三年困難時期」的艱辛生活也告一段落。大煉鋼時的荒蕪田地，已經回復舊方法耕種，有穀麥收穫，雖然沒有公社飯堂的「大鑊飯」可食了，社員也可以按照「工分」多寡領到一份糧食裹腹，有氣力耕田了。

可是這種「多勞多得」的平靜日子過不了多久，又有消息傳來，中央政府要搞「文化大革命」。鄉村人曉得「革命」是鬥人殺人的意思，卻不懂得「文化大革命」是甚麼一回事。稍後電台報紙大事宣傳，教導群眾，大家才知道是一場政治大運動。

《人民日報》是中華人民共和國最大的報社，報紙銷行全國，每個政府機關、學校、公社、生產大隊都長期頂閱，深入民心，認識字的人會看、不認識字的人也會聽，原來「文化大革命」和土改運動一樣，也是整人鬥人，講階級鬥爭。

不過，土改運動只在廣大農村進行，清算鬥爭的是小官僚、地主、惡霸，文化大革命發生在首都和各大小城市，整的鬥的竟然是現任的大小幹部和擁護共產黨的文化人。

很多人都大惑不解，為甚麼會這樣？但是這是中央文革小組發下來的命令，理解的要按照上頭的指示做，不理解的也要按照上頭的指示做，上行下效，文化大革命的火頭迅速燃燒，風起雲湧，很快就席捲全國。

筆架鄉地處南中國邊陲，文化經濟都落後，但是上頭搞甚麼政治運動，都跟得很貼，一點也不落後其他地方。縣城的中小學，馬上成立校內「革委會」，出身好的學生放下書本，當上紅衛兵，戴上「紅衛兵」袖章，成群結隊去外鄉外市搞串連，汲取先進分子的鬥爭和「破四舊」經驗，然後帶回鄉鎮照樣搞。

李家駅和許多民眾一樣，不曉得文化大革命到底是怎麼回事，不想去理會它。他關心的阿嬌之死。誰殺死她？先姦後殺滅了活口？還是姦殺了她令楊海嘗嘗失去老婆的悲痛？阿嬌是楊海的老婆，但她暗中和他通姦。她同情他，了解他，才獻身給他。她被人殺死了，他有切膚之痛。一天晚上，生產大隊收工了，別人都回家去了，他去阿嬌的埋骨地。她的墳頭生了雜草，她的屍體也腐爛了吧？他不敢久留，流下同情淚，黯然離開她的墓地，獨自回家。

*　　　　*　　　　*

國內關起國門搞文化大革命，但是這樣舉國沸騰的大事是掩蓋不住的，消息從各種渠道傳揚出去，一經報道，友國敵國的人士都會知道。香港是南方沿海城市，是英國人管治的地方，市民自由，資訊發達，猶如中國的國際窗口，獲得國內的各種消息比較準確，外國的通訊社轉載報道，全世界人士都有所聽聞。

國內愈亂就愈多人民逃亡香港。大陸一有政治運動，就整死鬥死打死很多人。在香港工作生活的李家駿憂心忡忡，一方面聯繫台灣的朋友，讓李世民到寶島那邊去發展，同時和妻子時問好商量，提議她回大陸將兒子世慶帶離家鄉，避避這場政治運動的風頭。

時問好不必考慮就答允了。她很愛李家駿，二十多年來，兩人闖南走北，同甘苦共患難，他的事即是她的事，他歡樂她歡樂，他愁苦她也愁苦，他們能夠在港英政府的庇蔭下自由安全地生活，但是在家鄉親人卻朝不保夕，隨時都會被鬥爭，還有生命之虞。

抗戰一勝利，她就嫁給李家駿，結婚至今已經二十年了，她一直想生孩子而不能如願。女人結婚沒生孩子不算完美的女人，這是她的遺憾。好在陸桂花為李家駿生了玉竹和世慶，這是他的希望。若然這一點點希望都沒有了，生存還有甚麼意義？她願意為他着想，願意不辭勞苦去救助他的兒子。他的兒子等同她的兒子，她視世慶是自己的親生兒子，她必須回大陸救助他。

時間好放下別的事情不做，着手搞回大陸的手續。她去人民入境事務署辦理「回港證」，又去中國駐港機構申請「港澳同胞回鄉證」，一切準備功夫做好了，就去火車站搭火車北上，在羅湖海關出境，過了深圳河上的木橋，在深圳邊境關卡接受檢查，領了「回鄉介紹書」後，再搭火車北上廣州。

下午火車到了廣州站，一落車她就感覺眼前的氣氛有點異樣。現在是太平時期，怎麼火車站中人頭湧湧，亂烘烘，有這麼多衫袖上戴着「紅衛兵」布條的青年人在走動？這些紅衛兵似乎要搶着搭火車，他們要去哪裏？要做甚麼？

紅衛兵有的拿着小紅旗，有的拿着紅色的小書，他們邊走邊呼喊「誓死捍衛毛主席」、「打倒保皇黨」的口號。時間好想：如今毛主席是中華人民共和國最高領導人，猶如總統，猶如以前的皇帝，現時又無人起義作反，為甚麼要誓死保衛他？保皇黨是保護皇帝的黨，為甚麼又要打倒他們？廣州火車站的京廣鐵路貫通中國南北，火車可直達京城，這些紅衛兵要搭火車去北京保衛毛主席？

這些問題困惑着她，她想不通。既然想不通，何必傷腦筋去想？看看腕錶，下午一時三刻，她向別人打探回家鄉的交通工具問題。依照別人的指點，她去長途汽車站，買了明日早上的車票。

時間好從未踏足省城，對這個城市感覺新鮮。可是她這時的心情複雜又緊張，沒有閒情去遊覽。她拿着簡單的行囊，走去火車站對面的流花賓館，拿出證件讓服務台的女服務員登記，辦理租客房事宜，住下再說。

登記的時候，女服務員把她的「回港證」、「港澳同胞回鄉證」等證件都留下了。時問好不明白她何故這樣做，對她說：「這些證件是我的，還給我。」女服務員說：「不能！」她說：「為甚麼會這樣？」女服務員說：「我照上頭指示做。」她說：「你拿了我的證明文件，明日早上我怎樣搭車上路？」

女服務員瞪了她一眼，惡聲惡氣地說：「明日你退房時才還給你！聽到了？」

時問好不知道現時大陸的情況怎樣，不敢多說話了，拿到房間鎖匙，就按照號碼上樓去她的住房。

房子空空洞洞，當中只有一張床，一把椅子，茶几上的杯子蒙了塵垢，不知道多久無人使用過了。這時她又饑又渴，想飲一點白開水也沒有。她出到通道，看見一個女服務員，叫她拿一壺開水來她的住房。

那女服務員的面孔瘦削，頭紮孖辮，白襯衫藍色褲，平底布鞋，和街上行走的女人一個樣。她瞪了時問好一眼，大聲說：「要開水就自己去服務處拿！」

時問好想：這是甚麼服務態度？我拿錢住你們的賓館，是你們賓客，要受你苛斥？她說：「你是服務員，替我拿一壺開水都不可以？」女服務員說：「我是為人民服務，你是從資本主義那邊來的，不打倒你已經算好了，還要我為你拿開水？！」

她不想為了這點小事惹來不必要的麻煩，只好忍氣吞聲去服務處拿開水。服務處的員工說：「你是哪間房子的？」時問好報上自己的住房號碼。男服務員說：「你不是歸國華僑，又不是國際友人，不給你一壺開水，拿杯子來斟！」

時問好口乾舌躁，沒有辦法，只好回房拿杯子去服務處取水。斟水的時候，她問賓館中有沒有餐廳，她想吃飯。男服務員說：「賓館的餐廳是給別處來的首長和國際友人食飯的，你不能入去。」時問好說：「我去哪裏食飯？」男服務員說：「旁邊有小食店，你趁早去，遲了連飯麵都無得你食。」

小食店是賓館開辦的，她走入去，在服務台上買了半斤米飯和一碟肉絲炒白菜的票子，再去右邊的窗口領取飯菜，然後坐下吃飯。她肚餓了，粗飯粗菜都感覺噴香，十分好吃。

吃了飯，走出小食店，不遠處是風景秀麗的流花湖。時候還早，她想去湖邊走走，觀賞湖光山色，吹吹晚風，舒展一下心中的鬱結。但是她的旅行證件都給賓館方面扣下了，她又電了頭髮，穿着香港流行的「喇叭褲」，踏着半高踭皮鞋，打扮有異國內的女人，若是被公安或紅衛兵查問，她又拿不出證件，那就麻煩了。所以她打消了遊山玩水的念頭。

回到賓館房間，裏面靜寂無聲，她獨自坐在椅子上，彷彿坐困愁城。這個時候，她有太多時間思索和回憶。她是民國時期時參半縣長的獨生女兒，嬌生慣養，她在縣立中學讀書時，深深愛着李家駿，抗戰爆發前夕書也不讀，和他一起放下書本走上街頭宣傳抗日，戰爭爆發後又和他隨國軍上前線任電報員，效力國家。和平後不久，共軍解放到來，李家駿卻成為共產黨和楊修追捕的對象。她和李家駿改名易姓潛逃到北海市賣豆腐謀生。稍後他們又千方百計逃亡到葡屬的澳門，然後拿一筆錢給「蛇頭」，讓他們「屈蛇」到香港。一想到那次冒險「屈蛇」，如今心中猶有餘悸。那是個夜晚，月黑風高，她和很多偷渡者一樣，爬入一艘漁船改裝的機動船艙，從澳門海邊駛出海，向香港方向航行。當他們的「屈蛇」船到了珠江口伶仃洋時，有公安艦艇亮着探射燈前來追截。「蛇頭」恐怕被官方人贓並獲，判以重刑，他們一面加快速度前航，一面強行把「人蛇」從艙底拖上甲板，像走私物品一樣掉入黑暗的大海！船上的「人蛇」少了大半，重量減輕了，速度相應加快了，經過半個小時的追逐，才擺脱那艘反偷渡的官船——那時她和李家駿身處「屈蛇」船艙底的暗角，才沒被「蛇頭」抓着扔入大海中去……

如今回到大陸，還未見到世慶，她的「回港證」、「港澳同胞回鄉證」都被賓館方面扣下了，沒了這些證件，甚麼地方她都去不成了，他們為甚麼要扣着她的證件？正在調查她是否是回國的特務？她是清白的，怕他們甚麼？但是這是共產黨的天下，白的他們也會説是黑的，他們説你是特務，是反革命，你也無法辯白。這並非危言聳聽，就是有人從香港回大陸從此人間蒸發的。

愈想愈害怕，很多不妙的問題在她的腦海中打轉。會不會還未將世慶帶離險惡的家鄉而自己就被監禁起來？但是現時已經身處大陸了，除了聽天由命還有甚麼辦法呢？

時間好在椅子上坐不安定了，起身走去拉上窗簾，掀熄了電燈，房間頓時漆黑一片，仿如深不見底的黑洞。她的心情沉重，衣服也不除就上床睡覺。翻來覆去，床褥搖晃，無法入睡。不去想他啊，見一步行一步吧。

但是她不是個豁達的人，心中有疑慮不能不想，總是放不下。現時她身在旅途中，在香港的丈夫不知道她的困境，要不要起床寫信給他？寫信？目前還不知道情況怎樣，寫些甚麼啊。這麼多年來，她和他一起生活，一起參與抗日，一起逃難，共同進退，有甚麼問題就兩人商量、分憂，目前兩人分兩地，各處一方，遇到困難就要自己想辦法應付、去解決。

房裏黑暗靜寂，她孤枕獨眠，無人打擾她。不知道過了多久，她才在睏倦中入睡。在睡眠中她斷斷續續發夢，思緒紛亂，夢境紛至沓來，支離破碎，疑幻疑真，難以捉摸。她的頭腦沉沉的，發出呻吟聲，説着含糊不清的夢話。

她惦念着明天一早就要搭長途汽車回鄉的事，爬起床開燈，看看手錶，淩晨四點十分，她不敢再睡了，因為她的回鄉證、回港證都在那個女服務員手中，她必須落樓下向她取回來。

在浴室中草草洗了口面，收拾好自己的東西，就離開房間。這時天還未亮，別的旅客都在他們的房中酣睡，四周靜悄悄，空無一人。她輕輕走過燈光幽暗的通道，落樓梯，走到廳堂的服務台去。廳堂沒有人走動，一個男服務員在櫃枱旁邊的長凳上呼呼入睡。

時問好見他睡熟了，用手輕輕敲打櫃枱。那人睜開眼睛，翻起上身，看了她一眼，又躺下去睡。她說：「同志，我要退房。」他再次翻身坐起，睡眼惺忪說：「這樣早，退甚麼房？」時問好說：「我要搭早班長途車，要早退房。」他說：「幾號房？交鎖匙。」

時問好交上鎖匙，又說明房租昨天下午入住時繳交了，但他不相信，向她索取收據。她從皮包中拿出付款收據給他。他拿了收據說：「你可以走哩。」

時問好站着不動，她說：「我的回鄉證、回港證件都留在你這裏，現時我要取回。」他說：「不是我收你的。」時問好說：「是你的女同事昨晚收我的。」他說：「她當日班，我當夜班，等她來上日班才還給你。」

時問好急了，若然她遲遲不來上日班，那怎麼辦？她說：「我已經買了今日早上的長途車票了，現時急着拿回我的回鄉證去搭車。」他說：「是她拿着你的證件，又不是我拿着，我哪有證件還給你？」她說：「昨晚你接班的時候，她沒留下給你？」他說：「昨晚她下班時，說她家中有事，急急走了，甚麼都無交給我。」

時問好更加着急了，她的證件現時在誰手中？是被賓館方面扣住了？還是那個女服務員帶回家去了？沒了這些證件。她去不成家鄉，也回不了香港，猶如掉入大海中，兩頭不到岸啊！她惶惶然，仿如熱鍋上的螞蟻，幾乎要哭了。她想了想，這樣說：「請你查一下，看看我的證件有沒有沒留在櫃枱裏。」

男服務員打開櫃枱下面的抽屜，拿出各種文件翻查，翻來翻去都沒有她的證件。

別的旅客的證件都在這裏，惟獨她沒有。男服務員説：「可能你犯嫌疑，你的證件讓公安拿去調查了？」

時問好大驚，幾乎暈倒。她定了定神才説：「不會吧。麻煩你再找找別的地方，或者會有。」他説：「你要我去哪裏找？去公安局？去深圳海關？」她説：「我的意思是，或者跌落枱底、凳底了，麻煩你再去看看。」

男服務員彎下腰尋找了一會兒，在長椅底下抓起幾樣東西，打開看了看，果然是她的證件。她萬分驚喜，如獲重生！

*　　　*　　　*

兩日之後，時問好回到筆架鎮。這是她再次踏足此地。頭一次來筆架鎮，是中日戰爭爆發前夕，那時她是縣立中學的學生，是抗日宣傳隊隊長，他（她）們來這裏向民眾宣傳教育抵制日本，罷賣日本貨，要買國貨。李國興那時買賣日本貨，宣傳隊就走進去搗他的舖子，在混亂和衝突中，她拿起算盤擲傷李國興的額角，使他留下一道小疤痕。

事隔三十年，年輕時期的熱血愛國舉動還歷歷在目，記憶猶新。這個小鎮，經過戰火洗禮，改朝換代，舊人去新人來，卻無多大變化，仍然細小落後。她去尋找陸老板，到了染布坊前面時，木門虛掩，門口髒亂。她伸手叩門，裏面沒有人應。木門並不上鎖，她推門入去，游目四顧，染布池早已乾涸，上面晾布的竹架脱落，房前、院子都掛上了蜘蛛網，如此情境，染布坊顯然廢置一段時間了。她站在染池邊，大聲問：裏面有人嚒？沒有人應，只有她的話聲在空氣中迴蕩。

時問好想：陸老板老病死了嚒？那玉竹哪裏去了？李家駿曾經接過玉竹的信，說她和外公一齊生活居住，怎麼如今染布坊都沒有人了？

離開人去屋空的染布坊，走去「中藥堂」。她見了贊王氏，向她自我介紹一番，贊王氏弄明白了，才招呼她坐下。贊王氏說，陸老板已經辭世了，玉竹（陸福）嫁了一個叫連横的中年人，隨夫去佛山市工作生活了。

時問好這次回筆架鎮的目的，主要是和李世慶見面，她央求贊王氏去筆架村將世慶帶來「中藥堂」，還向她說明，她這次是秘密回來的，她的事不想張揚出去，能見到世慶才好。

贊王氏答允她的所求。留時問好在「中藥堂」等候。

當日晚上，李世慶隨贊王氏來到「中藥堂」。他們曾經見過面，那時是土改運動時期，陸桂花帶着世慶去北海鎮探望他們。那時世慶年紀小，不懂事，只隨着他的媽媽（陸桂花）來去匆匆走一趟。十多年後的今天，他雖然因營養不良面黃肌瘦，已經是個身子高大的青年人了。

李世慶自出娘胎就在筆架村生活，家庭成分又是地主，從小被人歧視、整治、鬥爭，養成一種自傷自憐和膽怯的心態。如今見到這位生面女人，怯生生的，不敢說話。時問好親了他一下才說：「我是你細媽，專程從香港回來看你。現時中國的情況比土改運動時更不好，你爸喊我回來帶你離開這裏，到別的地方去。」世慶說：「我甚麼都不曉得，你和阿爸要我怎樣做我就怎樣做。」時問好說：「那就好。聽贊婆婆講，你姐姐跟隨你姐夫去佛山鎮工作了，你知道他們在佛山的住址嚒？」世慶說：「我姐寫過信回來，她在信裏說，若是我有難就去他們家。」時問好說：「如今勢頭不好，我明日就帶你去。」

世慶惦着家中的親人，這樣說：「要不要我回去告知奶奶、叔叔才跟你走？」

時問好略為考慮，說：「不必了。我們快些走，遲了怕有麻煩，讓贊婆婆轉告他們好了。」

* * *

到了佛山鎮汽車站，下了車，天已煞黑了。時問好和李世慶初次踏足此地，人生路不熟，見到一架三輪腳踏車經過，即刻上前舉手攔截。車夫停下，她和李世慶先後爬上去，坐在車斗中。時問好告訴車夫要去×街×號。車夫轉過頭望望，問她去那裏找誰？時問好說，她要去那裏找她的女兒。車夫說，你女兒甚麼姓名？

時問好心想：你是車夫，是載客掙錢，我給你車錢，你載我們到目的地便可，何必問這樣問那樣？可是她還是告訴他，她去×街×號會見陸福。

車夫大感意外，因為他的妻子也叫陸福，是不是這位女乘客要會見的人同名同姓？他又問她和陸福是甚麼關係？時問好說：「我是她媽媽。」車夫說：「陸福曾經告我，她媽媽早就吊頸死了。」時問好說：「你是她甚麼人？她怎會告訴你？」車夫說：

「我是她男人，她外（娘）家的事我知道。」時問好說：「你是甚麼姓名？」車夫說，他是連橫。他又問她車上的青年是何人？時問好說，他是李世慶，是陸福胞弟。車夫說：「想不到在這裏碰見你們，太好啦。我載你們回家去再說。」

車夫（連橫）腰圓背闊，兩條壯腿踏着車輪子滾滾向前，仿如毫不費力。三輪車子在昏暗的街道上行駛，一會兒走直路，一會拐彎路，不多久就駛入一條小巷道，在一間小磚屋門前停下來。他從車座跳下，說到達了。

時問好和李世慶落車，跟着他入屋。陸福間連橫：「今晚怎麼咁早就回來？」連橫說：「我在街上接到貴客，他們同我回來，你看看他們是乜人？」

屋子裏燈光昏暗，陸福還能認得李世慶，卻不知道眼前的婦人是誰。她想，既然她和世慶一齊來，自然是他們的親友。她將懷中的嬰兒放入搖籃，招呼來客坐下。

他們多年不見，仿如隔世，往日的悲慘事情紛至沓來，一幕幕在腦海中浮現，引起悲傷，她不禁攬着世慶痛哭。連橫雖是局外人，見他們哭得傷心，也流下同情淚。

大家哭了一陣子，心中的鬱結隨着淚水消散了一點，再度坐下。陸福問他們何事忽然到此？時問好見連橫在旁邊，支吾以對，不便說出原因。陸福看在眼裏，明白她的意思，說連橫是誠實可靠的好人，叫她有話直說無妨。

時問好是久經歷練的人，又知道大陸的現實情況，政治運動一來，最親密的人也不一定可靠。她說：「現時國家搞文化大革命，社會一片混亂，擔心世慶會有危險，你爸要我回來看看你們，帶他離開筆架村，來你們家住下，在這裏找工作做謀生，不知道你們肯不肯收留他？」

陸福還未及答話，連橫就表態，他說：「我們都是親戚了，你們的事就是我的事，做得到的事我會做。我家雖窮，多世慶一個人食飯無問題。」時問好說：「世慶都這樣大了，有氣有力，若有飯讓他食飽，他甚麼苦工都可以做，無須你養他。他求的只是在這裏有個落腳處，避一下難，看以後的情況怎樣再說。」連橫說：「這事簡單，我應承你。」時問好說：「你收留他住下不怕嚒？」連橫說：「我家三代貧農，現時我又是三輪車工人，頂得住他們。」時問好說：「這就好，我回香港對你們阿爸也有交代了。」

陸福入灶間煮飯。連橫說，今晚有客人遠道而來，他要去外面買燒味加菜。時問好說，不必麻煩了。連橫說：「我同陸福結婚時，陸老板擔心我們的婚事傳揚出去不好，連李家的人都不請他們飲一碗酒食一塊肉。如今你兩位遠路來到，買些酒肉請你們食，也算是一種補償。」

連橫出門去了，時問好對陸福說：「你年輕又靚，為何願意嫁一個年紀比你大得多的三輪車夫？」陸福說：「阿媽，講實話，我不是無男人追求我，我在筆架鎮小學讀書時，有個又年青又靚仔老師很喜歡我，追求我。但是他的家庭成分不好，他是知識分子，我擔心一有政治運動，書沒讓他教，還會整治他批鬥他。若是我同他結婚，那樣我不是離開虎口又跌入狼窩？如今又搞文化大革命運動了，恐怕他今次劫數難逃？其實我並不中意連橫，只因為他的出身好，根正苗紅，我嫁給他等如買個保險。結婚後他就帶我離開筆架鄉，到這裏來生活，我才稍為放心。如今事實證明我的做法不錯，若然現時我不是在這個市鎮生活，如今世慶投靠乜誰？」

時問好靜靜地聽着，不說她做得對，也不說她做得不對。

陸福知道她細媽是個有知識有涵養的人，不犯大錯，她不會隨便責備人。她接着又說：「連橫的年紀是大一些，又沒甚麼知識，可是他對我很好，他騎車接客掙到的錢都給我使用，我做的事他沒有意見，任我自主去做。如今世慶要在我們家住下，他也同意。」

連橫回來了，陸福曉得大家都肚餓了，即刻開枱食飯。蒜茸炒白菜、清蒸鯽魚是她做的，燒豬肉、烤鴨是連橫從外面買回來的。李世慶出生不久就遇上土改運動，沒有飯食，又遇上三年大饑荒，莫說未食過燒豬、烤鴨，連雜糧也沒得食。如今有這樣的好飯菜，他就放開肚皮食。清蒸鯽魚鮮嫩可口，燒豬、烤鴨皮脆肉香，若不是來到姐姐家裏，哪有這些聞之垂涎的好菜食？

剛食飽飯，躺在搖籃中嬰兒呀呀地哭了。陸福即刻去抱起他，一邊呵護他一邊說：「你婆婆、舅舅來哩，你莫哭，讓婆婆抱你好不好？」

時問好從陸福手中接過嬰兒，小東西真的不哭了。嬰兒白白胖胖，大眼高鼻，面孔圓圓，樣貌十分像他的媽媽。時問好很喜歡這個小外孫，笑着親他吻他。嬰兒的小臉蛋感覺癢癢的，也對着她笑。她初為人外祖母，趁此機會含飴弄孫，心中甜絲絲，感覺很高興。她問嬰兒是甚麼名字。陸福說，他叫連小福。

食完飯，連橫收拾碗盤去洗滌。陸福對他說：「你在外面踏了一日車，辛苦哩，碗盤讓我洗。」連橫說：「我做慣了，不覺得辛苦。你媽你弟來了，大家久別重逢，有很多話要說，你同他們談話，不好理我。」

連家的磚頭屋子，跟左鄰右里的小屋差不多，三房一廳，灶間在後面，晚上一關上前後門，就如獨立的小王國了。陸福說：「我家屋子狹窄，只能騰出一間房讓你們住，屈就啊。」時問好在香港生活了多年，清楚香港人的居住環境，這樣說：「有這樣獨門獨戶的磚屋，已經不錯了。你以為我們在香港的住屋很大嚒？普通人一層樓就住着兩三伙人，若然有親戚朋友來，就無地方讓他們住。香港人有句話：留食不留宿——親戚朋友食了飯就要走人。」陸福說：「為甚麼不買一間大的屋？」時問好說：「不是不想買，香港地，尺金尺土，只有富翁闊太才買得起房屋，窮人一是租個房仔住，一是在山邊搭木屋棲身。」陸福說：「你同阿爸在香港住甚麼地方？」

時問好見連橫在後面灶房搞清潔還未出來，她小聲說：「我爸民國時期在縣城做縣長，解放軍還未入城，他就帶我媽去了香港。我爸帶了一些錢，我媽又帶了一些金銀首飾去了那邊，就在九龍粉嶺買了一間唐樓居住。後來我同你爸去了那邊，就住在粉嶺那間唐樓中。幾年之後，我父母先後過世，那間唐樓就遺留給我們。又過了兩年，我寫信回湛市的民辦中學，叫世民申請去香港領我的財產，他獲得湛市公安局發給他的通行證，過了那邊，也是住在我們家裏。不過，世民只在香港生活沒多久，又去了台灣……」

這時連横從灶房出來，她們的談話中止。李世慶在一旁靜靜地聽着，他看得出，他細媽對連横有顧忌，他一出來，她們就不説話了。世慶想，當今世界，以後自己説話做事都要小心，不是至親的人，不可亂説亂動，以免惹來麻煩。

大家談了一陣子閒話，時問好才想起要去街坊派出所報戶口。陸福説：「你只短暫住在我家，無人知道，不用報哩。」時問好説：「不可以不報，海外回來的人，住賓館要賓館方面蓋章，住在親友家的，要去派出所報戶口蓋公章。若是缺了這些手續，回到深圳口岸時，人不能過關卡，回不了香港，那時就會兩邊不到岸了。」陸福説：「好在你提起，我們不知道要做這些手續。」

時問好説，她本來也不知道，她的朋友早前從香港去桂林旅遊探親，因為在他家鄉不報戶口，他的回鄉證件沒有當地公章，他回到深圳關卡時，海關同志不讓他出境，他沒有辦法，只好又去桂林補蓋當地的公章，搞了很多手續才能在深圳海關過境回香港。

連横聽了她的話，這樣説：「人民政府説，那邊的人是香港同胞，歡迎他們回來旅遊觀光，怎麼這樣為難人家？」時問好説：「我在深圳過海關時，他們當香港人都是特務一樣，問完這樣問那樣，檢查行李又搜身，他們若對你有懷疑，還要拉去給公安審問，嚇到心驚膽跳。」

翌日早上，時問好將世慶讓陸福照顧，説她在香港有事要做，就告辭。連橫騎三輪車送她去車站乘搭往廣州的汽車站，再從廣州火車站坐火車南下深圳。

*　　　　　*　　　　　*

李世慶在姐姐家中住下，雖然有飯食，有安身之所，但是並不安心，因為他是個十幾歲的青年人了，不可以要姐姐養活，他必須找工作做，自己做工掙飯食才行。不過，他是偷偷來這裏的，沒有證件，又不是佛山市鎮的居民，誰願意要他做工呢？

終日呆在姐姐家裏，猶如坐困愁城，精神苦悶。他對姐姐說，他想學姐夫買一架三輪車載客掙錢為生。連橫説，騎三輪車有個行頭，他們的行規不讓別人加入搶飯食。而且他的戶籍不在這裏，是黑市人物，更加不可以入行。

當時的中國，農村人不能到市城工作謀生，他又無證明流落到這裏，怎能生存下去？連橫為他着想，找到門路了，才對他説：「城外有個石場，有些不怕辛苦的人去那裏爆石打石掙飯食，不知道你肯不肯去做。」世慶説：「我已經離開家鄉了，只要能掙一碗飯食，甚麼艱苦的工作我都肯做。」連橫説：「那我就替你安排上工。」世慶説：「石場是甚麼人開的？」連橫説：「是××公社開的。」世慶説：「我不是他們公社人，他們會讓我去做嚦？」

連橫説，爆石打石辛苦又危險，他們公社的人都不願做，沒有人手，就僱用一些外來的流浪人做。而且這些盲流不計工錢多少，能有個地方棲身、有一碗飯給他食就去做。

世慶說：「你怎麼知道的？」連橫說：「我日日都在外面騎車，甚麼客人都載，同他們傾偈，大事小事都知道一些。」世慶說：「我幾時去上工？」連橫說：「你莫心急，你先去外面走走，見識一下這個城市的情況。我同他們的頭人講好了，才讓你去。」

這次離鄉別井，從鄉村來到城市，猶如井中之蛙，一下子躍上地面，才知道天地之大，宇宙之寬廣。他的視野闊了，膽量也大了，他在街上行走，隨意瀏覽。到了一處廟宇前面，他被眼前的人事吸引停步觀望。一班臂上戴着「紅衛兵」紅袖章的年青人，手捧紅小書，口唸毛語錄，有幾人爬上「祖廟」的牆頭，用錘子砸上面的牌匾和雕像，紅紅綠綠的碎片嘩嘩飛脫，散落地上。

文化大革命上半年已經開始了，李世慶至今才見到紅衛兵。他們頭戴鴨舌帽，身穿綠軍服，胸前別着毛主席頭像，趾高氣揚，不可一世的架勢令人生畏。李世慶怕惹麻煩，不敢久留，急急離開。他想，誰給紅衛兵這樣大的權力砸廟宇、抄別人的家？

鬥爭、抄家他熟悉，土改運動時，他年幼不曉事，但農會那幫人清算鬥爭他的家人，抄他們的家，還把他們掃地出門，佔去他們的家屋，使他們家散人亡，他還有印象，留在幼小的心靈中，抹不去，忘不了。

這天晚上他回到姐姐家中，姐夫對他說，已經和石場的頭人講好，明日可讓他上工。

石場在市鎮西北面，那裏的山頭，表面和一般的泥土山嶺沒甚麼分別，但是一挖開表層的泥土，裏頭全部是花崗石。李世慶到達石場的時候，那裏的工人正在鑽洞爆石打石，沙塵滾滾，塵土飛揚，嘈雜之聲震耳欲聾。

在石場的辦事處報到，那名主管見他面黃肌瘦，身子卻高大，有飯讓他食飽，是個有氣力勞動的好手。主管錄用他了，即刻帶領他去場地鑿石。

晴空萬里，風靜樹不動，那些在烈日下打石的工人，頭戴草帽，汗流浹背。他們見主管帶領人來了，有的人視若無睹揮錘打石，有的人停手觀望，乘機歇息一下。主管對李世慶說：「你初初到來，不熟手，照他們那樣打好哩。不曉得打就問他們。」

那些從山上爆出來的石頭，有稜有角，大小不一，他們就按照那石頭的形狀大小，把它打造成立方型或長方型。李世慶戴上勞工手套，從石堆中搬下一塊上百斤的石頭，平放在地上，拿起鐵錘鐵釬就敲打。他是頭一次打石，生手生腳，很多時候都失手，鐵錘砸在他左手上，痛得他流血又流淚。他見別人揮錘鑿如有如雞米，手起錘落，邊緣的小石塊飛脫，得心應手，如有神助。

他身旁的石匠是個中年人，正在聚精會神勞作。他放下錘子，走去問他：「大叔，你的手藝咁好，打得又快又準，怎樣學來的？」那中年人停下手說：「無他，工多藝熟。」李世慶說：「我總是砸到手，有甚麼方法砸不到？」中年人說：「砸得多了，血流得多了，就砸不到哩。」李世慶說：「你初初入行時，是不是時常砸到手？」中年人說：「個個都一樣。手砸腫了又消；消了又砸腫，練到鋼皮鐵骨了，就打得準，打得好哩。」

李世慶決心學習，他站在那位中年人旁邊「偷師」。他揮錘的時候，眼不看鑿頭，卻像雞啄米，錘錘準確，不會失手。自己揮錘時，害怕砸到手，眼睛總是看着鑿頭，偏偏就是砸到手。他有過這樣的經驗：手拿着一碗水行走，眼睛看着碗，水就會淌出來，若不理它隨意行走，碗中的水反而平穩不動。

有了這樣的想法，他回到自己的工作位置上，揮錘鑿石，砸到手的次數減少了。因為手砸傷了痛楚，又欠缺經驗，頭一日只能打好一塊正方型的石頭。

傍晚收工的時候，那中年人看看他的「產品」說：「你頭一日打石，打成這樣算不錯哩。」李世慶說：「多謝師父誇獎。」中年人說：「我幾時收你做徒弟了？」世慶說：「你今早指教過我，算是我師父哩。」中年人微笑說：「賣口乖！」世慶說：「以後還要你多多指教我哩。」

放工後，本地人各自回家去，無家可歸的人，就在工棚中食飯歇宿。李世慶見那位指教過他的中年人留在工棚中食飯，估摸他不是本地人氏。在石場中做工的人，他不知道有沒有工錢拿，飯菜就有得食。

如今李世慶求的只是日間有飯食，夜晚有地方睡，其他都是次要的。他在家鄉公社下田勞作拿的是「工分」，到了收成時節家裏幾口人分到的糧食不夠裹腹，在半餓半飽的情況下過日子。

現時在石場中，起碼有飯填飽肚子。放工後，不必受管工監視了，大家就可以自由活動談話了。不過，留在工棚裏的人都自覺有問題，不敢對新來人說話，有防備之心。這時李世慶想起姐夫警惕他的話：你是擅自離開家鄉公社，沒有證明文件，是盲流，是黑市人物，不可對別人說出自己的家事，不可說出自己的家庭成分，要提防別人對你不利……

姐夫的話有道理。他這樣想，別人也是這樣想吧？他默默的觀察，石場中除了管理人是他們公社派來的，其餘的不是地主就是富農，外來的都是來歷不明的人。那幾個管理人是他們公社派來的小幹部，是現代奴隸主。不過，他們在石場中只是少數，而來這裏打石的人也不是他們用錢買來的奴隸，不能管得太死；若是管得太嚴，又沒有工錢給人家，就有人會離去。

這些沒有證件的外來者，有的是落難的知識分子，有的是逃避紅衛兵揪鬥，有的等候機會逃亡去海外，石場猶如這些人的臨時避難所。因為他們都是「問題人物」，有如患同一種病，同病相憐，就有共同語言，他們平時私下談話，會知道對方的心事。

李世慶入石場不久，就交上兩個朋友，一個叫葉朋，一個叫葉友，他們是海豐縣人，前年一個月黑風高的晚上，兩人駕漁船偷渡去香港，出海不遠就被反偷渡的快艇截獲，捉回他們所屬公社監禁大半年。他們出獄後，知道從海豐去香港的水路太遠，駕漁船偷渡很難成功，就改變主意，來到廣州佛山一帶流浪做工，等候機會去寶安縣從陸路再偷渡。

李世慶見葉朋葉友二人當他好朋友，甚麼事情都不隱瞞他們，對他們推心置腹，早就忘記姐夫對他的告誡。他對葉氏兄弟說，他的家庭成分是地主，不配同他們做朋友。葉朋說：「你是地主仔，我們是富農仔，地、富、反、壞、右是黑五類，你是地主排第一，我們是富農排第二。黑老大，黑老二，是難兄難弟，你不配做我們的朋友？」

李世慶釋然了，他說：「聽你這樣講，我就放心哩。不怕講給你們知，我父母早已去了香港，在那邊做事生活。」葉朋說：「那你為何不申請過去？」李世慶說：「申請要縣公安局批出通行證。」葉朋說：「你就去你們縣安局申請啊。」李世慶說：「不是咁簡單哩，首先要在我們公社拿證明，證實我是某鄉村人，甚麼成分，縣公安局才審批。」葉朋說：「你既然知道要這樣做，就照這樣的程序去做哩。」

李世慶搖搖頭，嘆着氣說：「我村裏現時是姓楊那幫人掌權，我們兩家以前有仇怨，一解放，他們就想整死我全家，他們怎會出證明讓我去縣城公安局申請？」葉朋說：「照你這樣講，有親人在香港都無用？」

葉友插話道：「有用。將來能夠逃跑到那邊也有親人照應啊。不知道世慶想不想逃？」世慶說：「我離開家鄉就是想出來找門路，只是不知道怎樣逃。」葉友說：「我聽人家講過，也看過地圖，寶安縣的深圳最接近香港，中國和英國（界）只隔着一條河，河面並不闊，河水也不深，偷渡的人等到夜晚，邊防軍不留意時，就跳入河中游水過去，很快就可以到達九龍新界了。」

李世慶沒有多少知識，不知道香港和九龍有甚麼關係，他說：

「游過河去九龍？不是去香港嚟？」

葉友告訴他，九龍是香港一部分，是個小半島，中間有維多利亞海港，那邊才是香港島，只要到了九龍，就是英國人管治的地方，中國的邊防軍就不能過去捉人了。李世慶說：「由佛山去深圳遠嚟？」葉友說：「走路當然遠，可是現時無人肯走路了。從這裏去省城，再在廣州火車站搭火車去，半日就到寶安了。」李世慶說：「這些事你怎樣知道得咁清楚？」葉友說：「頭一次我們從汕尾駛漁船去不成功，被他們捉回去坐監。在監房中的人，都是在寶安縣偷渡不成被解回原居地的，他們有的偷渡了幾次，摸熟了邊界的地頭，是他們告訴我的。」

李世慶生長在粵西的窮鄉僻壤，因為他是地主仔，解放後年幼沒書讀，知識貧乏，如今見了外面的世界，聽了很多聞所未聞的事情，蒙昧無知的心窗得以啟開，很是驚喜。更令他高興的是，能認識葉朋葉友二人，他們有見識，有膽量，曾經駕漁船偷渡過，因而引起他投奔海外之心。

然而，葉朋、葉友因為無心工作，打鑿出來的石頭又不好，被石場主管炒魷魚了！世慶失去了這兩位好朋友，彷彿喪失了親人，感覺孤單又失落。葉氏兄弟忽然被趕走，沒留給他一句話，他們又流浪到哪裏去了？

離家的時候，奶奶教導他：在家靠父母，出外靠朋友。如今他淪落在他鄉異地，必須結交好的朋友；好的朋友可以互通消息，有難時可以互相幫助，可以解決困難。頭一日入石場學習打石時，他總是砸到手，那位中年人魯溫教導他揮錘打石的方法。魯溫上了年紀，又是好人，應該當他是長輩兼好朋友。問題是，魯溫肯不肯結交他這個初出茅廬的小子？

葉朋、葉友被逐出石場後，主管就派他和魯溫一起打石。這對他來說，是個好的機會，因為工作的時候，若是管工不在，他可以慢慢勞作，小聲談話。談話是結交朋友的開始。若然雙方的意見相近，意氣相投，互相尊重，就可以成為好朋友。

魯溫的年紀和他相差大半，可以做他的父親，他應該尊敬他。在石場勞動，他有飯食飽，身體好了，有氣力搬動大石頭了，他就不辭勞苦，幫魯溫從石堆裏搬下大的石頭，讓他打鑿，他打鑿好了，又替他搬去一邊疊起，省了魯溫不少氣力。

魯溫見他這樣做，在心中說：孺子可教也。

流落到石場做工人，不是罪犯，不是奴隸，他們求的是有個落腳點，有飯食。他們打石打得多打得好，沒有工錢，也沒有甚麼獎賞，所以主管監工不在的時候，他們就停手歇息，談話解悶。

李世慶不明白，石場是××公社開辦的，他們社裏的人為何不願意在石場工作？魯溫說，這裏地處珠江三角洲，土地肥沃，糧產豐富，現時他們在村裏耕田掙「工分」，分到的稻穀可以夠食。而在石場打石爆石，辛苦又危險，不如下田耕種好。

世慶又問，打這麼多石頭做甚麼？魯溫說，他們有些社員有親人在海外做事經商，寄錢回來給他們起屋，就會購買這些石頭，大部份都是賣給政府起橋樑造鐵路，賺到的錢社員也有紅利分。世慶說，這是一門生意啊。魯溫說，這是一本萬利的生意。

李世慶不明白開辦石場如此容易賺錢。魯溫說，這個花崗石山屬他們公社的，他們不必用本錢，是天賜給他們的產業，我們這些人為他們爆石打石，只給飯食不給工錢，打好了的石塊賣出去，錢就多多收入，不是一本萬利？

李世慶想起土改運動鬥爭地主，說地主壓迫貧僱農，剝削長工。他說：「以前的地主是不是剝削窮人，我不知道。如今是新中國了，他們不是剝削我們？」魯溫說：「何止剝削，他們不給我們工錢，是榨取我們的血肉。舊社會做老闆的，要給工人飯食又要支薪水。如今我們從早做到晚，他們不給工錢，連飯也不想讓我們食，只因不給飯食我們無氣力做工才給。」世慶說：「現時我不求別的，只求有一碗飯食。我在我們的公社，從早做到晚也無這樣好的飯菜食。」魯溫說：「他們就是看中我們的困境，求的只是有飯填飽肚子，才收留我們這些人在石場做死工……」

管工在那邊的樹蔭下乘涼吸菸，他聽不到噹噹的打石聲，曉得世慶他們偷懶，向這邊走來了。李世慶眼尖，即刻拿起鐵錘鑿石。魯溫會意，急急拿起鐵錘揮打。他打石又狠又準，碎石紛紛下落，手藝之好，成品之快，石場中無人能及。

魯溫曾經說，他一揮錘打石，就會暫時忘記心靈上的痛苦，忘記以往的遭遇。他在韶關山區的勞改場勞動改造過，刑滿出來，腦筋還是和以前一樣，不滿現實的心理絲毫不改，只是練習到一身氣力和更懂得思考而已。

李世慶問他為何要勞改。他說，因為他有知識。李世慶說，有知識也是犯罪？他解釋說，他喜歡讀文學書籍，中國的現代小說，日本的翻譯小說，俄國的翻譯小說，他都讀過不少。五七年「大鳴大放」時，他在課堂對他的學生說，魯迅先生寫的《狂人日記》和俄國果戈理寫的《狂人日記》同一個題目，兩篇小說都是用第一人稱日記形式，而且內容也差不多，只是地域人名不同而已。

後來他的觀點言論被他的學生傳揚出去，就有人抓住他的言論，說他別有用心，詆諉偉大的文學家、思想家、革命家魯迅先生。他這種言論明顯是說魯迅先生抄襲果戈理的作品，因此把他打成右派，押他去韶關山區勞動改造。

李世慶沒書讀，無知識，聽不懂魯溫話中的意思。甚麼魯迅、果戈理的作品，他懵然不知。他只知道人有左手右手之分，卻不曉得甚麼是左派右派。他要求魯溫解說。

魯溫說，左派右派這兩個詞起源於上兩個世紀的法國議會，開會的時候，坐在左邊的議員，思想進步，是為窮人的利益說話；坐在右邊的，是站在資產階級和權貴這邊，代表帝王貴族的既得利益，是反動派——以後就有左派右派的分別了。

李世慶說：「我是地主仔，你是右派，都是黑五類，命運相同，以後就要你多關照哩。」魯溫說：「以後？世事難料，誰知道以後的人事會怎樣！」

那天夜裏，他們正在石場的棚屋中歇息，忽然有人打開門走進來。李世慶在睡眠中驚醒，幾支電筒的強光向他射來。他揉揉眼睛，看見來者是荷槍的民兵。他知道不炒了，想奪門逃走，但是屋裏屋外都有人包圍着，他們已經成為甕中之鱉，只有束手就擒了。

李世慶、魯溫，其他十幾人，一個個被民兵用繩索捆綁起來，推到棚屋外面去。這時已是冬季，山風習習，涼風侵肌，世慶感覺寒冷又驚慌，不禁大打寒顫。

有個身子高大的青年，民兵捆綁他的時候，他一邊掙扎一邊說：「我犯了甚麼罪，你們要捉我？」民兵說：「你們這些黑五類，無證潛逃，都是罪犯，都要捉！」

那青年還是掙扎反抗，另外的民兵就用槍頭砸他，大聲說：「你再拒捕，就打死你！」青年說：「我不是逃走的，我有證。」民兵冷笑說：「你有證會在這裏沒工錢拿做死工！」青年說：「不信，你鬆開我，我回棚屋去拿證給你看。」民兵說：「我們早就掌握你的黑材料了，你是從勞改場逃出來的，是通緝犯，誰給你證件？！」青年說：「現時三更半夜，你們認錯人哩。」民兵說：「在這個石場中，你最牛高馬大，我不會搞錯。」另一個民兵又用槍頭砸他，大聲說：「你要辯駁回拘留所再辯駁！」

李世慶見那青年被砸到頭破血流，有話要說都不敢出聲了，默默地等待苦難的降臨。他曉得，在這個時候抗辯是白搭，還會招來槍桿的棒打。他是地主仔，又是無證件潛逃到這裏的，抗辯得了嗎？束手就擒就是了。

魯溫在他身邊，看得出他感覺寒冷，但他咬着牙關，像樹樁一樣站着。魯溫在這個石場中做得時間最長，李世慶後來加入的，因為兩人合得來，成為「忘年交」，魯溫曾經告訴他，他是從勞改場逃走出來，如今被捉拿，當權者又要加他多少年刑期？

葉朋、葉友因為無心工作，打鑿出來的石塊不合規格，被主管趕走了。當時看來，是他們的不幸，如今思之，他們因禍得福，避過了這次給抓捕的劫難。現時他們兄弟兩人流亡到處去了？以後還會見到他們嗎？

淪落在石場中的人，來自不同的鄉村、城市。佛家說，人能夠聚合在一起是「緣聚」，離開了是「緣散」。但是這種講法對他們而言，不可信，聚散都身不由己，命運掌握在當權者手中。

擾攘一番後，天濛濛亮了。這時李世慶才知道，民兵算準了時間，待黎明前他們睡得正濃才施以突擊，將他們一網成擒，無一人能逃脫。他們是哪裏的民兵？怎麼知道在石場中居留的都是無證的「黑五類」？是不是他們公社不需要人打石了故意去通風報訊？

不理甚麼原因，反正他們都被抓捕了，還想這些做甚麼。當地的公安要怎樣處置他們？押去坐牢？李世慶不大害怕坐牢，最怕押解回他的家鄉去。家鄉那些掌權者、貧傭農，真的是窮兇極惡，一直以來都想整死他，若是解他回去，那就更慘。

他們十多人，都被捆綁着，在身邊的民兵仿如牧羊狗，趕着羊群在山坡上走。羊有「羊群心理」，帶頭羊向哪裏走，後面的就跟隨。羊還有一點點自由，亂走都可以。他們十多人都是被捕獲的，必須聽從民兵的號令走，不能亂走亂動。

山路蜿蜒崎嶇，他們走過的時候，路邊的雜草搖晃，露水紛紛下落，灑在他們的腳踝上。他們都赤着腳，路上的沙石在腳底下沙沙作響。李世慶生長在農村，自小在野外放牛種田，習慣了走沙泥山路，不當一回事。

走着走着，太陽出來了，紅紅的太陽，紅光四射。李世慶隱約聽到「東方紅，太陽升，中國出了個毛澤東……」的歌聲。小時候他在家鄉，別的孩子唱，他也跟着唱，被「少年先鋒隊」的隊長李花狗聽到了，就打他一巴掌，訓斥他：這個革命歌是你唱的？毛澤東是人民的大救星，他救的是人民，不是救你們地主，他老人家還要人民鬥爭你們，以後再不准你唱！

受歧視，被打罵，他自小就承受過，讓繩索綑綁着則是頭一次。他聽過「繩之於法」這句話，他犯了甚麼法要受繩子綑綁？他離開家鄉去外地做工掙飯食是犯法嗎？

走下山坡，是一大片寬闊的稻田，生產隊員正在收割禾稻，他們看見民兵押解着一幫逃犯在田埂經過，都停頓勞作，觀看這幕清晨的情景。其實這也不是甚麼新鮮事，現時全國人民都在搞文化大革命，紅衛兵大串連，成群結隊去「破四舊」，抄別人的家，拉人戴牌子遊街示眾，打死鬥死不少人，屍體在地上、河海中都有，綑綁十多個逃犯算得甚麼？

一般人都不明白，大家不是在高唱社會主義好嗎？為甚麼又要在社會主義的中國搞文化大革命？要革文化的命還是革人的命？現時紅衛兵已經分成兩派，一派被說是「保皇黨」，一派高喊誓死捍衛毛主席，兩派都打着紅旗，搞武鬥，打打殺殺，情況像打內戰一樣慘烈，為甚麼會這樣？

幾個月前，李世慶在姐姐家中呆了一段日子，他在屋裏閒着沒事做，苦悶得很，就冒着被公安民警查問身分的危險，走到市街去蹓躂。在市中心廣場，有紅衛兵揪鬥一個上了年紀的男人，那人白髮長鬚，胸前掛着一塊大牌子，上面寫着「打倒反革命分子××」，又在上面打上一個大大的交叉。兩個紅衛兵分別在後面拉直老人的手肘，推他跪在地上，頭顱被抓起仰望，繫牌子的鐵絲深深陷入他的頸項，傷處又紅又腫，滲出了血絲。

這個老人是反革命？文化大革命是要革這些反革命的命？他（李世慶）是擅自離開筆架鄉公社出走的，是不是反革命？若然是，不是也要揪鬥他？

李世慶想着想着，分了神，他的右腳踏着田埂的小豁口，一個趔趄，身子搖晃，撞在前面的人身上。那被撞的人嚇了一跳，轉過頭來，在民兵面前不敢出聲，只瞪了他一眼，繼續向前走。

民兵大聲斥責他：你搞鬼？想逃走？李世慶說，他是踏了空沒有逃跑的意圖。他向他們叩頭道歉。但是民兵還是用槍桿打他一下，以示懲罰。

太陽愈升愈高，陽光的熱量驅逐寒氣，加上走路自身發出的熱能，李世慶感覺暖和了。他必須集中精神走路，不去思想別的事情了。而且胡思亂想對他沒有好處，若是再次跌倒，又要捱民兵的槍棒，惹來皮肉之苦。

稻田的禾稻大都收割了，黑土上留下密密麻麻的禾頭，田邊疊着一堆堆稻草。兩翼伸得長長的麻鷹，在天空中旋轉飛翔，牠們的嘴又彎又尖，眼睛注視着地面，正在尋找獵物。禽獸不貪婪，牠們為了生存才獵食，一食飽了，就躲起來歇息。人一食飽了，就想異性，思淫慾，求名求利，搞鬥爭，搞奪權，人殺人，弄到天下大亂，人人自危，不得安生。

進入佛山市，在亂烘烘的情況下，李世慶和他的難友都被民兵推入拘留所去。他們十幾個人，分為幾個囚室監禁。李世慶和魯温同一個囚室，他們如同待宰殺的困獸，你望望我，我看看你，作為無言的心靈交談。

大約半個時辰，魯温頭一個被提出去。李世慶以為他一去不能返來了，但是不久他又回來了。李世慶挨近他，小聲問他情況如何。魯温說，他是韶關勞改場的逃犯，場方發出他的照片緝拿他，他沒有話可說，等候押回勞改場。

李世慶被提出去，是公安人員審問他：「你無任何證明，你在石場只稱自己是李世慶。你是甚麼縣份甚麼公社人？甚麼家庭成分？講！」

李世慶想起姐夫曾經告誡他：對別人不可說出自己的家庭成分，不可如實說出自己是甚麼公社人。所以他回答他是從湛市麻章區的痳風院逃跑出來的。

人家聽到他是從痳風院出來的，都害怕，遠離他一點。李世慶以為可以脫身了，心定了一定。

但是，公安看看他，就拿出一個木子，翻查麻章痳風院的資料，撥電話去那裏查問。對方在電話中的回答是：他們的痲風院沒有李世慶這個人，也沒有人離開痲風院逃跑。

公安同志放下電話筒，問李世慶是不是痲風病人。李世慶答是。公安說：「剛才我打電話去麻章痲風院查問，那裏的院長說沒有李世慶這個人，你怎麼說！」李世慶一怔，重申他是從痲風院逃跑出來。公安同志說：「那裏的院長說，他們院裏沒有人逃跑，院裏的痲風病人一個也不少，你怎麼說？」

李世慶知道他的謊話露底了，無言以對，只靜靜地站着。公安同志大聲對他說：「你放老實一點，說出你是哪縣哪公社的人。」

李世慶的頭腦轟轟響，胡亂說他是××縣××公社××生產大隊人。公安同志拿筆在紙上記下他所說的資料，然後又問他是甚麼成份。

「地主」一詞，猶如唐僧給孫悟空頭上的緊箍咒，他不好說出自己的家庭成分，胡亂說他是「中農」。

公安同志看看他的面色，這樣說：「你是中農？為何要逃離公社做盲流！」李世慶說：「因為我不想在農村生活。」公安同志說：「農村是廣闊天地，人民政府還要城市的知識青年去農村插隊落戶，你反而說不願在農村生活，是甚麼居心？」

李世慶想了想才說：「我只是不想耕田，沒甚麼居心。」公安同志說：「勞動是神聖的，耕田出產稻糧，若是別人也像你一樣不願耕田，人民哪來糧食！」李世慶說：「我不願耕田，人家願意耕，少我一個，影響不大。」公安同志說：「你生長在農村，是農民，農民的責任是耕田，你不願耕田，你怎知道別人願意耕？！」

公安同志忽然提高聲音，他嚇了一跳，不知道如何答話了。公安同志又說：「新中國的農村，是農民當家作主，你輕視農業，我看你不是中農！」

李世慶大驚，面色變紅再變白，他又說自己是中農。公安同志說：「貧下中農的思想前進，感情是樸素的，他們都熱愛勞動，不會離開公社做盲流。只有地主才懶惰，不安份。你等着，我馬上打電話去你所屬公社查問，看你是不是地主！」

李世慶剛才報上的公社、生產大隊都是捏造的，公安同志一打電話去那裏查問就會穿崩露底，他不是死定了嗎！

那公安同志方面孔，小眼睛，皮膚黝黑粗糙，神情善變。他拿出本子，查看各地的電話號碼，然後撥動電話上的輪盤，等了一陣子就接通那邊的電話了。他對着話筒說：「甚麼？你們公社××生產大隊沒有李世慶這個人？他是個十七八歲男子，再查查看……我是佛山公安局的馬釗，我的聯絡電話號碼是×××××，查清楚了就打電話給我，知道了？」

李世慶坐在木板凳上，身邊有武警監視他。他如坐針氈，心似鹿撞，但是他的腦筋還在轉動，還會思想。他真傻，以為他說是痲風病院跑出來的痲風人，人家就害怕，會放了他；以為胡亂捏造公社地點就可以瞞過公安人員，不會被押解回筆架鄉公社了。他想不到這樣做是弄巧反拙，惹來更大的麻煩？

電話鈴聲響起來了，他嚇了一跳，不知道是何地何人打來的，他留心聆聽。那個叫馬釗的公安同志拿起話筒接聽，他說了一會兒話，就大力掛線，轉過身向他大聲說：「李世慶，你好狡猾，又報假地點欺騙老子，你以為這樣可以甩身？如今是共產黨的天下，你用甚麼方法逃走都能捉到你？快些報上你是哪縣哪公社人，若再在老子面前耍陰謀詭計，就有你好受！」

李世慶原先不曉得，電話是現代社會的天羅地網，無論兩地距離千萬里，公安同志打電話一查問，對方回答，甚麼事情都即時知道，你無法否認，難逃「法網」。

有了這個教訓，沒有別的好辦法了，他逼得如實報告。馬釗記下他說的資料，再打長途電話去李世慶所屬的公社生產大隊查問。當時李世慶雖然聽不到對方的答話，但他察顏觀色，又聽到馬釗對着話筒粗聲粗氣地說，已經知道他查找到了。

公安見李世慶會耍花樣，鬼計多端，恐怕他想到辦法逃走，下令他的手下拿來鐵鏈，纏着李世慶的腰，鎖着他兩腳。他一活動，鐵鏈就啷啷響，引起別人的注意。

第十三章

李世慶那天在筆架村失去蹤影，翌日晚上，楊海就帶領民兵去追查。他首先走入李家的小破屋，見了李駱氏就問她：「你家的世慶不去生產隊出工，他哪裏去了？」李駱氏說：「前日他對我講，他去筆架鎮有事要做，很快就會回來，可他一去不回……」

楊海大聲說：「我是問他現時哪裏去了，是不是逃亡了？」李駱氏說：「他不回來，不知道他出了甚麼事，我好擔心，正想去尋他。」楊海說：「不用你去找，我們去找！」李駱氏說：「我真擔心你們找不到他。我們家馱剛從勞改場放回來，大家團聚，如今世慶又不知道去了哪裏。」楊海說：「他是你的孫子，怎會不知道？分明是你不肯講！」

贊華娣從灶房走出來說：「如今世慶都十幾歲了，他有手有腳，我們只知道他去筆架鎮，如今他去了哪裏，我們都不知道。」楊海又問李家馱、李世浩，都回答他不知道。翌日一早，他就順藤摸瓜，帶領兩個民兵去筆架鎮的染布坊，到了那裏，才知道陸老板已經亡故了，染布坊早已停止業務，李玉竹（陸福）也不知所蹤，剩下來的只是一間沒有人住的染布坊。

像偵探一樣，楊海多番查問，才知道李玉竹嫁給一個叫連橫的中年人，她和別的女人一樣，「嫁雞隨雞」，跟隨丈夫去佛山鎮生活了。楊海不會就此罷休，他在連家獲得連橫在佛山居所的地址，就親自去佛山鎮繼續追查。

第三天中午，楊海坐汽車到了佛山，找到連橫的住址，進入連家，見到李玉竹，別的不說，單刀直入說明他是來追尋李世慶的，問她的弟弟在不在她家。

李玉竹認得楊海，又知道他是筆架村的民兵營長，此人無惡不作，是李家的對頭人。她本來想否認世慶曾經來過她家。但是，若然否認，楊海不會相信，反而他還會諸多盤問，加添麻煩，她就直言不諱。

楊海見她合作，頗為高興，這樣說：「他現時在你家嚒？」李玉竹說：「不在。」楊海說：「去了哪裏？」李玉竹說：「不知道。」楊海說：「你是他親大姐，他的行蹤一定告訴你。」李玉竹說：「他對我講過，他想去香港，不知道去了沒有。」楊海說：「他是地主仔，戶口又在我們公社，哪個部門批准他去？」李玉竹說：「無人批准，也有好多人能夠過去。」楊海說：「沒有公安局發給通行證，怎樣過去？」李玉竹說：「有通行證可以光明正大從深圳關口過去；沒有通行證的就從邊界偷渡過去。」楊海說：「你怎麼知道？」李玉竹說：「聽人家講，廣州、佛山、寶安一帶就有好多人偷渡過去。」楊海說：「邊界會有解放軍把守，怎樣偷渡得過去？」李玉竹說：「怎樣偷渡得過去，我不知道。聽人家講，香港那邊就有很多人是偷渡過去的。」

楊海嚇唬她，大聲說：「你別有用心，你散播謠言！」

李玉竹並不驚慌，她說：「你在筆架村，是火爐王，但是筆架村蔽塞，消息不通，沒聽過偷渡的事。在省城一帶，很多人都知道，算不上是甚麼謠言。」

這時連横回來吃午飯，他不認識楊海，不知道他是甚麼人。楊海說：「你是連横？」

連横點點頭，反問他何事而來。楊海自我介紹，說他是來緝拿李世慶的。李玉竹（陸福）搶着說：「世慶來過我們家，他在這裏只過一夜就走了，他說，他準備去香港。」

連横會意，就按照陸福的思路和楊海對答。楊海說：「香港是資本主義地方，你們為何不阻止他去！」連横說：「他都是十幾歲的人了，他有他的主意，我們怎樣阻止得住他？」楊海說：「你們阻止不到他，就應該舉報他。」連横說：「他只說想去，想都不讓他想嚜？」楊海說：「他是地主仔，思想反動，偷偷離開我們公社做盲流，你們收留他在家裏過夜，你的思想也有問題！」

連横並不怕他，這樣說：「我家三代貧農，現時我又是騎三輪車工人，根正苗紅，思想不會有問題。」楊海說：「你娶地主女做老婆，被她影響，就會站在反動派一邊了。」

連横說：「沒有的事！陸福（玉竹）的家庭成分是地主，我是工人階級，她嫁了我，成了工人階級的老婆，她會受我的影響，站在工人階級這一邊。舊社會的地主，有的也娶窮家女做妻做妾，不計甚麼階級。如今解放了，窮人能夠娶地主女做老婆，真的是工農階級翻身了，當家作主了，應該感到光榮，你說是不是？」

楊海無話可說了，呆呆地站着。李玉竹窮追猛打，這樣說：「筆架鄉的群眾都知道陳福祥是官僚地主，土改運動時他被槍斃了，你就娶死鬼的老婆做老婆，還收養地主陳福祥兩個兒子做油瓶子，你是受他們影響？你的思想又反動了？」

這樣的責問，楊海啞口無言了，他黑着臉離開連橫的家。

回到筆架村，他把查案的經過告訴楊家各人，大家聽了，都甚為喪氣。因為李世慶這個小子可能去了香港，李國興的子孫又多一人擺脫他們的控制了！

*　　　　*　　　　*

楊帆的官運亨通，由農會長升為生產大隊黨支部書記，如今更上一層樓，升遷去筆架鎮做公社黨委書記了。這天他在辦事處接到佛山公安局同志打來的電話，查問他筆架鄉公社有沒有李世慶這個人？他在電話中答有，還說明李世慶是逃跑的地主仔。那邊的公安局同志說，已經捕獲李世慶了，很快就把他押解回筆架鄉公社來，叫他準備接收。

這個消息，頓時使老楊家的人從喪氣中振奮起來，大家都磨拳擦掌，聲言李世慶一押解回來，就要鬥爭他，嚴懲他！

李世慶從佛山押解回來的時候，楊海親自去筆架鎮接收，他和楊帆在鄉政府給公安同志簽妥了交收文件，就把逃犯押回筆架村。李世慶穿着破舊的單衣，蓬頭垢面，因為他在石場中過了一段日子，天天有飯食飽，身體比以前強健了，面孔也紅潤了。他被鐵鏈綑綁着腰，鎖着兩腳，楊海腰間插着手槍，手執着鐵鏈另一端，像趕牲口一樣趕着他走。

押解回生產大隊辦事處，楊海大聲說：李世慶，你走？如今不是被捉回來了！看你還敢不敢逃走？！

李世慶勾着頭，不答話，只在心裏說：在村裏遲早會被你們整死，若然有一日讓我逃脫，還有生存的希望，以後一有機會，我就會逃走，就算被三番四次捉回來，我還要逃走。

楊海拍着枱說：「李世慶，是不是你大姐喊你逃去佛山的？」李世慶抬起頭說：「不是她，是我細媽。」楊海說：「你細媽？是國民黨縣長個女？她在哪裏？」李世慶說：「她同我爸早就去了香港。」楊海說：「他們在那邊做特務？」李世慶說：「那裏是英國人管治，很自由，做甚麼都可以。但他們不是做特務，是做生意。」楊海說：「今次你偷走去佛山石場做工，就是想去香港？」

李世慶直言不諱。楊海說：「你既然想去，為何又不去！」李世慶說：「邊境有軍人把守，我無通行證，過不去。」楊海說：「你爸你細媽、李世民是怎樣過去的？」李世慶說：「我細媽講，他們有公安局發的通行證，從深圳關口過去的。」楊海說：「他們怎樣得到公安局發的通行證？」

李世慶說不知道。楊海說：「我們絕對不給你通行證，想去有甚麼用！」李世慶說：「石場的朋友講，很多人無通行證都過去了。」楊海說：「無通行證邊防同志會放人過去？」

李世慶說：「無通行證不能從關口過去，但是可以偷渡過去。」楊海說：「怎樣偷渡？」李世慶說：「怎樣偷渡我不知道。要是我知道，已經偷渡過去了。」楊海冷笑說：「你想去香港？投胎轉世啦！」

楊木仔是楊海的心腹，時常在他面前候命。他問楊海要不要拉李世慶去公審？楊海說：「現時不公審他，先打他一身，要他求生不得求死不能！」

楊木仔會意，隨即對李世慶拳打腳踢。李世慶因為被鐵鏈綑着，不能動彈，一捱重拳，就像滾葫蘆一樣跌倒地上。楊海拿起長槍，用槍頭砸他的腰背，又踢他轉過身，砸他的胸口。李世慶痛得像垂死掙扎的牲口，哀哀地喘氣。他被槍頭砸得遍體鱗傷，口吐鮮血，昏倒地上。

楊海不想讓他就此死去，從水缸舀水潑灑在他的頭面上。水珠涼涼的，侵膚蝕骨，不一會兒他就甦醒了。楊海一把揪他坐起，大聲說：「你還敢不敢逃走？要不要老子打斷你雙腳？！」

李世慶的口角，身上都是血跡，他不答話。楊海說：「怎麼不出聲？你啞了？」李世慶喘着氣說：「只是被你打傷，還未打啞。」楊海說：「我問你，還敢不敢逃走？」李世慶說：「若有機會又逃。」

楊海想不到他這樣口硬，狠狠地打了他一巴掌才說：「你是地主仔，外地人不知道，你可以逃走。現時我給你兩條路，一是在你面上刺上『地主』兩字，一是槍斃你，你選擇哪一樣？」

平時在筆架村中，那些貧下中農罵他一聲「地主仔」，他的心彷彿被人撞擊一下，已經難受極了，若是在他面上刺上永遠也除不掉的「地主」兩字，別人一看就知道他是地主仔，他還有面目活下去嗎？他說，他選擇槍斃。

楊海隨即拿槍對着他的頭顱說：「你選擇槍斃，好，老子就成全你！」

李世慶合上眼睛，腦子一片空白，等待死神降臨。但是槍聲沒有響，他沒有死。

翌日，李世慶被投入筆架鎮的監獄。這個監獄原來是一間石頭屋子，國民政府時期充當牢房，曾經監禁過全林、楊修等地下共產黨人。解放後，人多有罪，鄉人民政府就撥款把那石頭屋子拆掉，在原地重新起一間似模似樣的監獄。這間新監獄，現時監禁的都是地主仔，只有一兩個富農仔。

獄中的地主仔，年紀較大的，民國時期讀過私塾、小學、中學，有知識，會思考，因為不甘心受貧僱農的鬥爭侮辱，就反抗，有一個還逃走，像李世慶一樣被捕獲回來。

牢門關上，看守的民兵離開了，裏面的囚徒才看清楚李世慶。他面青口腫，腳骨幾乎也被砸斷了，走路一瘸一拐，站也站不穩，一被推入來就跌坐地上。大家都不知道他為何傷重至此，可憐他，問候他。李世慶說，他是被民兵營長和民兵隊長打成這樣的。

一個叫陳瓊的青年囚徒問他犯了甚麼罪，被他們打到半死？李世慶說，因為他逃亡。陳瓊說：「我也是逃走被捉回來，他們只監禁我，無打我。」李世慶說：「你是甚麼成份他們沒打你？」陳瓊說：「地主。」

李世慶暗暗慨嘆，大家都是地主仔，都是逃亡的，命運卻不同。陳瓊問他為何被打成這樣。李世慶說：「你是地主，只是專政對象，沒有人要置你於死地。我們村裏的情況不同。我們李家以前和楊家有仇怨，解放後一搞階級鬥爭，他們掌權了，就乘機公報私仇，想整死鬥死我們全家。」

陳瓊說：「原來是這樣。」頓了一下，他又問李世慶這次逃到何處，怎樣被捉回來。李世慶將他的遭遇如實相告。

陳瓊聽後，驚嘆不已，自己與他相比，差得遠了。他的逃亡範圍，只是本鄉本縣，而李世慶已經遠走高飛到省城邊緣了，而且還打算去香港啊。他知道，中國大地是共產黨的天下，逃到甚麼地方都擔驚受怕，不得安寧，只有能夠去英國人管治的香港才安全。問題是，怎樣才能過去？

李世慶說：「出身好的，又有父母親人在那邊，可以提出申請，若是能拿到通行證，可以從深圳邊界關口過去。但是像我們這種人，他們不會發證。」陳瓊說：「照你這樣講，你想過去想得到嚒？」李世慶說：「拿不到證件的，只有偷渡。」陳瓊說：「怎樣偷法？」李世慶說：「我在佛山石場的時候，聽別人講，有人從深圳游水過去，有人爬山過去，還有人夜晚划船過去。」陳瓊說：「沒有軍人把守嚒？」李世慶說：「當然有，日夜都有。」陳瓊說：「軍人有槍有炮，不是很危險？」李世慶說：「當然有危險，但是為了生存、自由，危險都有人拿命去搏。」陳瓊說：「你願不願這樣做？」李世慶說：「我偷偷去佛山石場做工，就是去那裏探聽門路。」陳瓊說：「若是有機會，你肯不肯帶我去？」

李世慶說溜了嘴，猛然醒起自己說得太多了，這樣說：「要是你不出賣我，想去的我就同你一齊去。」

兩人的談話，身邊的囚友都聽到。一個叫毛球的瘦子也想「埋堆」，他說：「我們都是地主仔，都被人鬥爭迫害，就應該團結，一齊做事，生就一齊生，死就一齊死，若是出賣你，還是人嚒！」李世慶說：「你這樣講，我就放心哩。可是，還有他們兩個呢？」

另外兩人異口同聲說：「我們兩個雖然不想同你們去冒險，可是決不會做叛徒。」毛球說：「我信得過你們。」

陳瓊的家庭成分是地主，他的父親陳天賜是一位跌打中醫師，他來筆架鎮監房探望他的兒子時，得知李世慶被民兵打到吐血，曉得他傷了臟腑，若是不服藥治理，會漸漸陰乾瘦死。他再次來探監時，不止拿來食物，還將在家中熬好的湯藥帶來給李世慶服食。李世慶得到老人家的丈義相救，又從陳瓊那裏分到一點食物，身體才能漸漸康復。

李家各人自然知道世慶被公安人員從佛山押解回來，又知道他被楊海、楊木仔打到重傷吐血，甚為擔心。但是楊海就是不准他們拿食物去筆架鎮探監，意圖讓李世慶傷亡在牢房中。

李駱氏走去生產大隊，向楊海苦苦哀求，准許她拿一點食物去給世慶充饑。楊海說，監獄方面有東西給囚徒食，不必她送去。

李駱氏說：「他被你們打到重傷嘔血，食不飽肚不會好。」楊海說：「他死不了。」李駱氏說：「是生是死，你都應該讓我去看看他。」

楊海還是不為所動，不讓她去。李駱氏說：「人總要有一點良心，做一點好事。」楊海說：「良心？甚麼良心？」李駱氏說：「你鬥我打我，你有痛風病，痛到不能起床走路，我都為你針灸醫治。單憑這事，你都應該給我一點情面，讓我去看看我孫仔啊。」

楊海的鐵石心腸終於軟化，准許她的請求。

李駱氏花了很大心力、費了很多唇舌才能獲准去探望世慶，以後能不能去探望他，現時還不知道。機會難得，她在家中收拾一些舊衣服，煮了幾隻雞蛋，又去筆架鎮的「中藥堂」抓一些治療內傷的藥材，讓贊王氏熬成藥湯，預備拿去給世慶飲。

她多時沒會見贊王氏了，如今相見，自然有很多話要說。令她頗感意外的是，贊華金也在「中藥堂」中。她知道贊華金在湛市的人民醫院做領導，怎麼有時間回來和他的母親贊王氏居住呢？

贊華金說，現時社會上很亂，紅衛兵分成兩派，正在搞武鬥，兩派都扛着紅旗，你打我我殺你，有如打內戰。不但如此，他們還衝擊政府機關、醫院，不理你是首長或黨委書記，有人被揪鬥，有人被打傷打死。他為了避難，才回來和他母親過日子。

李駱氏不明白為何要搞文化大革命，紅衛兵為何可以去抄別人的家，為何可以去打殺政府機關的領導人。贊華金說，這些問題他也不清楚；不清楚的事他不好說。他不想吃眼前虧，離開了人民醫院，回家鄉避避風頭再說。

贊華金轉換話題：「鄉村人有沒有打鬥你們？」李駱氏說：「現時還沒有。」贊華金說：「目前的形勢，你們最好去外面避一避。」李駱氏說：「我們又沒犯甚麼罪，不怕他。」贊華金嘆着氣說：「很多人都沒犯罪啊，又有禍。」

沉默了一陣間，贊華金問：「有沒有世民的消息？」李駱氏說：「前幾年，他有信寄回染布坊，讓陸老板轉交給我們，才知道他從香港去了台灣。後來陸老板死了，玉竹（陸福）又跟隨她丈夫去了佛山生活，我們就接不到世民的信哩。」頓了一下，她又說：「世民無信給你嚒？」

贊華金面孔微紅，語氣有點內疚，他說，一解放，他就當上湛市人民醫院的領導，思想前進，那時他認為香港是英國人管治，是資本主義，是腐敗社會，不想讓世民去。因為這件事，世民不滿意他，疏遠他，還擔心他會阻止他去，世民去香港之前，不讓他知道，到了那邊生活安定了，才接過他在香港寄回一封信。

李駱氏說：「世民有主見，人又倔強，他認為應該做的事就去做，無人勸阻得到他。」贊華金說：「如今看來，他做對了。若然他那時不去，錯過了時機，留在國內就不好了。」

贊王氏熬好藥湯，裝在瓷盅裏交給李駱氏。她說：「世慶的細媽從香港回來，在我這裏見面，我以為她帶世慶去香港了，不知道他為何去不成，又被公安捉回來了。」李駱氏說：「直到現時，我還未見過他，這幾個月他在外面做甚麼我都不知道。」贊王氏說：

「我聽別人講，他無證明盲流到佛山一個石場打石，後來那裏的民兵知道了，就捉他押回來。」

李駱氏嘆着氣說：「世慶真是命苦，今後還不知道姓楊的要怎樣整治他啊。你見過他細媽，她對他好不好？」贊王氏說：「她在我家逗留的時間只過一夜，不過，可以看得出，她對世慶甚好。若不是，如今世界亂成這個樣子，她還肯冒險回來帶他走？」李駱氏說：「我也是這樣想，可惜他走不成啊。」

李駱氏醒悟在「中藥堂」耽誤了很多時間，隨即告辭。她把藥湯放在籃子裏，躬着背，向鄉政府附近的監獄走去。

看守監獄的民兵，曾經接到楊海的命令，讓她入去。她一入到裏面，牢門就關上了。裏頭的空間不大，白天也顯得昏暗，幾個囚徒坐臥在鋪着稻草的泥地板上。她老眼昏花，看不清楚誰是她的孫子。李世慶見她入來，就掙扎着站起來，喊她奶奶。

李駱氏見他衫爛褲穿，蓬頭垢面，周身傷痕，心痛如刀割，不禁流淚。但是她擔心看守的民兵催促她離開，即刻從籃子裏拿出熟雞蛋和藥湯讓他食。李世慶得知瓷盅裏的是內傷藥湯，就告訴奶奶，說陳瓊的父親是跌打中醫師，人又好心腸，他來探望他的兒子時，曾經給他服過兩次藥湯了，內傷已經無大礙了。奶奶說，既然她也帶備藥湯來了，多服食一次也無妨。

往日陳瓊的父親來探監時，陳瓊都送一點東西給李世慶食。禮尚往來，如今奶奶為他帶來幾隻熟雞蛋，他也拿一隻回報他。李駱氏見別的囚徒看着他們吃雞蛋，饞得流口水，她說：各位大哥，我家貧，幾隻雞蛋也得來不易，不能分給你們食，要多多包涵哩。別的囚徒都說，這事他們能夠理解，叫她不要放在心上。

李世慶吃雞蛋時，奶奶小聲說：「有了這次教訓，以後你還敢不敢逃走！」世慶說：「如今社會上這樣亂，政府的領導、書記都要被鬥被打，何況我們是階級敵人？我看，不逃亡也會被他們打死，既然是這樣，逃走還有一線生機，所以一有機會，我還會逃走。」奶奶說：「逃走實在危險啊。」世慶說：「我會看着做，我會保護自己。你不用擔心我，你們保重好哩。」

李駱氏從竹籃中拿出衣服說：「這些衫褲是你以前留下，如今天冷，你要着上身保暖，勿冷壞身子。這兩張軟嘢（十元鈔票），你留着使用。」

這時牢門開了，看守的民兵入來趕她走。她不知道何時才能再相會，不禁悲從中來，婆孫兩人含淚離別。

* * *

幾個囚徒中，陳瓊的年紀較大，思想成熟，頗有計謀。他說，無論以前吃過多少苦頭，不滿現狀，也要假裝痛改前非，循規蹈矩，好好服刑，贏取看守者的信任，讓他們寬鬆一些，才有越獄的機會。

李世慶想，陳瓊說得對。自己比他多一點點見聞和經歷，但是被民兵看守得死死的，又有甚麼作為？他在生產大隊被楊海審問時，竟然直言說自己一有機會還要逃走，就吃了眼前虧，自己找死。若要生存，就要依照陳瓊的想法去做。

陳瓊、毛球、李世慶幾個乖乖服刑，聽從管教，民兵不像以前那樣嚴密了，可以讓他們去外面放風活動。那兩個富農仔還獲准去外面種番薯種菜，練練筋骨。

政策上，管理監獄的幹部要給囚徒糧食，維持他們的生命。但是上有政策下有對策，獄警給多少、給不給，就沒有人去理會了。而且現時正在搞文化大革命，紅衛兵在搞武鬥，全國被打死打傷的人成千上萬，筆架鄉中餓死幾個囚犯算得上甚麼！

楊海暗中命令看守監獄的民兵每天只給李世慶一點點番薯充饑，又不准李家各人探監送食物，餓到他面頰凹陷，青筋凸現，皮黃肌瘦，走路也無氣力了。楊木仔見他如此虛弱，幸災樂禍地說：「地主仔，如今你落在老子手裏，你還有氣力逃走？看來給你插翼也難飛啊！」

楊海又密令他，現時不能讓李世慶餓死在監獄中，必要時也要讓他放放風，勞動一下，等待時機到了，才幹掉他！

李世慶獲得放風，曬曬陽光，和別的囚友一起勞動種菜，總算有一些機會離開暗無天日的牢房了。在坡地上澆水種菜時，有時看守的民兵不注意了，他們就因利乘便談話，商量逃亡的計策。他故意走到陳瓊、毛球的身邊，對他們說，如今全中國都是共產黨的天下，他們身在國內，猶如處在天羅地網之中，只有逃到另一個世界（香港）去，此生才希望有出頭之日。

陳瓊說，怎樣才能離開這個天羅地網？李世慶說：「我在佛山石場時，管理人不在場了，大家就談論偷渡的事。其中有兩個人偷渡過，不成功，被捉回鄉，但他們有了失敗的經驗，準備再偷渡。」陳瓊說：「在甚麼地方偷渡！」李世慶說：「聽別人講，深圳接近香港，中間只隔着一條河，以前好多人都是從那裏偷渡過去的。」陳瓊說：「怎樣才可以去深圳？」李世慶說：「從我們這裏去廣州問題不大，不過，從廣州去深圳就難，因為那裏是邊防區，要有證明才買得到火車票搭火車去。我們拿不到證啊。」陳瓊說：「圖章不成問題，我曉得雕，只是不知道證明書的式樣，無法偽造。」李世慶說：「我亦未見過，不知道是甚麼樣子。不過，我們一樣一樣來，你想辦法先雕好圖章，再行下一步棋。」

為了防備走漏風聲，他們分頭謀取材料。李世慶的親人不獲准探監，就算他有本領都不能做，責任就落在陳瓊和毛球身上。陳瓊的父親來探監送食物時，將一截水松木和一把雕刻刀藏在籃子底下偷運入來，毛球的母親來探監時，也偷運紙張和紅印泥入來。他們把這些東西藏在屋瓦上，陳瓊覷準看守的民兵不在時，就操刀雕刻圖章。

但是不久他們的秘密工作就被看守的民兵知道了，他們走入牢房，作突襲搜查，在屋瓦和橫樑的空隙間，搜出一枚能以假亂真的公社印章。

看守的民兵把這事上報公社，公社書記楊帆馬上來牢房審問，在嚴刑毆打之下，李世慶痛得受不了，逼着招認是他做的。陳瓊恐怕他們會藉這件事打死李世慶，說李世慶不曉得雕圖章，是他做的。楊帆大怒，砸他一槍頭才說：「你雕公社印章，分明是想造假證明逃亡！你不怕槍斃？」

陳瓊想，既然事敗了，無詞辯解了，要打要殺都沒辦法了。

審查的結果，證實李世慶是主事者，是這個逃亡集團的頭子，陳瓊雕印章，是逃亡集團的主要成員，毛球是逃亡集團幫兇。陳瓊的父親和毛球的母親偷運材料入牢房，是逃亡集團的同路人，以後都不准他們來探監送食物，還要受生產大隊的管制。那兩個富農仔沒有參與偽造印章，沒有逃亡意圖，不加他們的刑期。

李世慶被逼供的時候，在拳腳交加之下，被打到半死半活，但他還有呼吸，清醒之後還會思想：看守的民兵怎會知道我們雕印章意圖造偽證？是不是那兩個富農仔告密？他們曾經說過不會做內奸做叛徒，才不防備他們，讓他們知道我們的圖謀，若然真是他們告密，那我們就誤信他們了，這個世道，人心實在難測啊。

偽證還未做成，就招來毒打和加長刑期，陳瓊、毛球的逃亡意圖已大減，再不想冒這樣大的風險了。李世慶的想法不同，就算在半途被打死，都要拿命去搏，因為他知道，老楊家的人土改運動時捉不到他爸爸，就遷怒於他，必然要趁「文革」亂局幹掉他。既然他已處在死亡邊緣了，無論怎樣危險他都要越獄逃亡！

但是，現時他和陳瓊、毛球一起被困在牢房中，他的一舉一動他們都知道，他們會不會告密？趁那兩個富農仔去外面勞動時，他對陳瓊、毛球說：「你們事敗一次就害怕了，不想再去冒險逃走了，這事我理解。你兩個都知道我的情況，我不逃走只有死路一條，希望你們能體諒我。我一有機會就逃，你們不去告密、放我一條生路好不好？」陳瓊說：「我們都是地主仔，地主的處境我知道。你的處境還慘過我，若是你不逃走，死定了。你以為我們會下井落石出賣你？」毛球接着說：「你放心，就是我再被他們毒打，亦不會告密你。」

李世慶說：「有你們這樣的好朋友，這一生也不枉哩。要是我有命逃走到我父母那邊，我永遠都不會忘記你們……」

這時牢門打開了，他們抬頭一看，是看守的民兵推門而入。他們一入來就把李世慶雙手向後綑綁，接着就推他出牢房，關上門，押着他走。

李世慶的心一沉，押他去哪裏？押去槍斃？他只有十幾歲，就此喪命？民兵不說話，只默默押着他走，他身不由己，兩腳點地，感覺像騰雲駕霧，像踏上黃泉路，在迷離恍惚中，不知道過了多少時候，已經踏足在他的出生地了。在村巷中，很多村民夾道觀看，猶如看犯人遊街示眾。他不知道人家用甚麼目光看他。他的親人也在巷道中，他們的神情哀愁，眼中含着淚水，為他的命運擔心。

到了公社的生產大隊，那裏已經聚集了不少人，有人把一塊寫着「逃亡集團頭子李世慶」的牌子掛在他的頸項上，因為木牌子太重，他的頭顱就垂下去，樣子像無面目見人。有人抓着他後腦勺髒亂的頭髮拉扯，繫着木牌子的鐵絲就陷入頸項的皮肉中，痛得他的淚水直流。

在一片噓聲中，他被人推上八仙枱，跪着面對群眾。這樣的鬥爭場面，他自小就看過，如今輪到他被推上鬥爭枱上，才感到深深的無奈和悲哀。「打倒逃亡集團頭子李世慶」的口號在空氣中迴響，撞擊着他的心。拳腳打在他的身上，他能夠咬着牙關忍受，在眾目睽睽下受鬥爭，肉體痛苦，精神更痛苦，難怪有人寧死也不願被鬥爭，投河吊頸自殺結束生命。

「打倒李世慶！」、「打倒逃亡集團頭子李世慶！」

鬥爭完畢，被押回筆架鎮的監獄中，這些「打倒」的口號仍然在他的頭腦中迴響，久久不散。有時候睏倦入睡了，也被這些響亮的「打倒逃亡集團頭子李世慶」口號從夢中驚醒。

*　　　*　　　*

那兩個富農仔出獄了，他們是刑滿了還是提早釋放？李世慶不知道。五個囚徒中少了兩人，如今獄中只有陳瓊、毛球和他了。他躺在泥地板的稻草上，默默思索，一日留在這個監獄裏，命運就掌握在人家手中，生與死由人家決定。為了生存，逃！必須逃。問題是，怎樣才能逃得出去？上面屋頂，是瓦片蓋成的，容易撬開，但是牢房中無枱無凳無繩子，伸手不到，無法爬上去動作，此路不通。牆壁是紅磚頭砌成的，磚頭與磚頭之間用泥灰黏牢，只要用小刀小鐵釬之類挖去泥灰，把其中一塊磚頭拿出來，再拿出幾塊，成了一個洞口，就能爬出去了。但是，他被困在裏面，牢門關得死死的，不能和親人互通聲氣，哪裏弄來刀子鐵釬？

陳瓊、毛球逃亡計劃一遇到挫敗就喪氣，不想再逃走了，他們自然不會擔風險幫助他了。他獨自一人怎麼辦？他思謀了很久，想起陳瓊那把雕刻刀，不知道那天民兵進來突擊搜查有沒有拿走？會不會遺留在地板的稻堆中？他翻尋地上的稻草，果然讓他找到了！他如獲至寶，這把小鋼刀給他越獄的希望。

李世慶在獄中的一舉一動，陳瓊、毛球都看見，他坦誠問他們，若然他要越獄，他們會不會即刻舉報？陳瓊説，知情不報，大不了是被批鬥，不會處死，他不會舉報。毛球接着也表態，他也不會舉報。李世慶很感動，他説：你們肯擔風險不舉報，真夠義氣，你們的大恩大德，我永遠都不會忘記。

* * *

李世慶終於從牢房中爬出來了！那個牆壁上的小洞口，猶如他媽媽的產門，他仿如變成了嬰兒，頭向外，朝着有光的地方一下一下攀爬，爬到外面的草地，才呼出一口氣。這時是中午，初春的天氣寒冷，又是光天白日，看守的民兵估計，囚徒不會膽大妄為越獄，都食飯歇息去了。

李世慶的估摸得不錯，爬出洞口的時候，無人發現他，他假裝像普通人一樣，故作鎮靜慢慢向後山走，很快就隱沒在樹林中。他恐怕樹林中有人，一邊行走，見到野果就摘來吃——這樣做既可裹腹又可掩人耳目。

叢林的範圍並不大，陽光從樹頂灑下來，裏面光亮，他不會迷失方向。他攀着樹枝行走一刻鐘，就到樹林的另一邊了。到達出口時，他像老鼠出洞一般，左望望，右看看，認為無人在搜捕他了，才離開樹林。往哪個方向走好呢？此時他單獨一人，身上無乾糧，兩手空空，怎麼辦？先去佛山投靠姐姐？不能這樣做。因為民兵一發現他越獄了，必然即刻向民兵營長報告，楊海就會馬上派人去追捕，可能頭一處要追捕的地點就是他姐姐的家。

踏上土路了，往何處去？這個時刻沒時間讓他多想，必須趕快離開本鄉本土，遠走他鄉異地，以免又被民兵捉回去。走着走着，到了一處分岔路口，略一思索，就轉向北方，向塘鎮那邊走。

太陽偏西了，陽光下，人影愈來愈長，到達塘鎮邊緣的時候，因為他幾次被人毆打，在獄中受折磨，皮黃骨瘦，腳踝浮腫，膝蓋關節痛極了，走不動了，跌坐地上。這時寒風習習，寒氣逼人，他又疲累又饑餓，腿腳痛得無法站起來了。但是人在路途中，難道呆在這裏坐以待斃？猶如嬰兒爬行，他手腳並用，一下一下向前爬去。

有人從他身邊經過，看看他，又漠然而去。他出盡了氣力，爬了大半個鐘，幾經艱苦才爬到前面的舖子，停下來喘氣。眼前的舖子是小飯店，有人在食飯，有人在喝酒。他鼓起勇氣爬到小店門前，向在那裏飲酒的老頭說：「大叔，打攪哩，我的腳腫痛，不能走路了，求你給我一些燒酒搽搽腳，好嚒？」

那老頭見他像傷了腿腳的餓狗，可憐他，不但把半碗酒給他，還將剩下來的飯菜給他吃。李世慶難得遇上這樣的善心人。老頭不但不懷疑他是越獄逃亡者，還給他飯菜吃，給他燒酒用，他感動得流熱淚，向老人叩頭道謝。

吃了飯菜，腳踝上塗抹了燒酒，身子暖和了，血液流通了，他試着站起來走路，果然走得動了。他必須天黑之前去到塘鎮，到達那裏，他才有落腳處。

這是他首次踏足塘鎮，向路人詢問，尋找到林森的家。林森、林芷芬都未見過他，不知道他是甚麼人。李世慶向他們自我介紹一番，林森才釋疑，讓他入屋。大家坐下，林芷芬沒有問他何事而來，倒急着問他，李世民如今的情況怎樣了。

李世慶告訴她，世民早幾年去了香港。林芷芬說：「他怎麼不告訴我一聲就走了！」李世慶說：「因為他走得急，沒時間來向你們辭行吧！」林芷芬說：「他急着要走我不怪他，到了那邊為何不寫信給我們？他是這樣寡情薄義的人嚒？」

李世慶那時年紀小，不知道他的堂兄世民同她有過一段愛情。他說：「那時我不曉事，不知道他的事情，後來聽我奶奶講，他臨走前還說你們對他好，他來不及見你們一面就走了，對不起你們。」林芷芬說：「既然是這樣，他去了那邊就應該寄信回來給我們，免得我早晚都想念他。」

她言語中有點幽怨。李世慶說：「舊（去）年我細媽從香港回來帶我逃走，她同我講，世民哥到了香港不久，就去台灣了。台灣現時還是國民政府，和共產黨是敵人，是死對頭，他怕他寫給你們的信被公安檢查到，會連累你們，不敢寫信給你。」

林芷芬心中只惦念着李世民，嘆息說：原來如此。林森接着說：「你細媽舊年回來帶你走，為何現時你又回來了？」

李世慶把他這一年來的遭遇坦誠相告。林森說：「你是從監房逃走出來的，目前時勢這樣險惡，晚上時常有人來查戶口，我不敢收留你，你快走。」李世慶說：「這個我知道，我不怪你，也不想連累你們。現時我身上無糧無錢，想你給我一些，以後若然我有命去到香港，會寄錢回來還給你。」林森說：「你也要去那邊！」李世慶說：「我拚死挖牆走出來，目的就是這樣。」

林森想快些打發他走，這樣說：「大家到底是親戚一場，看在我死鬼姑姑的份上，目前我們的日子雖艱難，也會幫助你些小錢，解決目前的困難。」

李世慶拿了林森的錢，謝過他就離開林家。他想：塘填人多複雜，甚麼人都有，若是別人覺得他是可疑人物，追查他就不好了。這時天還未黑，能看清楚事物，他離開塘鎮，向郊外走去。

黃昏後，耕種的人都收工回家去了，他看看四周沒有人，就走入地裏，用手挖開泥土，拔出兩條紅番薯放在懷中，才繼續上路。走不多遠，眼前是一片旱地，坡地上聳立着兩個仿如圓塔形的稻草堆。他走到左面那個，彎腰拔稻草。稻草鬆跨跨，彷彿有人剛剛拔過了。他是農家子，曉得無家可歸的人會挖稻草洞取暖度宿，難道這個稻草堆現時也有人在裏頭？他故意虛張聲勢，大力拔稻草，若有人躲在稻草堆裏，他會逼着他現身。

表層的稻草拔開了，裏面空洞洞，果然有人躲藏在稻草洞中。李世慶不知道他是甚麼人，有沒有刀斧之類的武器，提高警覺防備。裏面的人見被別人發現了，避無可避了，像野獸一樣爬出來。微明的夜空下，彼此都嚇了一跳。眼前的人，皮黃肌瘦，眼睛灰暗，神情惶恐，這個模樣，不是被逼到走投無路的人嗎？

李世慶對他說：「看得出，你也是落難的，我有兩條番薯，分一條給你，怎樣？」那青年人說：「這樣最好。」李世慶說：「番薯是生的哩。」那青年人說：「生熟都可以頂肚，無所謂。」

那人伸出皮包骨的手肘，接過他的餽贈，用手撥撥番薯皮上的塵土，就大口咬嚼。剛從地裏挖出來的番薯，水份足，肉又脆，對於又饑又渴的人而言，是世上最好吃的食物了。但是眼前只有兩條番薯，一人只得一條，實在太少了。

那青年人吃完番薯，伸出舌頭舐舐嘴角，神情像在回味番薯的香甜。李世慶說：「若是我知道在這裏碰到你，我就在地裏挖多幾條。不過，食一條也可以頂到明早哩。」那人說：「你是從人家地裏偷來的？」李世慶說：「像我們這樣的人，兩手空空，身上甚麼都沒有，不偷哪裏有得食？」

那人見李世慶說話爽直，自己也少了戒心，他掉了一句書包：「英雄所見」。李世慶感慨說：「甚麼英雄？狗熊！我連狗都不如。」那人說：「你這樣作賤自己？」李世慶說：「不是我自己作賤，是被人家像狗一樣作賤。」那人說：「聽你說話的口氣，你是地主仔？」

李世慶沒有直接回答他，這樣說：「你也差不多吧？」那人說：「低你一級，是富農仔。」李世慶說：「在監獄中我被兩個富農仔出賣了。」

那人問他怎樣被富農仔出賣。李世慶就將他在監獄中和陳瓊、毛球雕刻公社印章、準備造偽證時，被富農仔暗中向看守的民兵告密的事如實相告。

那青年人故意嚇唬他：「我也是富農仔，你不怕我檢舉你？」李世慶一怔，頓時想起姐夫的告誡：出外行走，不可對別人說出自己的身分，沒有必要不說話。眼前這個人，剛剛見面就對他說了這麼多話，找死啊？他說：「不是所有富農仔都是這樣的。」

那青年人變得嚴肅了，他說：「話雖如此，若然我也是賣友求榮的，你不是又要捉回去坐監？」

李世慶想想也是，無言以對。

一陣寒風吹來，他們衣服單薄，都冷得顫抖。那人先爬入稻草洞去，躲到草洞的深處，讓李世慶也有藏身的地方。李世慶爬入稻草洞，隨即抓起稻草蓋上洞口，寒風吹不入來，但裏頭就一片漆黑，甚麼都看不見了。

他們仿如穴居人，黑暗中，只憑感覺，只憑氣息才知道對方的存在。在監獄時，睡的和取暖的也稻草，不過，囚徒之間也有一點點距離空間，不必人擠人，可以坐立，呼吸也能舒暢。

筆架鎮監獄的牆壁是紅磚頭砌成的，由牆腳一層層砌上去，磚頭與磚頭之間用泥灰黏牢。李世慶用那把雕刻的小鋼刀割斷綑綁着自己身上的繩子，解除了束縛，然後用雕刻刀像刻石一樣，一下一下雕挖磚與磚之間的泥灰，發出絲絲的響聲。陳瓊和毛球躺在稻草上，對他的動作視而不見、聽若罔聞，讓他雕挖。

他選擇在午時做這件事，因為在光天化日看守的民兵疏於防範，而且外面有嘈雜聲，牢房裏有輕微的響動聲外面也聽不到。只要陳瓊、毛球裝聾作啞不呼叫就可以繼續做下去。磚頭之間的泥灰只堅韌，並不堅硬，雕刻小鋼刀一划下去，泥灰就脱落。刮一下，泥灰就脱落一些，不斷重複，愈刮愈深，脱落地上的泥灰如粉沫，可以用稻草掩蓋，沒有留下甚麼破綻。

挖磚牆，不宜操之過急，要慢慢做，還要用心聽，外面一有甚麼動靜就要即刻停手。有一瞬，外面傳來腳步聲，他即刻放下雕刻刀，急急把稻草推到牆腳去掩蓋，卻揚起一陣塵灰。看守的民兵推開牢門進來，他這裏望望，那裏看看，像在尋找甚麼。李世慶的心臟卜卜跳，卻裝作若無其事一般坐在稻草上。

李世慶暗暗慶幸，民兵沒注意他身上沒了繩子，而他們不是把新的囚犯帶入來，要不然，新來的因徒會將他越獄的計劃打斷，他冒險又辛苦挖開的磚頭罅隙會白廢。而且看守者一旦發現牆上的痕跡，就會審問他們，要他們招認是誰做的。到了那時，他越獄不成，還要加重他的刑罰！

有了這樣的憂慮，他必須抓緊時機工作。但是這種事情又不能明目張膽去做，使他處身於進退兩難之中。

事情既然開了頭，繼續做下去還有成功的希望，沒有半途而廢的道理。陳瓊、毛球既然不想越獄，自然不會理他，他們裝聾作啞不舉報已經是對他最大的幫忙了。現時一切都要靠自己，沒有別的辦法了。

像初時一樣，一有時機就刮牆。頭一個磚頭的罅隙挖通了，接着挖第二個。他比劃着兩個磚頭位的小洞不能容身，爬不出去。

若是他像孫悟空就好哩，他有法術，能將自己的身體變小，伸縮自如，小小的洞口也能爬出去。可是他是個平凡的青年人，必須挖去幾個磚頭的洞口才能爬出去。

現時他和陳瓊、毛球都不獲准放風，每天只在食飯的時間，才有人送來一些番薯粥、玉米粥之類讓他們裹腹。這個時候，他們已饑腸轆轆，一見到食物就像餓狗搶屎一樣，拿起瓦缽就吃喝。

送飯的是個將老未老的人，面相像兇神惡鬼，他不想往來多走一次，就站在牢房中，等待囚徒吃完了瓦缽中的食物，才收拾瓦盤，關上牢門離去。

吃完粥，已過午時，李世慶從稻草堆中拿起那把雕刻鋼刀，趁外面無人時，繼續挖牆。第一塊磚頭弄開了，光線射入來，這個時候，他心急如焚，也力大如牛，一口氣撬下好幾塊紅磚頭，成了一個大缺口。他趴在地上，將頭顱伸入牆洞中，雙手向前，拉直身子，像游泳一樣，手腳併用，爬了兩三下，人就落在外面的草地了。

外面靜悄悄，四周無人，也沒聽到陳瓊、毛球的呼喊聲。他像出了洞的野獸，急急爬起來，向後山的樹林走去⋯

現時他躲在稻草洞裏，回想挖牆越獄的大膽行為，心猶有餘悸。陳瓊、毛球真的信守諾言，沒有出賣他。但是稻草洞中這個新認識的青年人會怎樣？他的來歷如何？他還未弄清楚。和一個來歷不明人在一起，無法讓他放心。他要求對方作自我介紹。

那人也直言不諱，他叫淩志，家庭成份是富農，他父親的富農頭上還加上「惡霸」的帽子。其實他的父親並不惡，也沒有霸佔過別人任何東西，只是性情暴躁，持才傲物，得罪過不少人。土改運動時，他不堪被鬥爭，不願受人家侮辱，上吊自殺了，遺下他和他的母親。大躍進後的三年大饑荒時期，他在家鄉無錢無糧，無法生活下去，就離家出外做盲流。他曾經流浪到東莞縣，在那裏結交一些朋友，幾個人一起計劃偷渡去香港。可是東莞距離深圳太遠，大家都不熟悉那裏的地頭，選擇偷渡的路徑不當，出師不利，前後三次都被那裏的民兵捕獲，押解回他所屬公社監禁起來。因為他每次刑滿放出來了，再次逃亡，不肯悔改，群眾就鬥爭他，在他胸前掛上一個木牌子遊刑，要他一邊敲銅鑼一邊喊「打倒逃港分子淩志！」、「再不悔改死路一條！」

李世慶說：「幾次失敗，幾次都被押解回來，你還不怕？」淩志說：「只要有一日命，我都要逃。」李世慶說：「那邊有甚麼好值得你拚命去做！」淩志說：「那邊自由。人有尊嚴活下去。」李世慶說：「你有親人在那邊嚒？」

淩志說沒有，但他的舅父在英國。如今搞文化大革命，有人說他「裏通外國」，有做特務的嫌疑，他不逃走不行。

李世慶說：「你偷渡了幾次，是老手了，我在這裏認識你，太好哩。」淩志說：「你也想偷渡？」世慶說：「想。只是不知道門路，不知道怎樣做。」

淩志說，東莞縣接近寶安縣，他前後在那裏混過很長日子，那裏的青年人都想偷渡，有人成功，有人失敗，他們都摸索到偷渡的途徑了。有人從陸路爬過梧桐山，過邊界河，有人從深圳灣泅水過去。不過，從水路偷渡比山路難度大，泳術好還不行，因為是黑夜下水，要曉得潮汐甚麼時候漲甚麼時候退。若是潮漲時下水要加倍氣力，而且潮漲時海面闊，泅的時間要長，而在潮退時下水，順着潮水飄流，而且海面窄得多，泅水的時間會縮短。能夠掌握潮汐漲退的人，他們預先躲在海邊的隱蔽處，等到開始潮退就落水，人就順着退潮的海水泅，到了海中心時，剛好潮漲，人只浮游在水面上，海潮就推着你向對面泅去，省時又省力——這樣泅到香港新界的機會就會很大。

李世慶聽得入神，他說：「要是我們曉得海潮漲退就好哩。」凌志說：「就算曉得，也要看運氣，因為走去海邊落水時，若被邊防軍開探照燈發現，就放狼狗追，開槍掃射，好多人就是這樣被打死。有些人不中槍，泅到海中氣力不繼，泅不動了，疲累到想睡覺，在海上載浮載沉，等待水鬼來勾魂。有些人拚命泅到對面海邊了，後海灣那邊是養蠔的，海泥中都是蠔殼，會被蠔殼刺到遍體鱗傷，流血不止，無法上岸。解放以來，不知道多少人被打死淹死在深圳灣中，海底屍骨纍纍，冤魂處處。有少數人還變成風流鬼。」

李世慶說，這些都是人間慘事，都是為了逃離國土尋求自由而死的冤魂，怎麼會有人是風流鬼？凌志說，在逃亡者之中，有些是年輕情侶，他們雙雙逃亡，到了海邊蘆葦叢中等待時機下海時，一時情濃，又不知道此去是生是死，為了一嘗男女的滋味，就在隱蔽處擁吻交歡。這種男女之事，損耗精力，女人還好，男人射了精液就疲倦好久，一落水游泳，往往到了半途就氣力不繼，葬身海中，這等人不是因一時風流快活而成鬼嗎？

李世慶還年輕，又無機會做這種男歡女愛之事，但他在山上放牛時，看過公牛母牛交配，這個時候他感覺熱血沸騰，身體亢奮得如火燒，他忍耐不住了，就躲入樹林拉下褲子作手淫。未完事之前，身心都亢奮不已，一射了精液，人就像山崩地裂一樣跨塌了。他說：「照你這樣講，就算有女仔在身邊我都不敢做那種事哩。」凌志說：「你知道就好。」

沉默一陣間，凌志又說：「有些游泳高手，他們為了離開大陸，從珠江口下水游到伶仃洋，因為水路遠，就預先在手臂上綁上一塊煮熟了的肥豬肉，到半途若是肚餓了，就一邊游一邊咬手臂上的肥豬肉充饑，拚命游到香港新界那邊去。」

李世慶聽得驚心動魄，他說，游過這樣的大海，要多大的膽量、強健的體力啊。凌志說，偷渡有如上戰場衝鋒陷陣，勇猛強壯的生存，畏縮體弱的死亡。像他們餓得骨瘦如柴欠缺氣力的人，無異去送死。

李世慶說：「照你這樣講，我們去偷渡凶多吉少哩。」凌志說：「我不打算現時就去，今後有飯菜食飽，養好身子才去拚搏。」李世慶說：「如今我們光棍一條，身上的錢不多又沒有糧票，哪有飯菜食！」凌志說：「由明天早上開始，我們一路向北面走，半途找些散工做，掙一碗飯食，等時機到了，再走下一步。」李世慶說：「我們沒有證件，是問題人物，有誰肯要我們做工？」

凌志說：「上次你去佛山都無證明，也能在石場找到工作做，掙到飯食，如今為何不能？」李世慶說：「那份工是我姐夫為我找到的，不是每次都有這樣好彩哩。」

凌志見他有點喪氣，這樣說：「你有膽量挖牆越獄，求生意志甚強，既然冒着大險出來了，就要有鬥志，繼續奮鬥下去，總會有成功之日。」李世慶見他對偷渡的門路知道得多，又有鬥志，自己的信心隨之大增。

* * *

二十多日後，李世慶和凌志來到廣州。那天晚上，他們在稻草堆中不期而遇，因為彼此都是逃亡的，命運相同，目標相同，有了共同語言，兩人就成為患難朋友。他們在那個稻草洞中談話到深夜，睏倦極了才入睡。翌日天濛濛亮，凌志擔心有人來取稻草，會發現他們，他坐起來，叫醒李世慶，離開溫暖的稻草堆，向田野那邊走去。清晨的空氣寒冷，田間無人，他們走進蘿蔔地中，心照不宣地拔起兩隻蘿蔔，用手撥掉表皮的泥污，扭掉葉子就吃。蘿蔔白嫩多汁，他們大口交嚼，是好的早餐。

他們是異姓的難兄難弟，兩人在路上朝東北方向走，白天走到種着莊稼田邊，趁無人的時候就下田挖番薯拔蘿蔔裹腹，晚上照樣躲入稻草堆中度宿。因為幾日以來都是食生番薯生蘿蔔，缺乏鹽份，感覺身體不對頭了，渾身乏力了，到了一個小市鎮時，才去小飯店買飯菜吃。他們坐下吃着熱飯，吃着鹹菜肉糜，像山珍海味一般好吃。

和普通農民一樣，頭戴笠帽，粗衣爛褲，翻山越嶺，走平川，過小河，沒引起途人注意，無人理會他們。

起早摸黑走了好幾日，來到一個小城市，向途人打聽，才知道身在江門鎮了。他們在街道上路過，市面頗繁榮，人來人往，行人的衣着也潔淨體面。他們這段日子坐牢越獄，攀山涉水逃亡，衫褲都磨損了，破爛了，蓬頭垢面，樣子猶如乞丐，會惹起別人懷疑他們是壞人。遇到公安查問就不好了。

李世慶越獄走到塘鎮，得到林森資助幾十塊錢，如今還好好藏在身上，分毫未用。他和淩志走進一間服裝店，想買兩套像樣的衣服，但他們沒有布票，店員照新中國的政策做，不能賣衣服給沒有布票的顧客。

淩志流浪過很多地方，見過世面，也有一點膽識，但是想到自己是逃犯，不好和店員理論，示意李世慶快些離開。來到街市，在牆頭下見到一個售賣故衣的地攤，草席上有唐裝、中山裝、列寧裝，還有皮鞋、布鞋、淩志問檔主：這些舊衣服不用布票吧？

檔主見他是外來人，想多敲他一筆，這樣說：「你拿不出布票，可以賣給你，不過價錢要貴一些，你們看中哪件？」

淩志看得出，這些舊衣物多是紅衛兵打砸搶，抄別人的家扔出來的，這個檔主接收，是一本萬利的生意，他還藉口說他們拿不出布票，要提高價錢，真是貪得無厭！淩志想：你精我也不笨，你會開天殺價，我就不會落地還錢？他與檔主討價還價一番，就買到他們所需要的東西。

兩人走到附近的廁所，除掉身上破爛的衣服，換上剛從攤檔買來舊的列寧裝，戴上鴨舌帽子，着上鞋子，彼此看看，不約而同地想：若是胸前扣上毛澤東的頭像章，臂上戴上紅袖章，不就可以冒充紅衛兵了嗎？如今的紅衛兵春風得意，橫行無忌，搭車乘船不必買票，上館子食飯可以不給錢走人，若是搞大串聯，拿着「紅寶書」唸唸毛語錄，喊着「誓死捍衛毛主席」的口號，人民解放軍也要讓他們三分。

身上有了這副行頭，他們的膽量也大了。他們在市鎮中瀏覽一陣子，來到江邊，原來江邊是長長的碼頭，那裏停泊着一艘艘內河船，有人在岸邊上落貨，有客人上船。李世慶和淩志走到售票處看看，售票員並不查問他們是否有證明，他們才買到去廣州的船票。這時候還早，未到開船的時間，他們肚餓了，就去街市買熟番薯吃。番薯剛剛從焗爐中取出來，熱氣騰騰，柔軟肉香，與從地裏挖出來的生番薯差得太遠了。他們連番薯皮都不剝，狼吞虎嚥地吃。

晚上登船，爬入艙底，拿出船票對號入座。艙房中燈光昏暗，通道中有人爬上爬落，走來走去，大家打照面時，也只能隱約看到對方的面孔。李世慶連日來趕路逃亡，食不飽，穿不暖，疲勞極了。如今身處船艙中，溫暖舒服，就倒臥在鋪位中歇息。鋪位上面有棉被，他伸手去拉扯，一個小皮包從棉被中滾出來。他不知道小皮包中裝着的是甚麼東西，好奇心起，打開看了看，是糧票和鈔票！

這一發現，他又驚又喜，心想：好不好即時揚聲問是誰人遺留下來的？不能這樣做，因為一出聲，人人都可以來認領，説是他（她）遺留的，怎能知道那人是真正失主？這樣一來，必然會引起你爭我奪，惹來大大的麻煩。他又想，是不是自己搞錯了坐在人家的鋪位上？他拿出船票和鋪位上的編號對照，沒有搞錯。那麼，是不是上一水船的乘客忘記拿走遺留下來的？好不好拿出去交給船員？但是船員可靠嗎？忠誠嗎？要是他是貪心之人，據為己有，中飽私囊，不是自己拾到寶轉送給別人？

李世慶心亂如麻，拿不定主意怎樣做。他爬過隔鄰的鋪位，在凌志耳邊細聲將他撿到糧票、鈔票的事告訴他。凌志搖搖頭，又向他打眼色示意他勿張聲，看看事情怎樣發展再見機行事。李世慶説，他的心很亂，坐臥不安。凌志説，你怕就把它交給我，由我應付。你睏倦了就歇息。

過了一陣子，所有乘客都登船了，各人都在自己的鋪位上或坐或臥了。機房中的機器突突響，船員解纜開船了。艙房中沒有窗口，外面的景物是甚麼樣子都看不見，只聽到突突的機器聲和船頭衝擊江水的哇哇聲。這些聲音摻雜在一起，仿如交響樂，彷彿催眠曲，使人昏昏欲睡。

李世慶的心事在腦海中翻滾，無法靜止下來，睡得並不踏實，作着零零碎碎的夢。夢境如幻如真，走路時輕飄飄，他彷彿在無重狀態下漫步，到了地的盡頭，他無法止步，跌落山崖，滾到無底的黑洞——他大驚，身子顫抖，在迷迷糊糊中，發出嘀嘀的聲音，深深地呼氣。

微微睜開眼睛，床鋪上面的燈光幽暗，船外的波浪聲沙沙響，原來他不是在空中行走，是小輪船載着他在江水浮游。這是他人生頭一次乘船，而且是夜航，人在艙房中，外面是怎樣的情況？水真是奇妙的東西，它本身軟綿綿，船隻無論多麼重，江水都能乘托着它行駛，不會下沉。

他是山地人，家鄉只有一條小小的白沙河。他們的生活困難，無魚無肉食，他很小的時候，就去自沙河摸魚捉蝦，捉到了，就裝在籃子裏，拿回家讓奶奶煮熟一家人吃。起初他不會游水，沉在河中拚命掙扎，手爬腳踢灌了不少河水，嗆到半死才抓着蘆葦爬上岸。有了這次瀕臨死亡的經驗，他才知道水是有浮力的，只要不慌亂，慢慢浮游，人就不會沉下去。後來他不但不恐懼河水，還感覺游水很好玩，時常去白沙河游泳，泳術天天進步，游得多了，就像河魚一般能游了。

但是，河中沒潮汐漲退，沒有海上那樣大的波濤洶湧，他在小河中能游來游去，並不費力，到了海上又怎樣？他們此去，是從深圳河還是從後海灣偷渡？

這些生死存亡的問題在他腦海中一浮現，他再也無法入睡了。輪船在江水中航行多久了？他在船艙中睡了多少時間了？他沒有手錶，不知道此刻是甚麼時候，船到了甚麼地方。

右邊鋪位是淩志，他身上蓋着棉被，靜靜地躺臥着，他在甜睡中還是在想問題？先前他拾到的小皮包，因為惶恐不安，已經交給他了，他怎樣處置這些糧票鈔票？如今的處境，糧票和鈔票對他們都十分重要，若是無人來追尋，他們據為己有，就能解決很多問題。淩志也是這樣想的吧？

感覺到輪船的速度快了，船身顛簸搖晃。船到了大海？遇到急流？好不好起床爬上甲板看看？他伸手去鄰床拍拍淩志。淩志睜開眼皮，問他甚麼事。他說：「船搖動得很，不知道發生了甚麼事，我想去上面看看。」淩志說：「我要保管財物，不可離開床鋪，你自己上去啊。不過，船正在航行，小心會跌落水。」

李世慶明白他的意思，他們沒有行李，所謂「財物」，是他拾到的小皮包。他需要保管的只是它。

別的乘客都在鋪位中睡覺，他爬起床，輕輕走過通道，從梯級爬上甲板去。夜風吹來，空氣寒冷，天已經濛濛亮了，能見到江水滾滾，船尾捲起的漩渦在打轉，江水兩岸的樓房隱約可見，船似乎駛入大城市了。他想，這裏是不是省城了？

早前他在佛山石場待過一段日子，那時他聽別人說，廣州是中國南方最大的城市，高樓大廈林立，市面繁榮熱鬧，珠江從城市穿過，江面上的大橋接通南北兩岸，車輛能夠在橋上往來行駛。前面遠處有座橋樑，那就是有名的海珠橋吧？

輪船繼續向前行，江面上的風呼呼響，他站立久了感覺寒冷，船又在搖晃，他有點暈眩，恐怕真的掉落江水中，轉過身，爬落梯級，回到艙房的鋪位。

躺下不到半句鐘，剛剛入睡，船震動一下，大家都驚醒了。有經驗的人說，船泊碼頭了，到達省城了。淩志拍拍李世慶，示意他快些離船上岸。他們沒有行李，沒有老婆小孩要照顧，又年青敏捷，領先爬上甲板，像竊賊一樣急急上了堤岸。

晨光曦微，堤岸上的樹影婆娑，沒甚麼人行走。淩志快步向那邊走去，離開碼頭遠了，從懷中拿出那隻小皮包、打開，把裏面的糧票鈔票都掏出來，一半分給李世慶，另一半自己放入口袋中，才將那個空空如也的小皮包扔入江水中。李世慶心中疑惑，問他為何這樣做？淩志說，糧票鈔票有用才留着，小皮包用不着，要即刻扔掉它，以免有麻煩。

李世慶耿耿於懷，說拾到的東西不應該據為己有，應該還給人家。淩志說：「還給人家？你知道這個小皮包是誰遺留的？你去哪裏找他？拿去派出所？拿去公安局？就算你夠膽拿去，那些『同志』可靠嚒？像你一樣忠實嚒？他們就不會私吞袋袋平安嚒！」

李世慶說，這些問題他也想過。淩志說：「你想過就好，但是你想得不夠，還要多想一些。糧票鈔票是你拾到的，你就感覺不還給人家不安心。那些貧僱農鬥我們，抄我們的家，拿去我們的財物，他們有良心嚒？感覺不安心嚒？如今的紅衛兵，到處打砸搶，是應該的？」

淩志愈說愈激動，竟然忘了這裏是江邊堤岸，是公眾地方。李世慶擔心他再說下去被人家聽到就不好了。他拍打他一下，喊他快些離去，免得惹人注意。

*　　　*　　　*

十多日後，他們輾轉來到寶安縣邊境了。淩志曾經三次來過東莞縣，結交過不少想偷渡的朋友，這些朋友其中有地主、富農，貧下中農也不少，因為他們的目標相同，也不分誰是甚麼家庭成分。為甚麼會如此？很簡單，因為凡是偷渡的，都是思想有問題，當你是不滿人民政府罪論，偷渡時若被邊防軍、民兵發現，不理你是甚麼階級，都會開槍射殺，放狼狗噬咬，棒打抓捕。這個時候，沒有敵人的恨，沒有無產階級的愛了，有的只是「不怕犧牲，排除萬難」拚命投奔到資本主義那邊去。

各公社的幹部有見及此，經常招集社員開大會，向他們宣傳教育，說香港是英國人統治，窮人受港英政府壓迫，被資本家打壓剝削，食不飽，穿不暖，有人還要賣兒賣女維生，這樣一天天爛下去的資本主義，醜惡的香港，實在犯不着向那邊跑。

然而，人民的眼睛只看事實，他們看到那些有親友在香港的人，他們歸來的時候，就帶回漂亮的衣服，精美的食物，還有收錄卡式機、勝家衣車，真是衣錦榮歸。回來的人私下說，就算窮人在香港做乞丐，也能乞到飯食，不願乞討的人，也會得到慈善團體、教會施米施麵救濟，不會餓肚子。

人往好的地方走，任你幹部鼓起如簧之舌說社會主義怎樣好，聲嘶立竭說資本主義如何壞，一有機會，人們就偷渡。

寶安縣與香港只有一水之隔，這個地區猶如磁石，把有意偷渡的人從外地他鄉吸引到這裏來。淩志以前來過東莞幾次，熟悉東莞縣境的地頭，如今他重臨舊地，很快就聯絡上當地想偷渡的青年人，和他們一起來到寶安縣的深圳邊緣。

深圳是大陸東南面的國門，是國民偷渡的落腳點。公安對外來人檢查甚嚴，沒有本身公社的一級證明書，不能進入這個守衛森嚴的地區。像淩志和李世慶這種人，當然拿不到他們公社的任何證明文件。但是不理甚麼樣的公社，甚麼樣的身份，沒有錢不行；有錢都可以解決問題。

淩志在東莞聯絡上幾個「志同道合」的青年朋友，其中一個叫向往。向往聰敏好學，喜歡讀書，小學在他所屬的縣城讀書，畢業後考上省成××中學。讀了六年，以優異的成績高中畢業。這時文化大革命運動來了，政府取消高考，出身好或有權勢撐腰的學生獲保送入大學，其餘的要被動員上山下鄉，到邊遠地區插隊落戶，和農民一起生活，向往是農家子，可以不去遠方落戶插隊，他選擇回家鄉的公社耕田。事實上，他有高遠的志氣，想繼續升讀大學，再讀研究院，將來做一番大事業。如今人民政府取消高考了，他被逼回鄉做社員種田，理想落空，只好挺而走險，向另一方面打主意了。

他的父親知道他想偷渡去香港，這種行為無異背叛社會主義祖國，背叛黨。他說：「我家三代貧農，共產黨解放我們，分給我們田地，生活好了，我才有能力供你去省城升讀中學，你怎可以有這種壞念頭！」向往說：「土改時分給我們的田地，只有幾年村裏就成立農業合作社，接着又是人民公社，分給貧僱農的田地政府變相收歸國有。而且搞土法煉鋼，搞大躍進，結果是大躍退，穀麥失收，弄到人民要餓肚子，三年困難時期全國不知道餓死多少人。這樣亂搞一通，是解放人民還是拿人民的生命財產作賭注？」

他的父親聽了他的「反動言論」，目瞪口呆，這樣說：「我家三代貧農，根正苗紅，你怎可以說這種話！」向往說：「我家三代貧農，以前食不飽着不暖，生活困苦。如今我不想再做貧農，一直貧下去……」他的父親說：「你偷渡去那邊就會發達！」

向往已經下定決心偷渡了，他說：「去了那邊的人，就算不發達，也可以得到自由，可以選擇自己喜歡的工作做，在國內有得選擇嚒！」他的父親說：「做這種事太危險，會被邊防軍打傷打死啊！」向往說：「這事我知道有危險，我還要去搏。」他的父親說：「你留在國內，又不是無法生活下去，為何要拿命去搏？」向往說：「若是我搏贏了，今後我的生命會不同；若是死在半途，我認命好了。」

他的父親見說不服他，嘆着氣，沉默不語了。

向往曾經瞞着他的父親偷渡過一次，因為不熟悉邊界的地域環境，失敗返回老家。因此他知道，想偷渡成功，必先要在邊防區待一段日子，摸清楚那裏的地理和哨崗等等情況才行。他的出身好，又是本鄉公社人，拿到公社的證明書不難。但是，淩志和李世慶是外來的「問題人物」，就要費心勞神了。

過了兩日，他見他的父親心情好了，就對他的父親說：「阿爸，你同公社書記有交情，希望你為我兩個外來朋友搞兩張證明。」他的父親吃了一驚，這樣說：「要我去做假證明？我又不是公社掌權掌印的，怎樣做得到？」向往說：「你同書記有交情，我才求你。」他的父親說：「人情還人情，公私要分明。這事我不好向他開口。」向往說：「給你們一筆錢行不行？」他的父親說：「你哪來的錢？發了橫財？」

向往說，錢是他朋友的。又說他的朋友若然去了香港，不會忘記他的幫忙，以後會給他好處。他的父親動心了，問他「一筆錢」是多少？向往反問他父親要多少才行得通。他的父親說：「我們是父子，好講話，問題在書記那邊。」向往說：「你同他相熟，知道他的為人，依你看，他要多少？」他的父親說：「我看，最少也要兩千（元）。」

向往告訴他父親：淩志、李世慶的姓名和年齡，然後又說，證件到手就交錢。

三年大饑荒時期引起的大逃亡潮，寶安縣境的青年大都逃跑了，地方上的各種建設都欠缺年青力壯的工匠。淩志、李世慶拿到以假亂真的公社一級證明書，和東莞幾個志同道合的朋友，很快就在寶安的建築石場上找到工作做。表面上，他們是來做工掙飯食，掙錢養家，實際上，他們的目標只有一個，就是在深圳附近待一段時期，摸熟邊界的地理環境，伺機逃跑。

寶安的深圳是邊防地區，公安對外來的民工檢查甚嚴，連花名冊都掌握在他們手中。但是公安人員的頭腦再靈，監控再嚴，也會百密一疏，存在漏洞：工地上有工人今晚偷渡去了，主管害怕受懲罰，隱瞞着，不敢向上級報告，明天又從外面招來幾個人填補，工地上的人數沒多大變動，甚至人名也是用逃跑了的人補上。公安人員來檢查的時候，工地上那麼多工人，還能認得出誰是甚麼姓名、甚麼面貌？

李世慶曾經在佛山石場做過幾個月工，他的爆石打石技能很好，主管就讓他做工頭，帶領凌志、向往和那另外幾個朋友一起工作。他們的目標相同，生死與共，身上又有證明文件，在山上爆石鑿石時，他們就乘機觀察邊境的山勢地形、河流海灣，默記於心。

在建築石場上工作了兩個多月，領到少許工錢，凌志、李世慶幾個人就在城鎮買背包、摺刀、乾糧等需用的東西，收藏好，等待有利時機來臨。

工地上的勞工，有一個叫張三的同道中人，他是寶安人，非常熟悉深圳河兩岸的情況。他在山上指給李世慶看，又說，解放前，大陸與九龍之間的深圳河為邊界，但是那時兩邊都不設關卡，沒有邊防軍站崗防守，大陸人無須證件可以過河去那邊種田、探親、工作、經商，往來自由，無人查問阻攔，沒有偷渡這回事。後來共產黨來了，當政了，那些有錢人、舊官員、知識分子，恐怕被清算鬥爭，變成難民，從各地跑到寶安來，渡河到香港去。因此人民政府就在河這邊架起鐵絲網，設哨崗，派軍人防守，在羅湖、文錦渡設立口岸關卡，沒有過境證件的人不能通過。從那時起，沒有「通行證」的人民想去香港只有偷渡過去。

李世慶有顧慮，他說：「過了深圳河，那邊的軍人、警察不理嚒？」張三一知半解，他說：「香港有甚麼『抵壘政策』，這邊的人一過了河，到了那邊，就是『抵壘』了，就是香港人了，可以去政府部門領身分證了。」李世慶說：「偷渡是不合法的，他們不捉人嚒？」張三說：「六二年大逃亡，人群像潮水一樣擁過去，因為偷渡的人太多了，那邊吃不消，就派軍人、差佬（警察）來捉。有人走甩了，有人被捉到……」李世慶說：「捉到了，怎樣處置？」張三說：「捉到了的，就要遣返大陸。」

李世慶頓時沮喪了，他說：「千辛萬苦拚了命才跑過去，剛脫離虎口，到了那邊若被捉到又要解回來，和在國內逃亡有甚麼分別？」張三說：「聽人家講，那邊現時工業興旺，欠缺人手，港英政府就放鬆大陸人過去，軍人差佬見到了，也一隻眼開一隻眼閉，不理你，就可以去領身分證，成為香港人哩。」

李世慶釋然了，心想：這樣才值得拚命偷渡啊。

一切都準備好了，某日傍晚時分，由張三帶頭，幾個人來到梧桐山山下。梧桐山是他們計劃偷渡的頭一站。山頂的高度近千米，山中叢林密佈，山路蜿蜒崎嶇，山石嶙峋，荒草雜亂，偷渡的人，有人不慎失足，從山上跌下摔傷摔死，有人被困在山中多時，糧食已盡，饑餓者為爭奪最後一點食物，互相打鬥而死。山上山下都是偷渡者的屍體，白骨纍纍，冤魂處處。

他們幾個肝膽相照的朋友，為了掩人耳目，在夜色蒼茫中，化整為零，像一般外出勞作的農民一樣，從不同地方走到前面的甘蔗林等待。張三是本地人，曾經偷渡過，有經驗，是「識途老馬」，由他帶頭起號。過了一陣子，天黑了，張三輕輕拍了三下巴掌，李世慶、淩志、向往也在不同地方拍巴掌回應，幾個人很快就憑掌聲會合在一起了。

他們都穿着輕便又好跑的解放鞋，為了防備山上的蚊蟲，腿腳都用布條像軍人綁腿一樣包紮好，背上揹着乾糧和必需用的物品，準備在梧桐山中呆幾日都不會斷糧，不致餓死。

甘蔗林又高又密，像一大片叢林，人躲藏在裏頭，外面的人看不到。為了補充水分，增加體力，他們折斷兩株甘蔗，分別咬嚼。甘蔗脆嫩，清甜多汁，解渴生津，猶勝甘泉。

天愈來愈黑了，一切都籠罩在黑暗中，好在不遠處的小村莊有點點燈光，讓他們可以辨別方向。張三認為是時候行動了，說：帶好東西，開始走！他們幾個猶如聽到軍官的命令，像突圍戰士一樣衝出甘蔗林，向梧桐山那邊奔跑。

在田野中跑不多遠，他們的身影暴露在夜空中，那邊傳來「站住！莫跑！」的喝令聲，接着又傳來狼狗兇猛的吠叫聲。李世慶大驚，回頭一看，原來別的甘蔗林也有一班人鑽出來，在田野上奔跑，逃避邊防軍的追捕。

「快跑！不可停，分散跑！」李世慶在危急中聽到張三這樣說，知道他熟悉地形，又有逃避追殺的經驗，就不理別的同伴，拚命飛奔。分散跑有道理，就是狼狗咬住一個，也咬不到所有人。朦朧的田野上，他看見張三跑在前面，他就尾隨着他跑。

這個時候，人有如在戰場上追逐搏鬥，亂紛紛，為了保命，有人就伏下去，在地坑躲藏。李世慶心想，若在半途躲起來，就中斷偷渡的行動了，到了這個時刻，是死是活都要繼續向前跑！

不知道跑了多久，聽不到人和狼狗追來的聲音了。他和張三、淩志、向往爬上山林了，才聽到不遠處傳來狗吠聲，被人痛打的淒厲聲——有同伴被邊防軍抓捕到了！

大家都很驚慌，害怕再有狼狗和邊防軍追趕到來，不敢停留，張三看見山林邊有條小河，他說：快跳落河！大家向前奔跑幾步，就蹤身跳落河，順水漂流而下。原來人一沉入水中，狗就聞不到人的氣味了。河水粼粼向下游流淌，他們在黑夜中不知道漂流了多遠了，估計狼狗不會追來了才稍為放心。

爬上岸，大家抬頭看看，朦朧夜色中，也能看到前面是一座巍峨險峻的大山。張三說，到達梧桐山腳了。真是幸運，這裏沒有哨崗，沒有軍人、民兵埋伏。他們略為放心互相打着手勢，彎着腰，向山上爬去。

山上林木茂密，雜草叢生，大小石頭滿佈。微弱的星光下，習習的山風中，叢林像碧綠深沉的大海，他們彷彿處身於波濤洶湧的海洋中奮力向上攀爬。張三說，右面是「老虎嘴」，山崖陡峭，怪石嶙峋，這十多年來，不知道地形山勢的偷渡者，黑夜到了那邊就會失足跌落去死傷。

李世慶和他相處雖然並不長久，卻驚嘆他對偷渡途徑如此瞭然於心，依照他的引領去做好了。

半夜時分，他們攀爬到山頂了，站着喘氣，向南面望去，山那邊燈光璀燦，照亮了夜空。那邊就是繁榮熱鬧的夜香港啊！這時他們又渴又餓，都停下來，將背包除下，從裏面拿餅乾出來吃。乾糧和人早前在河水中一起浸泡過，都軟糊糊了，正好飽肚又鮮渴。他們坐在石板上，一邊吃東西一邊談話。四個人之中，只有李世慶有親人在香港，他告訴他們：他父母在香港九龍粉嶺的住址，若然大家能逃跑過去，日後可在他父母家中見面。

然而，這時大家都在梧桐山上，山下是村莊、稻田、蘆葦叢、深圳河、鐵絲網，荊棘滿途，危險重重，誰吃子彈，誰被狼狗噬咬，誰被官兵抓到，大家不知道。別的地方不說，就是這座梧桐山中，有偷渡者被困在山中斷糧餓死，有人失足跌落山岸摔死，有人為爭奪最後一點食物自相殘殺喪命。叢林石澗中常有屍骸，白骨處處——這樣的情況，誰知道有沒有命跑到那邊去？

這座叢林密佈的大山，是偷渡者最好的藏身之所，解放以來，不知道多少人是這裏的過客，作短暫的停留再起步，或許能夠到達彼岸。但是也有不少人被困在這座山中缺水斷糧，進退兩難，最終走上黃泉路。

李世慶和他的同伴在寶安石場工地上相處了幾十日，知道他們的情況。張三的情況頗特殊，他的家庭成份是中農，是小學教師，思想進步，因為他的岳丈是國民黨小軍官，共軍打到廣東時，他就隨國軍退守台灣去了。這事他的妻子曾經告訴過他，但是他一直隱藏在心中，不好對別人說起。文化大革命運動來了，他小學的同事不知道從甚麼地方得知他的岳丈是敗走台灣的小軍官，揭發他知情不舉報，就批判他，要他在「靈魂深處鬧革命」，要他自我檢討交代。

張三的「黑材料」已經曝光了，有人在校園的壁報板上貼他的大字報了，若是再掩飾，只有壞處，沒有好處，所以他就將他所知道事情坦白交代，寫檢討書，自我批判，希望能夠過關。但是揭發他黑材料的人不相信他的心事這麼少，還懷疑他與身在台灣的岳丈有聯繫，要他繼續檢討交代，要他再往「靈魂深處挖」，要他向黨和人民「交心」。

他寢食不安，非常痛苦，因為他已經把他所知道關於他岳丈的事情完全寫在白紙上了，還有甚麼好寫啊？但是批判他的人説，他的心中事別人看不到，他的靈魂深處還藏着很多秘密，要他三番四次寫檢討書。他拿着筆，面對着白紙，搜索枯腸，再沒有甚麼東西好寫了。在這種苦苦煎熬的情況下，逼着他一次又一次偷渡，再次重上梧桐山。

現時南中國地區的氣溫已經很和暖了，人處身在山林不感覺寒冷。他們都疲倦了，就躺在草叢中睡覺。夜深人靜，唧唧蟲聲猶如催眠曲，他們很快就進入夢鄉。但是他們睡得並不踏實，恐怕有野獸來噬咬，有蛇蟲來侵襲，有民兵上山來搜捕，心緒不寧，都在半睡半醒的狀態中。

不知道過了多少時間，露水沾身，蚊蟲在面上叮咬，李世慶醒了。他睜開眼睛，坐起來，山氣氳氤，東方已經發白，天濛濛亮了。他們躺臥在叢林中，身子靠在一起，一人有動作，大家都驚醒了。張三説，上山容易落山難，黑夜可以爬上山，黑暗中下山會碰到石頭，會踏空跌倒滾落山崖，很危險。現時天濛濛亮了，能辨別方向，隱約可以看見山路了，在這時下山比較好。

大家都覺得他的意見好，都爬起來，揹上背包，在沒有人跡的叢林中下山。南面的山坡陡峭，踏足不穩，他們就抓着樹枝，攀着葛藤，一步步向下溜。他們都年青，視力好，手腳靈活，在沒有人追殺的情況下，不必多久就落到南面的山腳了。

這時天還未大亮，在晨曦的田野上，他們像遊魂野鬼向前面走去。不遠處有村莊，有村莊就有人有狗，他們兜着彎路，迴避那個小村莊，潛逃到濕地的蘆葦叢中。

東方日出，濕地氲氤的霧氣消散，周圍的事物都清晰可見了。他們躲在密密麻麻的蘆葦叢中，聽着前面那條河汩汩的流水聲，也恍惚聽到河中冤魂的嗚咽聲。

張三讀過近代歷史，也翻閱了寶安縣誌，這個時候，先前學到的一點點知識在他的腦海中重現：深圳河源頭發自梧桐山腳下，從東北面往西南流入深圳灣，全長約三十七公里，落大雨雨水漲時，河面最寬處百多米，旱季時只有幾十米，而上游最窄的地方只三四米，人在危急時，拚命可以跳躍過對岸。1898年，英方與滿清政府談判，雙方代表簽署了《展拓香港界址專條》，以深圳河作為港英和中國的分界線，將深圳河以南土地名為「新界」，租借給英國，期限99年，到1997年6月30日止。簽署《專條》之後，因為中方的農家有田地在英方的領域，港英那邊的農家也有田地在中方邊界，所以中港兩地的農民經常互相過河耕種、做買賣、上墳掃墓、探親都無問題。

這時在蘆葦叢中，李世慶靠在張三身邊，他感覺到他的心跳，但是不知道他在想着甚麼。張三腦海中的問題對他並不重要，重要的是他們能不能潛逃過深圳河去。這個時候無論你有多少知識，多麼會思考，若然被邊防軍發現，無須用腦，只須兩條腿跑得快，才有可能擺脱軍人和狼狗的追殺。張三或許有滿腦子知識，但是他的身子瘦小，氣力弱，逃跑時就會吃虧。早前李世慶在家鄉坐牢的時候，也餓得皮黃骨瘦，身子虛弱到走路也無力。後來挖牆洞越獄逃跑到寶安建築工地做工，有飯菜填飽肚子，兩個多月下來，身體調養好了，精神奕奕了，跑起來猶如狼狗飛奔，幾個同伴中無人及得上他。

目前他們躲藏在蘆葦叢中，恐怕被人發現，不敢説話，只各自想心事。有時候有話要説了，他們只能打着手勢，或用眼神互相示意。他們目前的處境，猶如被逼到死角的野獸，誰會吃子彈，誰會被狼狗撕裂，誰會命喪深圳河中，誰能成功跑到英界去，大家都不知道，只在心中默默祈求上蒼給自己好運。

他們在蘆葦叢中都感覺時間過得很慢，度日如年，恨不得黑夜即時降臨。要逃跑過河界去。光天白日會被邊防軍發現，不能這樣做。初夏的晴天，陽光從蘆葦上面灑下來，可以憑日影測度時間。清晨時分他們潛藏入這裏，朝陽從東邊投射進來，幾個時辰過去，沒有陽光了，天空一片陰沉，是不是夜幕降臨了？

天空愈來愈低了，一聲悶雷震天動地，接着雨點就沙沙灑下來。厚厚的雨簾如幕布，遮擋着人的視線。他們不約而同地想：天助我了，這種雨幕正是攀爬過河的好時機。

張三說，時機到了，開始跑啊！大家隨即站起來，撥着蘆葦向外面奔跑。原來蘆葦地的面廣闊，那邊也躲藏着十幾個伺機渡河年青男女，兩幫人同時走出去，向深圳河那邊飛奔，荒廢的田野上人影閃動，泥漿飛濺，噼噼啪啪地響動，引起邊防軍的注意。轉眼間一頭狼狗就飛奔而來，接着就是嘭嘭的槍聲，子彈沙沙飛射過來，從身邊掠過。

有了昨天晚上在甘蔗林被追殺的經驗，他們就像羊群被虎豹追殺一樣分散逃跑。因為人群一分開，目標星散了，狼狗和兩個邊防軍人只能追捕其中一兩個逃跑者，這個時刻，他們只憑着個人本能作出應變，而這一剎那誰作出適當的應變往往會決定個人的生死存亡。星散的人群中，有人向河那邊拚命跑，有人伏下躲入地上的田溝中，還有人爬上樹上逃避狼狗的噬咬。

李世慶在危急中想：到了這個境地，他不能在山坑田溝中躲避，不能爬上樹去，就是吃子彈都要向前飛奔，拚死也要攀爬過河！邊防軍是奉命防守，追捕到偷渡者當然好，追捕不到也不算失職，不會受處分。李世慶是逃命者，只有拚命向前飛奔才有生存的希望；他向有希望那邊跑去。

雨點哇哇地落下，向他兜頭兜腦打來，水珠落到他的眼睛，蒙着他的視線，他一腳高一腳低踏着田野的泥土，背包在他的肩背上晃動，是一種負累。但裏面裝着他必須應用的東西，他不能捨棄，吃力也要揹着它跑。他跨過田埂，落入田溝，跌倒了又爬起來，甚麼都忘卻了，甚麼都顧不得了，不停地拚命奔跑。不知道過了多少時候，他到了一道鐵絲網跟前，前無去路了！鐵絲網高高，像一堵圍牆向東西伸展，在雨簾中望不到盡頭。遇到天羅地網了，他成了困獸！困獸若不拚命突圍，就坐以待斃。他以前被困在牢房中，也能用雕刻刀挖開磚牆逃走，遇到鐵絲網就束手待擒嗎？！

黑暗和雨簾給他作掩護，身上的汗水和雨水混和在一起。他放下背包，從裏面拿出鐵剪蹲在地上剪鐵絲網。雨水哇哇響，掩蓋了他剪鐵絲網的聲音，但是鐵絲堅硬，鐵剪太小，費了很大氣力才能剪斷一根。他曾經用雕刻小鋼刀挖過磚牆，雕刻刀這麼小，堅持挖刨磚罅，也能把磚牆挖了個洞，小剪刀不是也可以剪開堅硬的鐵絲網？

他出盡腕力，鐵絲網被他剪斷三面了，再用腳向前大力撐了幾下，就成了個小豁口。他恐怕時間再拖延，邊防軍若到來，以前他所做的一切都會白費。他速速趴在泥地上，將背包扔過去，然後雙手向前，將身子拉成直線，從鐵絲網的豁口爬過去。過了鐵絲網，嘭嘭的槍聲又向他傳來。雨幕中，子彈不一定射中他，倒是害怕狼狗追到來。狼狗兇猛，嗅覺靈敏，有可能會追蹤而至，像他一樣爬過鐵絲網來噬咬他。他急急從地上爬起來，用腳踏了幾下，鐵絲網的口子就合埋了。

張三對他說過，人一跳落深圳河，就是英界了，中方的軍人就不能追殺了。這是逃亡成功與否的關鍵時刻了，他像衝鋒陷陣一樣向前奔跑十幾步，到了河邊就縱身跳下去。落到河水中，電筒的光亮向他射來，子彈也向他飛來，在他身邊濺起一陣陣水花。

李世慶急中生智，在河邊折下一根蘆葦，折去蘆葦株尾部，含在口中，潛入河底，靠蘆葦管向水面呼吸。過了一陣子，他像蟮魚一樣鑽上水面，探出頭來用手撥掉頭面上的水，又豎起耳朵聽聽，沒有槍聲狼狗聲了，沒有人影了，才順着河水浮游。游了一陣間，到了一座木橋下，利用它作掩護，爬上岸，英界的鐵絲網又在他眼前了！

他打開背包搜索一下，才驚覺他的小鐵剪遺留在大陸那邊了。怎麼辦？好在雨簾中周圍都無港方軍警巡邏，沒人發現他在做甚麼。不知道哪來一股力量，如有神助，他幾下就爬上掛着鐵絲網的混凝土石柱，像跨欄一般從鐵絲網頂跨過去，然後鬆手，一個返身向下跳。落地時失去平衡，屁股先着地，結實的水泥地震得他屁滾尿流。

在寶安石場工地的時候，他聽別人説過，大陸邊境的巡邏路段是泥土地，英界邊境的巡邏路段是混凝土，此刻他跌落在堅硬的混凝土地上，説明他已經身在香港地域了！

他看看身子，衫褲都被鐵絲網的倒鈎掛破了，仿如撕裂了的布條，身上的背包不知道遺落在甚麼地方了，手上腳上都是黑乎乎的血塊，身上傷痕處處，頭上身上沾滿了泥漿污跡，樣子有如泥鴨，有如落水狗，可笑又可憐。但是這又算得甚麼呢，若然不是這場突然而來的暴雨作掩護，他可能命喪在邊防軍的槍下了，哪有命踏足自由世界的土地上？

他環顧四周，沒有人影，淩志、向往、張三和別的同伴這時身在何處？他們被狼狗噬咬？中彈了？越不過鐵絲網？淹死在深圳河中？還是比他先踏足香港地域了？他們都是難友，是同道中人，目標一致，他全心希望他們都能逃跑到香港地界來。

他急急從混凝土上爬起來，轉頭回望，中港分界的深圳河在他後面，圍困着大陸人民的鐵絲網在他後面，鬥爭他、逼害他、追殺他的人在他後面，養育他愛護他的親人在他後面。別矣，何時才能跟他後面的人和事相見？還有機會相見嗎？

此時雨幕低垂，四周無人，他應該往哪個方向走？現時他已成功到達這個自由又陌生城市了，此後他要面對的，又是甚麼人、甚麼事？

第十四章

看守監獄的民兵發現牆壁開了洞，大為緊張，即刻開門走入牢房、三個囚徒少一個了！民兵問陳瓊、毛球：「李世慶哪裏去了！」陳瓊、毛球異口同聲說：「他從牆洞爬出去了。」民兵說：「他爬出牆洞去了哪裏！」陳瓊、毛球都說不知道。

民兵走近牆洞看看，問他們牆洞是誰挖的？陳瓊說：「是李世慶挖的。」民兵說：「他挖牆洞，你們為何不呼叫！」陳瓊、毛球齊聲說：「他有刀，他威脅我們，若是我們呼喊，他就要捅死我們。」

李世慶是這個逃亡集團的領頭人，是重犯，公社書記楊帆有命令，要守緊他，如今讓他越獄了，是民兵看守不嚴，是失職。他們關上牢房門，走去公社辦事處，誠惶誠恐向楊帆報告。楊帆說：「李世慶幾時逃走的？」民兵說：「午時。」楊帆說：「他逃出去不久，走得不遠，快快去追！」

楊帆隨即打電話回筆架村生產大隊，將李世慶越獄逃跑的事告知楊海，叫他火速帶人去追捕。楊海掛上電話，馬上召來幾個民兵，分頭去追捕。他想：李世慶這小子會在牢房挖牆洞逃走，他不會愚蠢到潛回李家，他必然是向外逃，他的大姐在佛山，他是不是逃到她家去了？上次他從村中逃走，真的去了佛山。但是他（楊海）親自去那裏追查一番，無功而回。若不是佛山公安在石場抓到他押解他回來，那就不知道他身在何處了。如今他又越獄逃走了，中國地方這樣大，人口這樣多，去哪裏追捕他？

但是他逃跑了，無論捉不捉得到他，都要派人去追捕。李世慶這小子雖然無書讀，卻很狡猾，比他的堂兄李世民更詭計多端。李世民以去湛市讀書為名，原來他的目的是去香港，而且已經去了，以後都奈何他不得了。如今李世慶是不是也逃亡去香港了？若然是，那就更加不好，因為李家又多一個人走甩了！李家的人真不簡單！不是一般人及得上。

楊海又循着他的思路往下想：世慶是李家駿的兒子，這個小子命硬，無論怎樣打他餓他，他都死不了。一解放，李家駿見勢頭不對搶先逃跑了，楊修出盡方法派人去追捕都不見他的蹤影，後來才知道他跑到香港去了。因為情況這樣，楊修就要我們在村中管緊李家各人，不可放鬆他們，以免他們又有人逃亡。但是想不到李家駒這個賭徒不知道怎樣會做了軍官，而且他的軍階還高過楊修。他在解放軍中有權位，楊修也忌他三分，他又要我們不可管得他們太死，暫時放他們一條生咯，看以後的情況怎樣再說。可是這樣一放鬆，就讓李世民有機會去湛市讀書，在湛市公安局申請去香港了……世事真是多變，如今又搞文化大革命，而且愈搞愈火紅，紅衛兵可以隨便抄別人的家，揪鬥別人，可以衝擊政府機關，領導首長都可以揪鬥毆打，何況地主？

楊海曾經請示過現任縣長楊修，好不好趁文化大革命亂局殺掉仍在村中李家幾人？楊修不說好，也不說不好，只是說：你們看着做哩。楊修的態度，是默許他們可以做。說起來，他們早就應該做了，若然他們早些採取行動，快刀斬亂麻殺了李家幾人，李世慶這小子都殺掉了，他還有命越獄逃走嗎？！

楊海派他的親信楊木仔和幾個民兵分頭去追捕李世慶，他就去公社辦事處和楊帆部署殺人的計劃。

文化大革命運動一起，他們就在筆架村生產大隊組織「革命委員會」，貼大字報，讀毛語錄，「革委會」成員中有李國旺的小女兒李家珊。她是公社的會計員，又是青年團團員，思想進步，楊帆就讓她參加這次秘密會議。在晚上的秘密會議中，楊帆要她表態。李家珊說：「你是公社領導，是村革委會頭人，你們決定的事我都擁護。」楊帆說：「但是要殺的是你們李家的人啊。」李家珊說：「既然我對黨忠誠，甚麼親人都不理他，只會為組織保守秘密，就是我爸我媽，我都不會對他們露口風。」

與會者有人說，李家現時只剩下兩男兩女，他們四人都沒犯甚麼罪，憑甚麼殺他們？楊帆說，李家駿夫婦、李世民現時都在香港，李世慶正在潛逃，可能又去了香港，只要說他們「裏通外國」，是美蔣特務，就足以殺掉他們四人了。

會議決定，殺人定在農曆七月十四日晚上。這天是「鬼節」。神鬼之事是迷信，是「四舊」，應該打倒，應該破除。但是神鬼之事在鄉村流傳已久，深入民心，要破除它，只是喊喊口號而已，村民還是殺雞殺鴨拜神，燒紙錢紙衣敬鬼，晚上一家人在家中圍坐吃飯過盂蘭節。

李駱氏得到生產大隊方面的允許，在家中飼養幾隻雞鴨。她篤信神鬼，她見老楊家的人不管制她，有一點點自由了，「鬼節」這天晚上就殺了一隻鴨子，盛了三碗米飯，在門前焚香燒紙錢拜天地，敬鬼神，然後切碎鴨子做菜，一家四口圍着吃飯。文化大革命進行得如火如荼，紅衛兵砸廟宇，破四舊，抄別人的家，揪鬥那些「牛鬼蛇神」，社會紛亂，人心不安。而老楊家那幫人對李家各人反而寬鬆放任，讓他們在村中好好勞動生活。

前幾日，贊華娣沒向生產大隊報告，回筆架鎮「中藥堂」娘家探親也無人理她，她就更加放心。不過贊王氏就沒她這樣樂觀，她說：「現時紅衛兵到處都在搞武鬥，形勢混亂，聽說別的地方天天都有人被打死，你們還是去外地避一避，免招禍害。」贊華娣說：「姓楊的對我們比以前更寬鬆了，不用怕。」贊王氏說：「人心難測，世事難料，或者這是他們的心計啊。」

贊華娣堅持自己的看法，她說：「我們又不做壞事，不犯法，在生產隊中規規矩矩勞動，會有甚麼災禍呢？」贊王氏說：「我要你做的事，你總是不依，沒你辦法！」

到了「鬼節」這天晚上，李駱氏在屋外燒紙錢拜天地，贊華娣在家裏煮飯做菜。平時他們難得有好的飯菜吃，今晚的米飯熱，鴨肉香，大家都高高興興地吃。

李駱氏忽然想起世慶這個小孫子，食不下嚥了。她說：「世慶前日從牢房挖牆洞逃走了，如今不知道他身在何處，若然又被人捉到押回來，那就要加刑，恐怕會打死他啊。」贊華娣說：「去年他細媽回來帶他走，我以為他們一齊去了香港，怎知他在佛山石場被人家捉到解回來……」李駱氏說：「我去監房探他時，他同我講，他沒有通行證，不能過去，在她大姐家中逗留幾日，才去石場做工。」

李家駄說：「他前日越獄逃走，會不會又是去他大姐那裏？」

贊華娣說：「世慶不是傻子，上次他在佛山石場落網，再不敢去那裏了。他的父母在香港，他必然想辦法過去。」李家駄說：「他沒有通行證，怎樣過得去？」贊華娣說：「我聽華金講過，沒有證明的，好多人都偷渡過去了。」李家駄說：「邊界有軍人防守，怎樣偷渡過去？」贊華娣說：「道高一尺，魔高一丈，總有人偷渡得過去。」李家駄說：「我就希望他能夠過去……」

這時有人突然走進來，李家駄抬頭一看，楊海和幾個民兵拿着槍，要用繩子綑綁他們。李駱氏放下碗箸說：「我們犯了甚麼罪，你們要縛我？」

楊海不答話，黑着臉，揮手示意民兵快些綑綁。李家駄、李世浩掙扎反抗，楊木仔就用槍頭砸他們。贊華娣心疼兒子被打，大聲說：「你們不可打他，要打就打我。」

楊海像啞巴，不出聲，示意民兵快快動手。楊木仔一腳踢翻枱上的碗盤，繼續綑綁，一陣間，李家四人都被五花大綁，像拉牲口一般，被他們拖拉出屋外去。

李駱氏年紀老大了，白髮稀疏，背駝腰彎，走路乏力，兩腳拖踏，兩個民兵就半拖半洩，駕着她走。贊華娣曉得事情不妙了，大聲哭叫：「你們要怎樣？押我們去哪裏？」

楊木仔踢她一腳說：「送你們歸西！」贊華娣說：「要打要殺就殺我，求求你，莫殺我兒子！」

李世浩惶恐極了，一邊被押解着走一邊哭喊：我們無犯罪，冤枉啊！冤枉啊！

嘈雜的聲音驚擾左鄰右里的村民，紛紛離家走到村巷中觀看。村民看見李家四人被繩索綑綁着，像牲口一樣被拉去宰殺，都驚嘆不已。不知情的人都在想：他們犯了甚麼罪？三更半夜拉他們去哪裏？遊刑？槍斃？

在圍觀的人群中，李家珊曾經參與前天晚上的秘密會議，她當然知道民兵現時押着這四人去行刑。這四個人是她同一位祖父的親人，她為了能入黨，老楊家的人密謀殺害她的親人，她居然站在楊家那邊，做幫兇，難怪楊帆說她思想前進、大義滅親了！

出了村子，民兵押着李家四人向水庫那邊走去。李家駄在惶恐中想起：昨日生產隊長派他和李世浩去水庫山坡挖土坑，他問生產隊長挖土坑何用？生產隊長說：漚糞。漚糞做肥料是農民經常做的勞作，李家駄是生產隊員，生產隊長派他們叔侄兩人的任務，他們就要去做。他和世浩扛着鋤頭鐵鏟去指定的地點開工。當時烈日當空，叔侄兩人汗流浹背，揮鋤動鏟，挖了大半天才挖好一個方形的土坑。

如今民兵綑綁着他們，押着他們四人走向水庫，是不是押他們去那邊山坡生葬？若然是，姓楊那幫人就是要他們自掘墳墓啊！

夜涼如水，月亮在雲層中若隱若現，星光點點，彷如閃着鬼眼。山風呼呼，彷如鬼哭神號，彷如為李家四人被枉殺呼冤。李駱氏年老體弱，民兵推着她走，她氣喘吁吁，兩腳發軟，跌倒地上。民兵彎腰抓着她的衫領，揪起她繼續走。李世浩心知死亡臨頭，哭着一次又一次呼冤。贊華娣一路哀號，在鬼門關前，她猛然想起母親贊王氏曾經勸他們要去外面避難，但她想不到有這樣大難，沒聽母親的勸告，如今後悔莫及了！李家馱腦子一片空白，恍惚失去靈魂的軀體，他兩眼空洞，無語又無淚，被民兵推着向前走。

到達山坡的土坑邊，隊伍停下了，幾個民兵有如訓練有素的劊子手，把李家四人推向土坑邊，推他們跪倒地上，向他們的背部開槍。開槍射殺李駱氏的是楊海。這時李駱氏的頭上發出一道白光，白光在夜空中向上升，到了天空，白白的氣體形成一尊觀音坐蓮像，俯首低眉，眼神慈和，凝視着這個狂亂罪惡的人間。

子彈出了槍口，夜空中紅光閃亮，人就在嘭嘭嘭嘭嘭的槍聲倒下去。李家馱、李世浩在地上抽搐掙扎，楊海再在李家馱身上打一槍，楊木仔再向李世浩的身上打兩槍，四人的鮮血從傷口中湧出，頓時將草地染紅。

贊華娣背部中槍，沒有即時倒下，她轉過頭，兩眼流着血淚，面形扭曲，像厲鬼一樣向楊海狠狠瞪了一眼才倒在血泊中。

李家馱剛才在死亡路上預料錯了：老楊家的人不是生葬他們，而是要他們四人曝屍曠野。

這天夜裏，震天動地的槍聲、子彈爆出的紅光過後，李國興的後人在筆架村中絕跡。

全書完

時年七十八歲